2

錬金王

Illust. ゆーにっと

解雇された宮廷錬金術師は辺境で大農園を作り上げる

～祖国を追い出されたけど、最強領地でスローライフを謳歌する～

「これだけたくさんの種類の作物が
並んでいる光景は壮観だね」
イサギ
宮廷錬金術師。
職場を解雇され、のどかな
獣人国に移住することに。
メルシア
イサギを慕いサポートをしている。
冷静沈着で戦闘力も高い、優秀なメイド。

ティーゼ
ラオス砂漠に住む彩鳥族の族長。
落ち着いた性格で、
頼れるイサギの協力者。
「イサギ様ならきっとできます」
「そこまで言うならやってみろよ」
キーガス
ラオス砂漠に住む赤牛族の族長。
砂漠で農業を始めようとする
イサギをバカにしていて…。

「甘味はたくさん食べたことがあるけど、
こんな味は初めて！」
レギナ
獣王・ライオネルの娘で、獣王国の第二王女。
好奇心旺盛で戦うことが大好き。

解雇された宮廷錬金術師は辺境で大農園を作り上げる

～祖国を追い出されたけど、最強領地でスローライフを謳歌する～

2

錬金王

Illust. ゆーにっと

目次

1話　錬金術師は販売所を開く

獣王であるライオネル一行が帰還した後。

ありがたいことに俺の大農園の作物は大好評で、プルメニア村の住民だけでなく、外部からも買い求めに来る人も増えた。

しかし、俺の大農園は外部の者との売買を受け入れる体制を作っておらず、商人などが来るたびに責任者である俺やメルシアがいちいち対応しなくてはいけないという問題が起きた。

そもそも俺が大農園を作り上げて従業員を雇ったのは、俺が錬金術の研究や仕事に専念するためだ。

それなのに俺が頻繁(ひんぱん)に駆り出されては意味がない。

そんな問題を払拭(ふっしょく)するために作り上げたのが販売所。

大農園の敷地の外に販売所を設置することで、プルメニアの住民や外部の客との売買をそこで完結させるのが狙いだ。

錬金術で販売所を作り上げ、内装を固めていこうとしたところでライオネルの訪問により中断になったが、あれから二週間が経過して販売所は本日が開店だ。

工房を出て、販売所の前に辿り着くと俺は驚いた。

販売所の外に長蛇の列ができているからである。

「うわっ、すごい行列だ」

ざっと数えただけで五十人くらいはいるんじゃないだろうか。

今日が販売所の開店日だとは、プルメニアの村人に伝えてはいたが、まさかこんなに早い時間から並ぶとは思っていなかった。

これだけ大勢の客がいるのであれば開店を急がなければいけない。

俺は並んでいる人たちに軽く挨拶をしながら足を速めて販売所の中へ。

「すごい。しっかりと販売所になってる」

二週間ほど前までは倉庫を思わせるくらいに何もなかったけど、今ではしっかりと陳列棚、会計所などが作られており、販売所と胸を張れるような内装になっていた。

呆然（ぼうぜん）とフロアを見渡していると、真っ黒な髪に猫耳を生やしたメイド姿の女性がやってくる。

「イサギ様、おはようございます」

「おはよう、メルシア」

彼女はメルシア。

俺がレムルス帝国の宮廷錬金術師だった時から、助手として錬金術のサポートをしてくれたり、身の回りの世話をしてくれた頼りになる女性だ。

俺が宮廷錬金術師を解雇されたのを機に、自身も宮仕えを辞めてプルメニア村へと誘致してくれた人物である。

そして、今はただの錬金術師となった俺の助手兼、身の回りの世話をしてくれるメイドだ。

フロアの陳列棚には大農園で収穫された野菜、果物、山菜、麦などといったものがズラリと並んでいた。

「これだけたくさんの種類の作物が並んでいる光景は壮観だね。帝都の市場にも匹敵するんじゃないかな？」

「単純な量では敵いませんが、季節外れの作物も揃っているので品数の多さでは上回っているかと」

錬金術によって品種改良をすることで、俺は農業に適さない土地での農作物の栽培に成功した。

既存の作物の性質に縛られない栽培は、季節に関係なく作物を育てることができるというわけだ。

辺境の販売所なのに大国の首都の市場よりも品数が多いって、なんだか不思議な話だ。

「開店準備の方はどう？」

「できております。店員たちの準備も問題ありません」

メルシアの後ろには、グリーンのエプロンをした男女が六人並んでいる。

「イサギさん、私の異動を許可してくださりありがとうございます」

嬉しそうな笑みを浮かべて前に出てきたのはノーラだ。

「元からノーラさんは販売や経理といったものが得意でしたから適材適所ですよ」

他の五名は販売所を営業するにあたって雇用した店員だが、ノーラだけは従業員から店員へと異動させた形となる。これはノーラ自身が強く望んでいたことであり、俺とメルシアも望んでいたことだ。

ノーラの家は雑貨屋を営んでおり、彼女はそこで販売や経理などの仕事をこなしていた経験もある。

力仕事よりも、そういった内作業に適性があるのは分かっていたことだ。

「むしろ、今日まで力仕事に従事させることになってすみません」

「いえ、農作業の方も楽しかったですから気になさらないでください」

申し訳なく思いながら言うと、ノーラはクスリと笑みをたたえながら答えた。

「ちなみに農作業の方に戻りたいとかいう気持ちはありますか？」

「微塵もありません」

笑みを浮かべながらの即答。

俺と同じくらいの体力と力しかないノーラは、よく作業中にばてていた。あそこに戻りたくないと思うのは当然だろうな。

「販売所の営業は任せてくださいな」

「ええ、頼りにしています」

他の店員はプルメニア村に住んでいるご婦人たちが中心なので、ほとんどが顔見知りだ。

従業員であるネーアやラグムントたちのようにガッツリと農園の仕事を行うわけではないが、販売所での接客、販売、品出しなどの業務を行ってもらう予定だ。

「では、早速開店といきましょうか。お客様をお出迎えしましょう」

今日は記念すべき販売所の開店日。外に並んでいる客を出迎えるために、俺とメルシアと店員たちは入り口へと移動。

メルシアと顔を見合わせ、せーのでガラス扉を解放。

「お待たせいたしました。イサギ販売所の開店となります」

「「いらっしゃいませ！」」

メルシアとノーラが開店の声をあげ、店員たちが歓迎の声をあげて入り口で出迎えた。

なんだか自分の名前が入っていると恥ずかしい。

販売所の扉が開くと、外で待っていた村人たちが一斉にフロアに入ってくる。

幸いにして販売所はとても広く余裕もあるので、入場制限をかける必要はないだろう。

入ってきた客たちは販売所の雰囲気を楽しむように視線を巡らせ、陳列棚に並んでいる作物を思い思いに眺める。

並んでいた客がフロアに収納されると、出迎えていた店員たちはそれぞれの定位置に戻ったり、客への接客を始めていた。

店員も村人なので客である村人も気軽に質問したりしている。とてもいい雰囲気だな。

フロアの様子を見守っていると、メルシアの母であるシエナに声をかけられた。

「開店おめでとう！」

「お母さん」

「俺もいるぞ」

「見れば分かります」

娘に素っ気なく扱われて、ちょっと悲しそうな顔をする父であるケルシー。

ただ、父さんって呼んでほしかったのだろうな。

親から巣立ってしまった子供というのは、こんなものなのかもしれない。

「イサギ君、かなり賑わっているようだな」

「はい。想像以上の来客に驚いています」

うちの大農園と村人の間では売買などが日常的に行われているので、販売所に関してそこまで大きな注目を集めないのではないかと思ったが、俺の予想は大きく外れて初日から賑わっている。

「立派な建物で、商品の品揃えが豊富ということも大きな要因だが、一番はイサギ君が築き上げてきた信頼があってこそだと思うぞ」

「……ありがとうございます」

ケルシーの賞賛に俺は目頭が熱くなるのを感じた。

「ねえ、イサギ君。この大きなイチゴは何かしら？」

シエナが指さしたのは、握りこぶしほどの大きさの角ばったイチゴだ。

「ああ、それはロックイチゴです」

「聞いたことのない品種だわ」

「レムルス帝国にあるロックイチゴに品種改良をしたものです」

これは俺が品種改良をしたものだ。

「へえー、結構値段が張るのね」

通常のイチゴが銅貨三枚なのに対し、ロックイチゴは銅貨八枚。値段の差に呻いてしまうのも無理はない。

「ロックイチゴの成育には魔力が必要になります。ただ魔力を込めればいいというわけでなく、その日の状態を見て、繊細な魔力込めが必要となるのでイサギ様しか作ることができません」

「なるほど。育てるのが難しくて手間のかかるイチゴなのね」

メルシアの丁寧な説明をざっくりとまとめてしまうシエナ。

簡単に言うと、そういうことになる。

「高いけど、それに相応しい美味しさがあるってわけよね？」

「そう自負しております」

「じゃあ、買っちゃうわ」

「ありがとうございます」

しっかりと頷くと、シエナは買い物バッグにロックイチゴを入れてくれた。

きっと食べてくれれば喜ぶに違いない。

そう思えるほどに品種改良した果物の味には自信があるからね。

「ところでさっきから気になっていたのだけれど、あっちのスペースはなんなの？」

ロックイチゴをバッグに入れてほどなく、シエナが尋ねてきた。

彼女の指さした先には、イスとテーブル、ちょっとした販売用のカウンターなどがあるが、仕切りで区切られているために客は入ることができない。

「あっちは農園カフェのためのスペースですね」

「農園カフェ？」

「大農園で収穫した作物を使った料理やお菓子、飲み物などを提供するカフェのことです」

「え！　いいじゃない！　すぐにでも開いてほしいわ！」

などと農園カフェの説明をすると、シエナが近づいてきてガッシリと肩を掴んできた。

「農園カフェを開くの？　いいわね！　とても素敵だわ！」

「開店したら毎日通うかも！」

それだけじゃなく、フロアで買い物に勤しんでいた他の女性たちもゾロゾロと集まってきてそんな声をあげた。

「そんな大きな声で話していたわけじゃないのに、なんでこんなに⁉」

「獣人であれば、フロア内にある会話のすべてを聞き分けることも可能です」

驚く俺の隣でメルシアが冷静に説明してくれる。恐るべし獣人の聴覚。

反対側の方にいた女性まで、わざわざこっちにまでやってくるなんて異常な食いつきだ。

「えっと、あくまで予定であって、まだ目途も立っていないんですが……」

「それなら急いで！」

将来的にやれたらいいなと考えているだけで、今のところいつ開店させるかなんてことはまったく考えていなかっただけに強い要望に驚いてしまう。

「どうしてそんなに急いでいるんですか？」

「こんな田舎だと飲食店なんてほとんどないから、皆で気楽に集まれる場所もないじゃない？　私たちもオシャレなカフェで美味しい料理を食べながらお喋りしたりしたいのよ」

シエナの言葉に後ろにいる女性たちが深く同意するように頷いた。

女性たちから数多の視線が飛んでくる。とても圧が強い。

それほどプルメニアの女性にとって農園カフェは悲願のようだ。

助けを求めるようにケルシーに視線をやると、彼はぷいっと視線を逸らした。

特に夫として妻を諫めたり、村長として俺に助け舟を出すつもりはまったくないらしい。

「では、皆様のご要望にお応えして、早急に農園カフェの開店を目指します」

販売所の開店日に、もっとも強い盛り上がりを見せた瞬間だった。

2話　錬金術師は人材相談をする

販売所が好調なスタートを切った中、俺は悩んでいた。

それは開店初日に約束してしまった農園カフェの開店を急ぐというものである。

「うーん、どうしようかな……」

シエナや村の女性たちの勢いに押されて約束してしまったものの、まったく開店の目途は立っていない。

販売所の店員を回すことで稼働できるものなのか？　いや、開店してすぐに異動させるようなことはしたくないし、そもそも農園カフェで必要とされるスキルは従業員とは異なる。

とても販売所の営業をやりながら片手間でこなせるものだとは思えない。

「イサギ様」

「あっ、メルシア！　ごめん、考えごとをしていて気付かなかったよ」

ふと気が付くと、工房にメルシアが入ってきていた。

律儀な彼女がノックをしないなんてことはあり得ないので、俺が生返事をしてしまったのだろう。

「考えごととは農園カフェのことですか？」

「うん。どうしたものかなーって」

「無理に開店を急ぐ必要はないのでは？」

「ええ？」

「ただでさえイサギ様はやることが多忙なのです。無理に仕事を増やし、手を広げる必要はありません。別に断っても問題ありませんよ。母さんと村の女性たちには私が言っておきますので」

そんな風に言ってくれるのは、農園カフェの発端が母親であるシエナという責任感なのかもしれない。

「メルシアの言うことは正しいと思う。でも、やっぱりあんなに熱望されたら応えてあげたいなーって思っちゃったんだよね」

自分でも効率の悪いことをしている自覚はあるが、あれほど強い想いを受け取ってしまうとそれに応えたいと思う自分がいるのだ。

たとえ、それで自分が苦労することが分かっていても、やりたいと思える自分が。

「イサギ様は優し過ぎます」

「そうかな？」

「はい。ですから、そんなイサギ様が過労で倒れてしまわないように私もお手伝いいたします」

「いつもありがとう」

「いえ、私はイサギ様のメイドであり、助手でもありますから」

礼を告げると、メルシアが誇らしげに微笑んだ。

いつも通りのクールさを保っているが、よく見ると頬のところがちょっと赤い。

なんだかんだ照れくさかったのかもしれないな。

「で、イサギ様は農園カフェを開店するにあたって、何をお悩みになっているのですか？」

「やっぱり、料理人かな」

農園カフェでは大農園で収穫した作物を扱った料理を提供する。

その目的は召し上がったお客に、大農園の食材のよさを知ってもらうことだ。

「メルシアに作ってもらうわけにもいかないしなぁ」

「過分な評価をいただけるのは嬉しいですが、私の実力では販売所への購入に繋げるには足りないかと」

首を横に振っているメルシアだが、尻尾がご機嫌そうに左右に揺れているのが可愛い。

「そうかな？」

「仮に一般的な料理は作れたとしても、イサギ様が改良した一点ものの食材は扱い切れません。そちらに関しては専門的な調理スキルと知識、経験に裏打ちされた対応力が必要かと」

大農園で生産している作物の中には、メルシアにプレゼントしたブドウのように俺が時間と手間をかけて調整しているものがある。

そういったものは普通のものとは特性が大きくかけ離れているために、既存の調理の仕方では美味しく味わうことができないのだ。

「でも、農園カフェにそこまでのレベルが必要かな？」

「これから先、大農園は益々発展していき外部から多くの人がやってくることになりますので、そういった名物があるとより賑わうかと」

「なるほど」

メルシアの言う通り、プルメニア村に訪れる人は増加している。

商人のコニアがやってきて、獣王のライオネルまでもやってきた。これからも外からたくさんの人が訪れるだろうし、賓客がやってきてもおかしくはない。

「調理スキルの高い料理人は絶対必要として、あとはどうやって調達するかだね。メルシアに宛はある？」

「ありません。が、調達できそうな人物なら心当たりがあります」

「お！　誰かな？」

「もう間もなくやってくる頃かと」

「…………？」

メルシアの言葉に首を傾げていると、ほどなくして工房の扉がノックされた。

「こんにちはー！　ワンダフル商会のコニアなのです！」

●

「販売所が稼働していたのですね！　フロアがとても綺麗な上に品数もとても豊富で驚きました！」

応接室のイスにちょこんと腰掛けたコニアが興奮したように言う。

どうやらここにやってくる前に販売所の様子を見てきたようだ。

「ありがたいことに村人たちがよく買いにきてくれています」

「となると、私も今後はあちらで取り引きした方がいいですかね？」

「定期売買はあちらでやってくださると助かりますが、コニアさんに個人的な買い物を頼みたい時もありますし、情報交換もしたいので遠慮せずこちらに顔を出してくださると嬉しいです」

「嬉しいのです！　メルシアさんの出してくださる紅茶は、とても美味しいので！」

メルシアが差し出したティーカップを嬉しそうに両手で持ち上げるコニア。

にっこりと笑みを浮かべるコニアに、メルシアは微笑む。

「あ、もちろん、イサギさんとの会話も有益なので大好きなのですよ」

「光栄です」

取って付けたようなコニアの言葉に思わず苦笑するが、商人との関係は互いに利益があってこそだ。

ハッキリとした物言いだけど変に持ち上げてきたり、迂遠な物言いをしないので帝国にいた時よりも遥かにやりやすい。

「コニアさんに相談があるのですが、聞いていただけませんか？」

軽い近況の会話が終わったところで俺は本題を切り出した。

「私で力になれるかどうか分かりませんが、ひとまずお聞きするのです」

ティーカップをソーサーの上に置いたコニアに、俺は農園カフェについての説明や、必要な料理人のことを話す。

「……なるほど。それでしたらワンダフル商会と契約している料理人を二名派遣するのです！」

一通り説明が終わると、コニアがきっぱりと言った。

自分から相談しておきながら、想像以上にあっさりとした返答に困惑する。

プルメニア村も賑わってきたとはいえ、獣王国の端にある田舎だ。

商会と契約しているような料理人が果たして無償でやってきてくれるものだろうか？

それは否だ。商人である以上、コニアはプロの料理人を派遣するに値する対価を求めている。

「条件はなんでしょう？」

「話が早くて助かるのです。イサギさんの作ったミキサーという魔道具をうちの商会に売ってほしいのです」

「ミキサーですか？」

農園カフェの説明で、ミキサーで作った野菜ジュースやフルーツジュースを振る舞うと言っただけなのに、そこまで食いつくとは思わなかった。

「はい！　あれは間違いなく売れるのです！　ぜひ、ワンダフル商会で売り出していければと！　希望としてはまずは五十台ほどで、好調なら追加で五十か百は欲しいのです！」

「そんなにですか!?」

宮廷時代ならともかく、個人の注文でそれほどの数の魔道具を生産するのは初めてだ。

「難しいですか？」

「いや、あれは複雑な造りをしていないのでそれくらいなら可能です」

「あくまでイサギ様にとっては……という注釈がつきますが」

控えていたメルシアがそっと口を挟む。

そうなのだろうか？　あまり他の錬金術師についてよく知らないので特別なのか分からないな。

「しかし、ミキサーがあるとはいえ、料理人は納得して来てくれますかね？」

条件として提示したとはいえ、それで商会と契約している料理人がモチベーションを持って取り組んでくれるかが気になる。

農園カフェも客商売。

腕がいいとはいえ、接客に難があったり、態度が悪かったりすると困る。

農園カフェは大農園の食材のよさを知る場所であり、訪れた人にとっての憩いの場であってほしいので、そこはどうしても譲れない。

「確認なのですが農園カフェで働くことになる料理人は、大農園の食材を好きに扱うことができるのですよね？」

「ええ、大農園と農園カフェは提携しているので可能な限り食材を供給しますが、それが魅力になるのでしょうか？」

「イサギさんはご自身の作り出した作物への認識が低いと見えます。今や大人気のイサギ大農園の食材を好きに扱えることは獣王国の料理人にとって憧れなのです！」

「そ、そうなのですか？　うちの食材がそこまで……？」

「はい。通常の食材とは比べ物にならない品質ですからね。料理人がそれらを使って存分に力を振るいたいと思うのは当然かと思うのです」

うちの大農園の食材を褒めてくれ、いい物だと思ってくれるのは嬉しいが、そこまでの評価を受けているとは思わなかった。

「錬金術師にたとえると、高品質な素材が使い放題で調合し放題の場所があると考えると分かりやすいのではないのでしょうか？」

「それは最高だ。行きたくなる」

メルシアのたとえ話を聞くと、妙にしっくりときて納得できた。

そんな場所があれば、世の錬金術師はどんな辺境だろうと向かうに違いない。

「さらにイサギさんが特別に調整を施している食材を扱うことができるのも大きな魅力なのです！　この先イサギ大農園の食材が広まるにつれて、その調理技術の需要は高まるでしょうから！」

堂々と胸を張り、鼻息を荒くしながら言うコニア。

かなり長期的な利益を見越しての承諾のようだ。

どうやら今回の相談はワンダフル商会やその料理人にとっても利益のあるものらしい。それならこちらとしても遠慮する必要はないな。

「では、料理人の派遣をお願いします」

「任せてくださいなのです！」

俺とコニアはにっこりと笑みを浮かべて握手する。

こうして農園カフェ最大の障壁である、料理人確保の目途はついたのだった。

笑みを浮かべてコニアと握手すると、料理人派遣についての細部を詰めることになった。

3話　錬金術師は料理人と出会う

「イサギ様、コニアさんが農園カフェの料理人を連れてまいりました」

コニアに料理人の派遣を頼んで二週間。

工房で頼まれていたミキサーを作っていると、メルシアがノックしながら言った。

早速、コニアは料理人をプルメニア村に連れてきてくれたらしい。

「分かった。ミキサーの処理を終わらせたら行くよ」

「かしこまりました。応接室でお待ちしております」

メルシアの気配が消えると、俺は最後のミキサーにブレードを取り付けて蓋をした。

無属性の魔石をはめて、魔力を流すとしっかりとブレードが回転することを確認。

最後にミキサーの表面にワンダフル商会の紋章を刻み込むことで完成だ。

「うん、これで五十台目が完成だ」

農園カフェの準備をしていたせいでかなり遅れてしまったが、ちょうどコニアがやってくるタイミングで完成させることができたようだ。

工房内にある五十台のミキサーがすべてしっかりと稼働することを確認すると、俺はマジックバッグへと詰めて応接室に向かった。

「遅れてすみません」

「いえいえ、突然やってきたのはこちらなので気にしていないのです」

応接室に入ると、コニアがティーカップを優雅に傾けていた。

傍らには茶色い髪に垂れ耳の犬獣人の男性と、桃色の髪を肩口で切り揃えた犬獣人の女性が座っている。

どちらも真っ白な料理人服を身に纏っている。恐らく彼らがコニアの連れてきてくれた料理人だろう。

「そちらのお二方がコニアさんの連れてきてくださった料理人の方ですか？」

「そうなのです！　さあ、自己紹介をお願いするのです！」

コニアが言うと、二人の料理人がイスからスッと立ち上がった。

が、垂れ耳の料理人が勢いをつけ過ぎてしまったのかテーブルの端に足を打ち付けてしまった。

ガンッとテーブルで音が鳴り、その上に載っているティーカップやらお茶請けの皿が震えた。

「わ！　ごめんなさい！」

「大丈夫？」

「だ、大丈夫です！」

心配の言葉をかけると、男性は恐縮したように頭を下げた。

外見に見合わず、気は小さいようだ。

隣の女性はドンくさいものを見るような冷たい目をしている。

男性がこんな風にやらかすのはいつものことなのかもしれない。

改めて男性が立ち上がる。

デカいな。座っている時から高身長だと思っていたが、立ち上がっている姿を見るとさらに大きく見える。隣に立っている女性が小柄だというのもあるが、それを抜きにしても大きい。

「獣王都にある『ワンダーレストラン』からやって参りましたダリオと申します。よ、よろしくお願いします！」

「……同じく『ワンダーレストラン』からやってきましたシーレです。よろしくお願いします」

「『ワンダーレストラン』ですか⁉」

ダリオとシーレの自己紹介を聞くなり、控えていたメルシアが驚きの声をあげた。

「メルシア、そのレストランはそんなにすごいのかい？」

雰囲気からしてすごいっぽいレストランなのだが、俺は獣王国出身ではないのでどのくらい人気なのかまったく分からない。

「獣王都にある高級レストランの一つです。予約しようにも一年は待たされるほどに人気だとか」

「え？　本当に？」

「本当なのですよ！　ワンダーレストランはワンダフル商会が出資しているレストランなので、これくらい造作もないのです！」

尋ねると、コニアが薄い胸を張って堂々と答えた。

名前が似ていることから何となく察していたが、ワンダフル商会とワンダーレストランの繋がりは密接なようだ。

だとしても、高級レストランレベルの料理人が来るなんて思っていなかったので驚きである。

「はじめまして、錬金術師であり大農園の管理をしていますイサギと申します」

「ダリオとシーレは幼い頃からワンダーレストランで修行しており、真面目なだけでなく調理の腕

も保証できるのです。きっと、農園カフェの開店の役に立つのです」

「……えっと、本当にいいのですか？」

「何がです？」

「二人は有名なレストランで働く期待の料理人じゃないですか。人の少ない場所で農園カフェの営業をしてもらうのが申し訳ないなーっと思って」

言うならば、ダリオとシーレは歴とした(れっき)ところでキャリアを積んだエリートだ。

そんな二人にこんな田舎で働いてもらってもいいのだろうか。

「そんなことはありません！　これは僕たちが望んで選んだ道です！」

「そうなんですか？」

「ここの大農園の食材を食べた時に感動しました。今まで扱っていた食材と同じでも、まさかこんなにも違いがあるなんて思いもしなくって。それと同時にこの食材の美味しさを、自分で表現したいと思ったんです」

「こちらの食材を扱えることは私たちの料理人生においてかけがえのない経験になると思っています。ですから、イサギさんがそのような心配をする必要はありません」

大きな声で熱い想いを語るダリオと、淡々としながらも瞳の奥にある炎を燃え上がらせているシーレ。

どうやら二人がきちんと考え、目標を定めた上でここにやってきてくれたらしい。

だとしたら、これ以上変に心配するのは彼らにとって失礼だろう。

「分かりました。では、改めてお二人を歓迎いたします。これからよろしくお願いします」

「こちらこそよろしくお願いします！」

改めて手を差し出すと、ダリオが両手で包み込むようにしながら大声で返事した。

うん、君は声がデカいや。

「コニアさんもご紹介していただきありがとうございます」

「気にしないでほしいのです。それよりも頼んだミキサーの方はできるだけ早くお願いするのです」

改めて連れてきてくれたコニアに礼を言うと、彼女が念を押すように頼んできた。

「ああ、それなら既に完成させてありますよ」

「はえ？　たった二週間なのですよ？　いくらイサギさんでも魔道具を五十台も用意するのは無理なのでは？」

コニアが間抜けな声をあげる中、俺はマジックバッグからミキサーを取り出した。

「無理じゃありませんよ。こちら注文してくださったミキサー五十台分です」

「ひゃえええええ！　もうできたのですか⁉　しかも一つ一つにうちの商会のマークが入っているのです！」

ミキサーを確認する中、コニアは俺の施（ほどこ）したサービスに気付いてくれたようだ。

「そちらは特別サービスですよ。いつもコニアさんにはお世話になっているので」

こういう施しをするのなら追加料金をちょうだいするのだが、コニアには大農園の立ち上げの助言をしてもらったり、今回のようにすぐに料理人を確保してもらったりと恩があるからな。

「わー！　ありがとうなのです！　イサギさん！」

商会マークの入ったミキサーを胸に抱いて、コニアは子供のように喜んだ。

「こっちの区画が農園カフェの営業予定場所になっています」

ダリオ、シーレとの顔合わせが終わると、俺たちは販売所にやってきていた。

こちらは二人たっての希望で職場となる場所を見ておきたかったのだろう。

「思っていたよりも広いですね」

「これなら思っていた以上に色々なことができそう」

農園カフェのスペースを見て、ダリオとシーレが感心したように呟く。

田舎にあるカフェなので、もっとこぢんまりとした職場をイメージしていたのかもしれない。

いい意味で期待を裏切れたようで嬉しい。

「販売所の方に食材がたくさんありますね！」

「あっちを見ると、あっという間に時間が終わるから今日は内装」

「……はい」

明らかに販売所の食材を見たそうにしているダリオだが、シーレにそう言われて肩を落とした。

ダリオの方が明らかに年上であり強そうなのだが、力関係はシーレの方が上のようだ。

不思議なコンビだ。

「イサギさん、少しいい……ですか？」

見守っていると、シーレが声をかけてきた。

言葉が詰まっていることから、あまり敬語を使うことに慣れていないらしい。

「いつもの口調でも結構ですよ」

相手に敬意を持つことは大切だが、込み入った話をする際は邪魔になる。

誤解なくやり取りをするために、それを取っ払うことを俺は気にしない。

もともと、そこまで敬語を気にするタイプでもないしね。

「……あとでコニアさんにチクったりしない？」

「しませんよ。というか、あの人ってそんなに偉い立場なんですか？」

この場にいないコニアのことを気にする意味が気になった。

「知らないの？　ワンダフル商会にいる五人の幹部のうちの一人だよ」

「……そんなに偉い人だとは思っていませんでした」

ワンダフル商会は獣王国の中でもかなり大きい商会だとメルシアに聞いた。

そんな大商会の重役のポジションに収まっているとは思わず、絶句してしまった。

4話　錬金術師は農園カフェの内装を相談する

「まあ、コニアさんのことは置いておいて農園カフェの内装についての話。どんな風にしたいか要望はある？」

「清潔感があり、販売所の雰囲気を壊さず、お客さんがリラックスできる場所になればいいと思っています」

「なるほど」

俺が要望を伝えると、シーレはカウンターに画用紙を広げ、ペンで何かを書き始めた。

「こういうイメージはどう？」

シーレの提示した画用紙には、農園カフェのイメージとなる内装がイラストとして描かれていた。

自然素材を生かしたナチュラル系デザインである。

販売所の内装と非常に合っている。

実際に農園カフェが開店した時のイメージを想像すると、自然と溶け込んでいるように思えた。

「はい！　まさにそんな感じです！　というか、イラストがお上手ですね！」

「……食材や料理のスケッチをしていると、ある程度は描けるようになる」

錬金術師も素材を覚えるためにスケッチすることがある。

料理人とは、そういうところが似ているなと思った。

「必要な調理器具、食器、家具についてはワンダフル商会から仕入れても構わない？」

「構いませんが、家具と魔道具に関してはできるだけ俺が錬金術で作ったものを活用してくださると助かります」

調理器具や食器については仕方がないし、ありがたいことにコニアが割引を申し出てくれている。大農園が潤っているお陰で資金については余裕があるが、だからといって大胆に使えるわけじゃない。必要なところにお金をかけ、節約できる場所については節約するべきだ。

「こういうL字のカウンターを作ることってできる？」

「大まかにであれば、すぐにできますよ」

俺はマジックバッグから木材を取り出し、錬金術を発動。

シーレの描いてくれたL字カウンターのように変質させた。

出来上がったL字カウンターに近寄ると、まじまじと見つめながら手で触れるシーレ。

「イメージ通り。なるほど、これならわざわざ商会に家具や魔道具を発注する必要はなさそう」

どうやら彼女の期待に応えることができたようで安心した。

「他に要望はある？」

「さっき言ったことを守ってくだされば特に注文をつけるつもりはありません。お二人の働きやすいようにしてくだされば」

「つまり、それ以外は僕たちの裁量で内装を決めていいってことですか!?」

気楽に丸投げしてみると、傍で話を聞いていたダリオが食いついてきた。

「そういうことになりますね」

頷くと、シーレとダリオの目が強く輝いた。

「やった！　じゃあ、私の好きなようにする！」

「ズルいですよ、シーレさん！　俺にも店の内装を考えさせてください！」

ある程度の裁量を持って自由に内装をいじれるのが嬉しいのだろう。

俺もプルメニア村にやってきて、自由に家を改造し、工房を作っていいと言われた時はワクワクしたのですごく共感できた。

嬉しそうに話し合う二人を見ていると微笑ましくなるのであった。

●

「二人とも今日はもう遅いし、このくらいにしておこうか」

「それもそうですね」

いつの間にか太陽の光がすっかり赤く色づいている。

フロアにいた客たちも完全に姿を消しており、店員たちが店仕舞いの準備をしていた。

一斉に立ち上がって帰る準備をする中、シーレが「あっ」と間の抜けた声を漏らした。

「そういえば、私たちってこれからどこで寝泊まりするの？」

あっ、二人の生活場所についてすっかり忘れていた。

うちに泊めるか？　ダリオはともかく、シーレは女性だしそれはよくない気がする。

「お二人が寝泊まりする場所については、販売所にある二階のお部屋をご用意させていただいております」

どうしようかと迷っていると、ひょっこりとメルシアが姿を現した。

「本当ですか!?」

「ここに泊まれる部屋があるんだ」

「ただいまご案内いたしますね」

メルシアの後ろを付いていって階段を上ると、そこにはいくつかの私室がある。

そのうちの二つの扉を開くと、室内にはテーブル、イス、ベッド、本棚、ソファーなどのある程度くつろげるだけの環境が整っていた。

「こんなに広い部屋を好きに使ってもいいんですか？」

「どうぞ。お好きなように使っていただいて構いません」

メルシアが頷くと、ダリオとシーレは上機嫌な様子で部屋に入っていった。

販売所の倉庫兼、従業員が寝泊まりできるように広めの部屋を作ってはいたが、生活できるような準備は整えていなかった。

二人の生活場所を考えて、メルシアが何から何まで用意してくれたのだろう。

「助かったよ、メルシア。農園カフェのことに夢中で二人がどこで生活するかなんてまったく考えてなかったからさ」

「そういったところを補佐するのが私の仕事なのでお気になさらず」

礼を告げると、メルシアがにっこりと微笑みながら言う。

なんて気遣いのできるメイドなんだろう。本当にメルシアには頭が上がらないや。

「ねえ、ここには厨房（ちゅうぼう）ってある？」

「一階の従業員フロアの奥に簡易的なものがありますが……」

チラリとメルシアの視線がこちらに向いた。

使用の許可については俺の判断にゆだねるということだろう。

料理人の二人にとって料理とは生活の一部。農園カフェが開店するまでに自由に厨房を使えないのは不自由だろう。

「ダリオさんとシーレさんなら好きに使っていいですよ。ただし、きちんと戸締りやあと片付けの方をお願いします」

「ありがとう。本当に助かる」

「使う前よりも綺麗にする！　料理人の鉄則ですからね！」

真面目なシーレとダリオであれば、厨房を汚したりすることはないだろう。

他の従業員もあまり使っていないことだし、遠慮なく使ってほしい。

「イサギ様、浴場についてはどういたしましょう？」

「どうせなら販売所内に作っちゃおうか」

「「はい？」」

俺の言葉を聞いて、ダリオとシーレがなぜか間抜けな声をあげた。

販売所の一階には農作業で付着した土や泥を落とせるように洗い場を作ってあるのだが、どうせなら身体（からだ）を丸ごと洗いたいという要望がネーアをはじめとする数人の従業員から入っていた。

せっかくだし、これを機会に浴場へと変えてしまおう。

俺は一階の従業員区画にある裏口へ向かう。

作業が気になるのか、後ろにはメルシアだけじゃなく、ダリオやシーレもいる。

見ていて楽しいものになるかは分からないが、錬金術師がどんなことをできるのか理解してもらうのは悪いことではない。

気にしないことにして外に出ると、手足を洗うことのできる小さな洗い場がある。

大農園の作業で手足や靴、衣服などを汚してしまった時は、ここの洗い場で汚れを落としている。

簡単に汚れを落とすだけなら外でもいいが、裸で湯船に入る以上は外から丸見えにするわけにはいかない。

俺はマジックバッグから木材を取り出すと、錬金術で変質、変形させて丸太小屋を組み立てた。

「う、うわわわ！　木々が勝手にくっ付いていてく！」

錬金術で家を作る光景を見るのは初めてだったのか、ダリオが驚きの声をあげた。

彼の新鮮な反応にクスリと笑いつつ、俺は作り上げた丸太小屋の内装をいじっていく。

脱衣所を作ると、浴場に大きな湯船を錬金術で作る。

浴場や湯船からお湯を排水できるようにパイプを繋げると、最後に温水の出る魔道具を設置。

魔力を注ぐと、魔道具からお湯が流れて湯船に溜（た）まっていく。

「うん、こんなものかな！」

温度を確認してみると、大体四十度くらい。

個人によって温度の好みはあるが、標準的な温度のお湯が出ているといえるだろう。

浴場を作り上げると、ダリオとシーレがポカンとした顔になっていた。

もしかして、即興で作ったが故にクオリティの低さに呆（あき）れてしまっているのだろうか。

「すみません。急いで作ったせいでこんなに低いクオリティで。明日にはきちんと手を入れて、もっと使いやすいものにするので今日はこれで勘弁を……」

「いやいや、どうしてそうなるんですか⁉　むしろ、その逆ですよ！　一瞬で立派な浴場ができてしまったので驚いちゃいました！」

「……もしかして、イサギさんってすごい錬金術師？」

宮廷錬金術師であれば、胸を張ることもできたのかもしれないが、生憎(あいにく)と解雇されてしまった身だ。

すごい錬金術師と言われると、首を傾げざるを得ないだろう。

「はい、その通りです」

どう答えるか迷っていると、控えていたメルシアが何故(なぜ)か誇らしげに答えた。

5話　錬金術師は料理人を案内する

翌朝、俺とメルシアはダリオとシーレを大農園に案内することにした。

工房を出て、販売所の前までやってくると、既にダリオとシーレは準備を整えて待っていた。

「おはようございます！」

「おはようございます」

近寄ると、ダリオが大きな声で挨拶をしてくれた。

とても元気なのはいいが、もうちょっと声量は抑えてもらいたい。

だけど、本人に悪気がないだけにちょっとだけ言いづらかった。

シーレはダリオが大声を出すことを予期していたのか、両耳を手で覆って守っている。

しれっとこういうことができる辺り、世渡りが上手なのかもしれない。

昨日は二人とも料理人服だったが、今日は動きやすい私服へと変わっている。

大農園の見学に向かうためだろう。こうして私服姿を見ると、プルメニア村の村人に溶け込んでいるように見えて微笑ましい。

「昨日はよく眠れたかい？」

「はい、お陰様でぐっすりと眠れました！」

「久しぶりにきちんとしたベッドで眠れたし、お風呂も用意してくれたから」

ダリオとシーレの顔色はすこぶるいい。お世辞などではなく、ゆっくりと身体を休めることができたようだ。

「それはよかった。早速、大農園に向かおうか」

「お願いします！」

雑談もほどほどに切り上げて、ダリオとシーレと合流すると俺たちはそのまま大農園へ。

とはいっても、販売所のほぼ目の前なのですぐに到着となる。

柵扉を解錠すると、入ってすぐ傍のところにある厩舎に向かった。

厩舎といっても馬が飼育されているわけではない。俺が錬金術で作り上げたゴーレム馬がズラリと並んでいる。

「これは？」

「ゴーレム馬です。園内はとても広いので、これを使って移動します」

実演するために俺がゴーレム馬に跨ってみせ、メルシアがゴーレム馬の扱い方を二人に説明すると、それぞれがゴーレム馬に跨り、走らせ始めた。

「これ、すごく楽しい」

「う、うわわわわわっ！」

シーレは難なくコツを掴んで適度な速さでゴーレム馬を走らせたが、ダリオは明らかにスピードの出し過ぎだった。

「ダリオさん、右足のペダルを踏み込み過ぎです。落ち着いて右足の力を緩めるか、ゆっくりと左足のブレーキを踏み込んでください」

などとアドバイスを送るが、ダリオはすっかり慌ててしまっているのかとても実行に移せる状況ではなかった。

近づいて止めようにもダリオが強くペダルを踏み込んでいるために、迂闊に近づくことができない。ヘタをすれば、猛スピードで駆け回るゴーレム馬に跳ね飛ばされることになるだろう。

そんな中、傍にいたメルシアがダリオのゴーレム馬へと近づく。

「メルシア、危ないよ!?」

「心配はいりません、イサギ様」

俺の声にメルシアは平然と答えると、駆け寄ってくるゴーレム馬を前にして跳躍。

暴走状態になっているダリオの後ろに飛び乗ると、ダリオの足を蹴って退かし、的確な力加減でブレーキを踏んだ。

すると、ゴーレムの馬のスピードが落ちて、ゆっくりと停止した。

「……何今の?」

「シーレさんでもああいうのはできたりします?」

「いや、無理だから」

「ですよね」

同じ獣人だからといって、メルシアのような身のこなしができるわけではないようだ。

薄々は思っていたが、やはりメルシアの身体能力は獣人の中でも別格のようだ。

「お怪我はありませんか?」

「お陰様で無事です。あ、ありがとうございます」

ぺこりと頭を下げるダリオの姿に怪我らしいものはなくて安心した。

従業員や村人も含めて、あっさりとゴーレム馬を乗りこなしていたものだから油断した。

中には操縦が苦手な人もいるだろうし、しっかりと配慮しないとな。

「ダリオは鈍くさいから、こういうのに乗らない方がいい」

「……うっ」

シーレのハッキリとした物言いにダリオはショックを受けているようだが、自覚があるのか反論はしなかった。肩を落とし、尻尾がへにゃんとしている。

「ひとまず、ダリオさんは俺の後ろに乗りましょうか」

「ぜ、ぜひ、そうさせてもらえたらと……」

先ほどの暴走でゴーレム馬が少しトラウマになったのだろう。

ダリオは頷くと、俺のゴーレム馬の後ろに跨った。

「その方法がありましたか……ッ！」

そんな光景を見て、メルシアが衝撃を受けたような顔で呟いた。

「どうしたの、メルシア？」

「いえ、なんでもありません」

尋ねてみたがメルシアは言葉を濁し、自らのゴーレム馬に乗り込んだ。

まあ、別に気にするほどのことでもないか。

「それじゃあ、大農園の中を案内するので付いてきてください」

準備が整うと、俺はペダルを踏み込んでゴーレム馬を走らせる。

続いてシーレがゴーレム馬を走らせ、その後ろをメルシアが付いてくる。

しばらく道を進んでいくと、大農園の野菜畑が広がった。

「うわあ、すごい……ッ！　食材がこんなにもたくさん！」

「こんなにも広い農園は初めて」

真後ろからダリオとシーレの感嘆の声があがった。

料理人である二人から褒められると嬉しいものだ。

「こちらは大農園の野菜区画となります。錬金術で品種改良された様々な野菜が栽培されています――なんて概要を説明するより実際に近くで見てもらった方がいいですね」

「なんかすみません」

まずはザッと農園全体を回ろうと思ったが、ダリオから近くで見たいというオーラを感じ取ったのでここらで降りることにした。

意思を汲み取ると、ダリオが恥ずかしそうにしながら頭を下げる。

あぜ道でゴーレム馬から降りると、目の前にはキュウリ畑が広がっていた。

青々としたキュウリの苗が空へと伸びており、形のいいキュウリがいくつも生(な)っている。

「わっ、キュウリだ！」

「普通のキュウリよりも生っている数が遥かに多い」

「改良して、従来のものよりも収穫を増やせるようにしましたから」

「錬金術って、そんなこともできるのね」

とはいっても最初からできたわけじゃない。

研究を重ね、徐々に収穫できる量が増えるように試行錯誤したのだ。

今、育っているキュウリは最初に植えた苗の一・五倍くらい収穫量があるんじゃないかな。

とはいえ、まだまだイケる気がするんだよな。もっといい因子を組み込めば、二倍くらいの収穫量を目指せる気がする。

「あっ、イサギさんだ」

なんて思考の渦を漂っているとキュウリの葉や蔓をかき分けて、ネーアが姿を現した。

メルシアと仲がいい幼馴染であり、うちの農園の従業員だ。

今日のノルマである収穫作業をしていたのだろう。

「どしたの？　畑の視察？」

「いえ、農園カフェで働いてくださるお二人を案内しているところです」

「おお！　ということは君たちがコニアさんの連れてきた料理人なんだ！」

ダリオとシーレを見るなり、ネーアが人懐っこい笑みを浮かべた。

「はじめまして、ダリオといいます」

「シーレです」

「はじめまして！　あたしはネーア！　よろしくね！」

「「よろしくお願いします」」

「お、おお。なんだかキッチリしてるね」

キッチリと挨拶をするダリオとシーレにやや驚き気味のネーア。

前の職場では上下関係に厳しかったのかもしれない。

「農園カフェが開いたら、二人にはぜひとも美味しいランチやお弁当を作ってもらいたいな！」

「ランチは分かりますが、お弁当が充実するとネーアさんは嬉しいのですか？」

「うん！　もちろん、店に行ける時は店で食べるけど、農作業なんかをしているとそんな余裕がない時もあるからね。自分で作れたらいいんだけど、あたしは料理が苦手だし、そもそも朝が早いお弁当作りをする気にもならないから」

少し気恥ずかしそうにしながら生活事情を語ってくれるネーア。

基本的に作業が安定しているうちの農園だが、たまに収穫期がいくつも重なってしまう場合がある。そういった時にゆっくりと農園カフェまで足を伸ばすことは難しい。仮にできたとしても、作業が押している中ゆっくりとくつろぐのは心理的に難しいに違いない。

サッとお弁当を取り出して、すぐに食事できる方が望ましいだろう。

「お弁当販売は盲点でした。貴重なご意見をありがとうございます」

「役に立ったならよかったよ。それじゃあ、あたしは作業に戻るから」

ダリオとシーレに頭を下げられ、ネーアはあっさりと収穫作業に戻った。

多分、ちょっと気恥ずかしかったんだろうな。

そんなネーアの心中をメルシアも察していたのか、クスリと笑っていた。

「ネーアさんの他にも従業員は四人ほどいますが、残りの方たちとはおいおい顔合わせができればと思います」

「四名？　これだけ広いのにたった四名だけなんですか？」

「ああ、獣人の従業員が四名というだけで、実質的にはもっとたくさんの従業員がいますよ」

ダリオとシーレが小首を傾げる中、俺は畑の奥にいたゴーレムを呼び寄せた。

「これって、もしかしてゴーレムですか⁉」

「はい、俺が錬金術で作った農作業用のゴーレムです。大農園の中には至るところにゴーレムがいて収穫作業を手伝ってくれているんです」

「こんなにも精緻な動きができるゴーレムは初めて見た」

錬金術師のことをあまり知らない二人でも、ゴーレムについての知識はあったようだ。

世間では錬金術師＝ゴーレムを作れるみたいなイメージが大きいからね。

「獲れ立ての野菜です。味見でもいかがです？」

「ありがとうございます！」

「食べる」

ゴーレムが収穫していた籠を差し出すと、ダリオとシーレはひょいと手を伸ばしてキュウリを食べた。

「美味しい！　こんなにも瑞々（みずみず）しくて、しっかりとした旨（うま）みのあるキュウリを食べたのは初めてです！」

「……曲がり、色むら、果形に一切の崩れがない。すべてがこの品質かと思うと恐ろしいわね」

キュウリを食べた瞬間、ダリオが感激し、シーレが真面目な表情で感想を漏らす。

高級レストランで働いていた料理人が、目の前でそう評価してくれると嬉しいもので、こちらとしても自信がつく。

「メルシアも食べる？　水分補給にもいいよ」

「いただきます」

籠から取り出した一本をメルシアに手渡し、俺もキュウリを食べる。

パリッとした小気味のいい音が響き、口内で豊富なキュウリの水分と旨みが弾けた。

瑞々しいながらもしっかりとしたキュウリの味がある。とても歯切れもよく癖も少ない。

ドレッシングなんて必要ないくらいの美味しさだ。

「うん、外で齧（かじ）ると気持ちがいいね」

「暑くなってきた今の季節にピッタリです」

小さな口を動かしてポリポリと食べるメルシア。

可愛らしい耳と尻尾もあってか、なんだか小動物っぽいな。

「ここまで食材がいいと、もう手を加えないのが最上なんじゃないかって思うわね」

「分かります」

どこか遠い目をしながらしんみりと呟くシーレとダリオ。

「いや、それじゃ困りますよ？」

料理人が手を加えない方がいいなんて言ってしまうと、本当にどうしようもなくなってしまう。

「冗談。そこを何とかするのが私たちの役目だから」

「この美味しさをより活かせる料理を作ってみせます！」

先ほどの遠い目から一転し、シーレとダリオの瞳には熱い炎が宿っていた。

きっと、この二人なら美味しい料理を作ってくれるに違いない。

二人の作った料理を食べるのが楽しみだ。

6話　錬金術師はガラス作りをする

大農園の見学が終わると、農園カフェの開店に向けての準備が始まった。

シーレとダリオによる内装のデザインが固まったので俺が錬金術で内装を整えた。

基本的な調理器具、食器、雑貨などはワンダフル商会に発注しており、残りのテーブルやイス、魔道具などを俺が完成させてしまえば、あとは発注した品の到着を待つのみ。

農園カフェの開店までの道のりは順調といえるだろう。

工房で農園カフェに必要な家具を作っていると、扉がノックされた。

返事をすると、メルシアが入ってくる。

「イサギ様、シーレさんが農園カフェの内装についてご相談があると」

「相談？」

「少し調整していただきたい部分があるようです」

「分かった。すぐに行くよ」

内装は既に整っているとはいえ、作業を進めるにつれてちょっとした修正点が出てくるのはよくあることだ。

シーレのことだから、きっと農園カフェをよりよくするための改善点を見つけたのだろう。

俺は作業を中断し、出来上がった分のテーブルとイスをマジックバッグに詰めて、農園カフェに向かうことにした。

販売所にある農園カフェのスペースにやってくると、シーレが待っていた。

「こんにちは、シーレさん」

「こんにちは。忙しいところ呼んでごめんなさい」

「気にしないでください。ところで、ダリオさんは？」

「彼は奥で料理の開発中」

「なるほど」

農園カフェの準備は着々と進んでいる。

料理人である二人は開店準備だけでなく、提供する料理についても考えないといけない。

内装よりも、むしろそっちの方が大変かもしれないな。

「ところで相談したいことというのは？」

「採光窓を増やすことって可能？」

採光窓というのは、室外の自然光を取り入れる窓のことだ。

人間が住居で快適な暮らしを送るために、一定以上の自然光を取り入れることが望ましいとされている。

「可能ですが、どうして？」

「今のままだと少し暗い。農園カフェの明るいイメージをお客に与えるためにもう少し明るくしたい」

販売所のフロアを明るく見せるために農園カフェ側の壁はガラス張りにしているのだが、窓際以外のところはシーレの言う通り少し暗く感じた。

販売所のフロアが大きいために光が分散してしまっている結果だろう。

「分かりました。採光窓を作ります」

「ありがとう」

パッとこの場で作ってしまいたいところだが、さすがにガラスとなると作成するのに火が必要なので工房に戻る必要がある。

「待っている間は、出来上がったイスやテーブルの配置を考えていてください」

「もうこんなにできてるんだ。助かる」

マジックバッグから出来上がったイスやテーブルを取り出すと、その場はシーレに任せて俺は工房に戻ることにした。

●

工房に戻ってくると、俺は裏口に回る。

そこには耐火煉瓦（れんが）で組まれた小さな溶融炉がある。

錬金術で金属や鉱石を作成したり、武具などを作成する際に使う道具だ。

「よし、ガラスを作るか」

炉に薪をくべると、火魔法を発動して炎を大きくする。

炎を高温度まで到達させると、俺は錬金術を発動。

まずは不純物を取り除き、混入を避けるために錬金空間を作り上げる。

不純物を取り除くと、そこに珪砂、トロナッタ鉱石、ガラスの破片、魔力を混ぜ込み、炉で加熱していく。

熱によって溶けた材料はゆっくりと渦を描くように混ざり合い、粘りのある泥のようなものになる。

泥のようなものは全体を加熱されるにつれて、徐々に半透明な板になる。

泡などの不純物を錬金術で追い出すと、半透明だった板は透き通るようなガラスになってくれた。

耐熱グローブをはめて、ガラス板をくまなく観察。

「うん、バッチリだね」

端の方はまだ微妙に曇っているが、熱がなくなるにつれて完全に透明になってくれるだろう。

「あっ、しまった。シートを持ってくるのを忘れた」

ガラスを一旦地面に置こうとしたところでふと気づいた。

マジックバッグから取り出そうにもガラスを持っているために両手がふさがっている。

どうしたものかとあたふたしていると、ちょうど工房の窓を拭いているメルシアと目が合った。

メルシアは窓から離れると、ほどなくして裏口から出てきた。

「耐熱シートです」

「ありがとう」

メルシアが地面に耐熱シートを敷いてくれたので、その上にゆっくりとガラスを置いた。

「出来上がったガラスは私が並べますので、イサギ様はガラス作りに集中してください」

「分かった。そうさせてもらうよ」

俺は再び錬金空間を作り上げると、先ほどと同じ要領でドンドンとガラスを生産。出来上がったものはメルシアが回収し、次々と耐熱シートの上に並べていく。

ガラス板が六枚もあれば農園カフェの採光窓には十分だが、ガラスは何かと入用になるので多めに作っておくことにする。

「イサギ様、この辺りにいたしましょう。これ以上続けての作業はお身体に差し障ります」

「わっ、汗まみれだ」

メルシアに言われて、ふと自身の身体を見てみると、大量の汗をかいていることに気付いた。

溶融炉の前でずっと作業をしていたからだろう。

服が濡れてべったりと肌に吸い付いているレベルで、これ以上の発汗は身体への負担が大きいだろう。

「そうだね。これくらいにしておこうか」

本当はもうちょっと続けていたかったけど、これ以上の作業はヘタをすると命の危険がある。

メルシアに言われたタイミングで俺はガラス作りを終えることにした。

農園カフェに取り付ける採光窓は完成しているし、ストックもできたので十分だろう。

そう納得して溶融炉の火を落とした。

「うん、いい仕上がりだ」

耐熱シートの上に並べられたガラスは、どれも綺麗に透き通っており曇り一つない。

俺は錬金術で地面をブロックへと変形させると、それを土台にして上にガラスを設置した。

強度の実験をするべくマジックバッグからハンマーを取り出し、大きく振りかぶる。

すると、メルシアがサッと後ろに回り、俺の右腕を優しく掴んだ。

「イサギ様、何をなさるつもりですか？」

「今回のガラスは少し組み込む素材と魔力の比率を改良したんだ。だから、強度の実験をしようかと思って……」

「そういう危険なことは私にお任せください」

「え？　ああ、うん」

危険だからこそ男性がやるもんなんじゃ……と思ったりもしたが、明らかにメルシアの方が身体能力が優れているし、戦闘技術も高いので何も言えなかった。

スッと握っていたハンマーが取られて、俺は仕方なくその場から離れることにした。

「結構硬いと思うから気を付けてね？」

こくりと頷くと、メルシアはハンマーを大きく振りかぶってガラスに叩きつけた。

次の瞬間、ガンッという鈍い音が鳴り、打ち付けられたハンマーが跳ねる。

ガラスを確認してみると、表面には傷一つ付いていない。依然として透明な輝きを放っている。

俺が思っている以上にメルシアが強い力で叩きつけたので、ヒヤッとした。

「……硬いですね」

「うん、今回は質のよいトロナッタ鉱石を混ぜ込んでいるから」

トロナッタ鉱石は単体では大した硬度を誇らないものの、魔力と混ぜ合わせることで強い硬度になる性質がある。トロナッタ鉱石の純度が高く、魔力の質がよければよいほどに硬度は上がる。

もちろん、錬金術でトロナッタ鉱石から不純物は取り除いており、魔力も高密度にしたものを注

いだ。お陰でちょっとやそっとの衝撃では割れない強化ガラスとなっているのだ。

「イサギ様、もう一度試してみてもいいですか？」

「いいよ」

頷くと、メルシアはなぜかハンマーを地面に下ろし、大きく深呼吸をし始めた。

おかしい。強度実験をするのにどうしてハンマーを下ろすんだ。

「あの、メルシアさん？」

「イサギ様、少々危険ですので離れていてください」

「あ、はい」

声をかけようとしたが、メルシアはすっかり集中しているらしい。

とにかく近くにいたら危ないことだけは確かなので、俺はメルシアから離れることにした。

俺が十歩ほど離れると、メルシアはカッと目を見開いて拳をガラスに叩きつけた。

ガアアンッという甲高い音と凄まじい衝撃が響き渡る。

なんでハンマーよりも威力が高いんだろうとか、より硬質な音が出ているのだろうとか色々疑問が湧いてくるが、それはひとまず置いておく。

おそるおそる近づいてガラスを確認してみると、そこには表面に少しだけ傷がついた強化ガラスがあった。

「少し傷が入っただけですか……」

「いや、ちょっとやそっとの衝撃では割れない強化ガラスだから傷が入るだけすごいよ」

メルシアは不満そうにしているが、普通は傷が入らないものだから。

「イサギ様、もう一度やらせてください。次こそは割ってみせます」

「そこまでしなくて十分だから」

なんだか当初の目的と微妙に違う方向にいこうとしている気がした。

不満そうにするメルシアを宥め、俺は販売所の屋根に採光窓を取り付けるのだった。

7話　錬金術師は農園カフェの料理を試食する

一週間後。

俺、メルシア、ネーアをはじめとする従業員たちは朝の仕事を終えると農園カフェに集まっていた。

ダリオとシーレが作ってくれた農園カフェの料理を試食するためである。

「店内が明るくて綺麗ですね」

「うん、採光窓を設置したのは正解だったみたい」

店内には俺の作ったイスやテーブルが並んでおり、屋根に設置された採光窓から光が差し込んでいた。ナチュラルな木目調の壁の効果もあり、とても明るい雰囲気だ。

端には観葉植物が設置されており、内装もしっかりと整っている。

どこからどう見てもオシャレなカフェだ。

「おいら、プロの料理人の料理を食べるのは初めてなんだなー」

「わたくしたちの野菜がどんな風になるのでしょう？」

ダリオとシーレは高級レストランで働いていた料理人だけにロドス、ノーラたちの期待も高い。

プロの料理人なんてものは王族や貴族といった特権階級の者が囲い込んだり、多くの人が集まる都市部に集まるので辺境にはほとんどいない。皆がワクワクするのも当然だ。

「どんな料理が出てくるのか楽しみなのです！」

「――って、コニアさん、いつの間にやってきたんですか⁉　今日定期売買の日じゃないですよね⁉」

しれっと俺たちの隣に座っているコニアを見て、俺は目を剝いた。

「試食会があると聞いて、食べにやってきたのです！」

どうやら業務とは関係なく、料理を食べにきたらしい。

ワンダフル商会の数少ない幹部って聞いたけど、意外と暇なのかもしれない。

そもそもダリオとシーレを紹介してくれたのはコニアだ。まあ、試食会に混ざろうと問題はない。

獣王国の各地を渡り歩いている彼女の意見は参考になるだろう。

わいわいと雑談しながら大人しく席で待っていると、料理人服を身に纏ったダリオとシーレがワゴンを押してやってきた。

「み、皆様、本日はお忙しい中お集まりいただきありがとうございます！」

「本日試食していただく料理は、農園カフェで提供する予定のものでございます。ぜひとも忌憚ない意見をいただければと思います」

ガチガチに緊張した様子のダリオとは正反対に、シーレはかなり落ち着いている。

仕事モードなのか口調は崩さず非常に丁寧なものだ。

性格的な問題もあるが、単純に人前に出るのに慣れているのだろうな。

口上が終わると、ダリオがゆっくりとワゴンを押してこちらにやってきて料理を配膳してくれた。

「ロールキャベツのトマトソース煮、グラタン、オムレツ、春野菜たっぷりのパスタセットとなります」

俺の前にはメインとしてロールキャベツのトマトソース煮があり、他にはサラダ、コンソメスープ、パン、野菜ジュースといった豪華なラインナップになっていた。

メルシアにはグラタン、コニアはオムレツ、ネーアはパスタがメインとして君臨しており、俺と同じようにサラダなどがすべてに付いていていた。

「どれもすごく美味しそうなのです！」

「さすがはプロの料理人。盛り付けがとても立体的で彩りも鮮やかです」

豪華さにコニアが喜び、メルシアは見た目の華やかさに感心の声を漏らした。

俺たちが同じように料理を作ったとしても、こんなに綺麗な見た目にはならないだろうな。

「ねえ、これってもしかしてランチ⁉」

「はい。こちらの四種類は農園カフェで提供するランチになります」

ネーアが尋ねると、ダリオがこくりと頷いた。

「では、食べましょうか」

これだけ美味しそうな料理を前にいつまでもお預けは酷というものだ。

皆、午前中の仕事を終えてお腹がペコペコだったからか反対されるわけもなく、俺たちは一斉に料理に手をつけた。

「こちらのグラタン、ジャガイモやブロッコリー、ニンジンなどの野菜がゴロゴロと入っていて美味しいですね」

「こっちのオムレツには小さく刻まれたタマネギ、ニンジン、キノコ、ひき肉だけじゃなく、チーズまで入っていて相性もバッチリなのです！」

「にゃー！　パスタも美味しい！　大きなアスパラガスとベーコンがたまらないよ！」

メルシア、コニア、ネーアがそれぞれのメイン料理を食べて声をあげた。

そんな三人を尻目に、俺はロールキャベツをナイフで切り分ける。

キャベツを割ると、じんわりとしたキャベツと肉の旨みの汁が滲(にじ)み出た。

それをトマトソースに絡め、そのまま口へと運んだ。

キャベツの甘みと旨みが口の中でとろける。

「うん、ロールキャベツもとても美味しい！　特にキャベツの甘みと旨みが最高だ！」

じっくりと煮込まれたお陰でキャベツの甘みと旨みが増しているのだろう。

キャベツの層を突き破ると、中にあるジューシーな肉の塊が爆発。

丁寧に塩、胡椒、ハーブで味付けされた肉はとてもジューシーだが、キャベツがしっかりとそれを受け止めている。

さらに全体の味を昇華させているのがトマトソースだ。ほどよい酸味がキャベツと肉の旨みをくどくさせることなく、口の中をスッキリとさせてくれる。

「ねえねえ、イサギさん。そっちのロールキャベツも分けてよ！」

「私も食べたいのです！」

「では、それぞれ交換しましょうか！」

せっかく四種類もあるのだから、全部味わわないと勿体ない。

俺たちはそれぞれのメイン料理を切り分けて、お互いに交換することにした。

メルシアから分けてもらったグラタンには、鶏肉とナス、ジャガイモ、ブロッコリーといった大農園の野菜がたくさん入っていた。

食べてみると、ごろりとした野菜が口の中に入ってきて美味しい。

竈（かまど）でじっくりと火を通しているからか野菜の甘みが強く、濃厚なチーズと絡み合う。

コニアのオムレツは食べてみると、中に小さく刻まれた野菜がたくさん入っている。

しかし、小さなサイズとは裏腹に野菜の存在感はとても大きい。旨みもさることながらカリッとした食感が面白い。

ネーアが分けてくれたパスタはアスパラガス、タマネギ、ベーコン、キャベツといった野菜が入っていた。

麺を食べると、野菜の旨みがギュッと詰まったソースと絡み合っていて美味しい。

茹（ゆ）でられた大きなアスパラガスはほろ苦いながらも甘さもしっかりとあって、塩っけの効いたベーコンととても合っている。

この組み合わせはパスタの隠れたメインと言っても過言じゃないほどだった。

「こんなに美味しい料理は初めてなんだなー！」

「困りましたね。これでは毎日通ってしまいそうです」

ロドス、ノーラ、といった他の従業員からも大好評だ。

これにはダリオとシーレも嬉しそうにしている。

「めちゃくちゃ美味えんだが、肝心の値段はどれくらいなんだ？」

「グラタンセットが銅貨六枚で、残りの三種類は銅貨五枚の予定です」

「安いな、おい！」

シーレの返答にリカルドが驚きの声をあげる。

これだけ豪華なランチだと銅貨八枚くらいはいくかと思ったが、ダリオとシーレは良心的な値段に落とし込んでくれたようだ。

「それで収支はとれているのですか？」

厳しい問いかけをしたのはコニアだ。

普段はほんわかとした表情から一転して、真面目な表情になっていた。

ワンダフル商会が手を貸している以上、甘い経営方針は許さないといった雰囲気が漂っている。

「大農園から直接仕入れることができるお陰で原価率がかなり低く、利益率が高いので問題はないかと。細かい数字を記した資料も用意しております」

そう言ってシーレが資料を渡してくれるが、飲食店の経営なんかしたことがない俺にとってはサッパリだ。

「村人たちの収入や流通している貨幣の量を考えると、これくらいが妥当なのです。よく調べているのです」

ふむ、商人であるコニアがそう言うのであれば、大きな問題はないのだろうな。

書類に目を通しているメルシアも特に口を挟む様子はないみたいだし。

「イサギさん、料理はいかがでしたか？」

「私たちの料理は農園カフェに相応しいものでしたでしょうか？」

ダリオとシーレが不安そうにしながら尋ねてくる。

恐らく、四種類のランチの全体的な評価を求めているのだろう。

「どれも美味しかったです！　大農園の野菜をたっぷりと使い、それぞれのよさを十分に生かしきっていました。ぜひ、これらを農園カフェの定番ランチに加えて、営業を始めてもらえればと思います」

「「ありがとうございます」」

そう評価を述べると、ダリオとシーレが嬉しそうに笑って頭を下げた。

二人が提供してくれた料理は、どれも素材のよさを生かそうという熱意を感じることができた。

その熱い心と食材に関する尊敬がある限り、二人の開発した料理が農園カフェのテーマにそぐわないということはあり得ないだろう。

これならいいお店になりそうだ。

農園カフェの正式な開店日を話し合いながら、俺はそう確信するのだった。

8話　錬金術師は農園カフェを開く

試食会から一週間後。

販売所の一画にある農園カフェの営業が開始されることになった。

「ねえ、イサギさん。開店はまだかしら？」

「もう少々お待ちください」

先頭に立っているシエナを宥める。

販売所には農園カフェ目当てに大勢の村人が集まっており、シエナの後ろには大行列ができていた。

皆が目をキラキラとさせて、今か今かと開店を待っている様子。

販売所の開店に匹敵するほどの行列だ。特に感じるのが女性の多さだ。

いかに女性たちが農園カフェを求めていたのか分かるような女性比率だった。

ある程度、賑わうとは思っていたけど、ここまでとは思っていなかったな。

販売所の人気ぶりを鑑みて、販売所の店員に二名ほど応援として入ってもらったが、それでも追いつかない可能性が大きい。

「イサギ様、本日は私も接客に入ってもよろしいでしょうか？」

「うん、そうしてくれると助かるよ」

俺とメルシアは遠目から農園カフェの様子を観察するだけのつもりだったが、これだけ客が多いと手伝ってあげた方がよさそうだ。初日ということもあるし、万全の態勢で行こう。

店員たちと段取りの確認が終わると、メルシアはこちらに視線を向けてきた。

どうやら開店の準備は整ったらしい。

「大変お待たせいたしました！　農園カフェの開店です！」

「ようやくね。待ちくたびれちゃったわ」

それぞれの人数を確認すると、メルシアをはじめとする店員たちが客をテーブルへと案内していく。

客入りの多さに厨房で作業をしていたダリオが見事に硬直し、シーレにしっかりしろとばかりに背中を叩かれていた。緊張してミスをしないか心配になったが、調理に入ってしまえば集中するので問題ないだろう。

客たちがメニューを手に取り、わいわいと声をあげている。

どのランチにするか話し合っている姿がとても楽しそうだ。

やがて注文するべき料理が決まると、続々と手が上がってメルシアたちが注文を取りにいき、厨房へと伝えられた。

ランチで提供されるのは試食会で食べた四種類。

種類は多くないが、数を絞っているが故に素早く提供することができるのが大きな利点だ。

ダリオとシーレは素早く厨房を動き回ると、調理作業にとりかかる。

厨房の中でくるりくるりと入れ替わっているのに一度もぶつからず、次々と料理が完成していく様は一種のショーを見ているようだった。

これだけスムーズに動けるのは、同じレストランで働いていたが故に互いの呼吸が分かっているからだろう。

出来上がったランチは店員が次々と運んでいってお客の元へ届けられていく。

他の店員が片手に一つずつトレーを運んでいく中、メルシアは尻尾でもトレーを支えて三つのトレーを一度に配膳をしている。

「あんな風に尻尾でも運ぶことができるんだ」

「獣人だから誰でもできるってわけじゃないのよ？　尻尾を意図的に動かすっていうのは結構難しいし、鍛えにくいから」

「へー、そうなんですね」

思わず呟くと、席に座っていたシエナが答えてくれた。

同席している他のご婦人たちも同意するように頷く。

どうやら獣人だからといって誰でも自在に尻尾を動かせるわけではないようだ。

そういえば、シエナの尻尾もメルシアと同じで綺麗な黒い毛並みをしている。

コクロウやブラックウルフたちとは違う、ほっそりとしていてしなやかそうだ。

触ったことはないけど、どんな手触りなのか気になる。

「そんなに熱のこもった眼差しで見つめられると照れちゃうわ」

なんて考えていると、シエナがもじもじと恥じらうように言う。

「え⁉　ごめんなさい！　尻尾の話題が出てしまったので、つい」

もしかして、獣人にとって尻尾を凝視するのはマズかったりするのだろうか。

「お待たせいたしました。ロールキャベツのトマト煮定食です」

セクハラをしてしまったかもしれないと、あたふたとしているとメルシアがやってきてシエナへと配膳をした。彼女にしてはちょっと荒めに配膳だ。

「メルシア、配膳をする時はもっと丁寧にしないとダメよ」

「分かっています」

シエナの窘（たしな）める言葉に淡々と返事すると、メルシアは他のお客には丁寧に配膳をした。

今の出来事で何か彼女が不機嫌になる要素があったのだろうか？

クスクスと笑うシエナには理由が分かるようだが、素直に尋ねていいものかの判断がつかない。

「うふふ、嫉妬しちゃって可愛いわね」

「お客様、お皿をお下げいたしますね」

「ああ！　ごめんなさい！」

シエナが半泣き気味になって謝ると、メルシアは溜飲が下がったようで満足したように去っていった。

「さて、料理が揃ったようだし、いただきましょう」

テーブルにランチが揃うと、シエナたちは早速料理に口をつけた。

「……っ!?　何これ！　とっても美味しいじゃない！」

その反応は明らかに想定していた美味しさを上回っていたと分かるようなものだった。

「こっちのパスタも美味しいです！」

「こっちのグラタンもチーズと野菜の相性が抜群よ！」

シエナだけでなく、他の女性たちも口々にその美味しさに唸っているようだった。

他のテーブルでも料理の美味しさに感動する声があがっている。どのお客もダリオとシーレの作った料理に満足しているようだ。

よしよし、掴みはバッチリだ。

この調子でお客さんを捌いていけば、今日の営業は大成功と言えるだろう。

第一陣のお客が退店していき、第二陣、第三陣が入ってくる。

しかし、そこでランチの配膳ペースが遅くなったのが分かった。

不思議に思って厨房に声をかけてみる。

「調理ペースが遅くなりましたが何かありましたか？」

「すみません。予想以上の客入りに皿の数が足りなくなってしまって……」

シンクに視線をやると、シーレが必死に汚れた皿を洗っていた。

なるほど。調理担当のシーレが皿洗いに回ってしまったせいで、料理を作るペースが落ちてしまったようだ。

接客をしている店員に皿洗いを頼む方法もあるが、そちらを減らしてしまえば満足な接客ができなくなってしまう恐れがある。

錬金術で食器を作り出せばいいと思ったが、ダリオとシーレは料理に合わせた食器を用意して提供している。ヘタに違う種類の食器を用意しても、二人の作ってくれたランチのイメージを損ねてしまうだろう。

俺はマジックバッグから木材を取り出して錬金術を発動。

錬金術による変質で木材を人形にすると、動力部分に魔石をはめ込んでゴーレムを作成した。

「シーレさん、食器洗いは任せてください」

「ゴーレム？」

魔力を流して指示を出すと、シーレと交代する形でゴーレムがシンクの前に立つ。

俺の与えたスポンジと洗剤を手にすると、ゴーレムは汚れた皿を手に取って洗い始めた。

スポンジに洗剤を垂らし、軽く皿を撫でると水で流す。

「いや、さすがにそんなんじゃ汚れは落ちない――って、綺麗になってる⁉　なんで？」

雑にも見えるゴーレムの動きに眉をひそめていたシーレだが、すっかりと綺麗になった皿を見て表情を驚きへと変えた。

「ゴーレムに持たせているスポンジと洗剤は、錬金術で作った特殊製ですから」

その洗剤は錬金術で洗浄力が極限まで高められたもの。

さらにスポンジもワンダフル商会から仕入れた、海辺でとれる天然のスポンジを改良したものだ。

通常のものよりも泡立ちや泡持ちも桁違い。この驚異的な組み合わせによって、どんな油汚れでも軽く撫でて水で流すだけで落ちてしまうのである。

「そして、洗い終わったお皿は錬金術で乾燥。これですぐに食器が使えますよ」

「……このスポンジと洗剤、すごく欲しいんだけど――って今はそんな場合じゃない！　ありがとう。お皿の方はイサギさんにお任せする」

目を輝かせていたシーレだが、我に返ると急いで調理作業に戻った。

料理人の二人が調理に集中できるようになると、配膳スペースは元の速さへと戻った。

そのまま続けて食器をゴーレムに洗ってもらい、洗い終わったものを錬金術で乾燥させる作業を続ける。

皿洗いの速度が劇的に上がったお陰で、あっという間に溜まっていた皿は消えた。

仕事がほとんどなくなると暇になり、俺もちょっとした接客や会計も手伝えるほど。

「美味しい料理を食べながらゆっくりと談笑できるなんて夢みたいだわ。素敵なカフェを開いてくれてありがとうね、イサギさん」

会計をしていると、シエナをはじめとするお客からそんな声をかけられた。

急遽、農園カフェを作ることになって驚き、バタバタとしたが期待に応えられたようでよかった。

その後は営業も安定し、農園カフェ開店の初日は大成功だった。

9話　錬金術師は暑さの対処をする

農園カフェが開店して一週間。まだまだ開店したばかりということもあって、農園カフェは絶え間ない賑わいを見せているが、大きなトラブルもなく営業ができていた。

主な利用客はプルメニアの村人。家族や友人を誘ってランチにやってきたり、ふらりとお茶やジュースを飲みにくる人が多いようだ。

ここ最近は外からやってきた村人や旅人、行商人なんかも顔を出すようになって、村内だけでなく外の人からの評判もいいようだ。

ダリオとシーレの腕がいいのもあるが、自分の農園で穫れた食材が気に入ってもらえると嬉しいものだね。

「農園カフェは村に馴染(なじ)んでるみたいだね。一応、聞くけど今のところ何か問題はある？」

尋ねると、メルシアが少し悩んだような素振りを見せ、口を開いた。

「強いて申し上げるなら、ネーアが農園カフェに入り浸りすぎて、ラグムントさんやノーラさんに連れ戻されることが多くなって困っていることくらいでしょうか？」

「……うん、平和で何よりだよ」

本当に小さな問題だった。

それだけ農園カフェの居心地が従業員にとってもいいということだろう。

度が過ぎれば、他の従業員やメルシアが注意するだろうし、わざわざ俺が注意するまでもないだろう。やるべきことさえこなしていれば、俺はそこまで文句を言うつもりはないし。

「とにかく、これで農園カフェに関する仕事は落ち着いたね」

「はい。これ以上はイサギ様のお手を煩わせる必要はないかと」

農園カフェの営業が軌道に乗ると、俺が深くかかわる必要はない。

俺はあくまで錬金術師であって料理人や経営者ではないのだ。農園カフェの経営については、ダリオとシーレの二人に任せよう。

そんなわけでここ最近バタバタしていた俺もようやく、本業である錬金術師の仕事に戻れるわけである。

「今日はどうされますか？」

「農園を回ったら、久しぶりに魔道具でも作ろうかなって。メルシアは？」

「私はイサギ様の家と工房の掃除をしようかと。お恥ずかしいことにここ最近はあまり家事の方にまで手が回り切っていませんでしたから」

などとメルシアは言っているが、俺の家と工房はとても綺麗なんだが。でも、それは俺がそう思うだけで、彼女からすれば納得できないらしい。

「分かった。それじゃあ、外に出てくるよ」

「はい、行ってらっしゃいませ」

互いのいつものスケジュールを確認すると、俺はメルシアに見送られて家を出ることにした。

靴を履いて外に出ると、強い太陽の光が照りつけている。

あまりの眩しさに俺は思わず目を細めてしまった。

「今日は暑いな」

ここ最近は比較的暖かいというくらいの日が続いていたが、今日は暑いと感じるほどの気温。

どうやらプルメニア村も本格的に夏を迎えつつあるようだ。

農園に入ると、ゴーレム馬に跨って移動。

畑に辿り着くと、作物の様子を見ながら必要に応じて錬金術で調整をする。

そんな風にして畑を移動していると、木陰でぐったりとしているネーアとロドスが見えた。

「二人とも大丈夫ですか？」

「大丈夫じゃないんだなー」

「今日、暑すぎ」

「ですよね。俺もここにくるだけで汗をたくさんかいちゃいました」

ロドスは大きなお腹を露わにして仰向けになっており、ネーアは熱を逃がすかのようにうつ伏せになっている。

今日の気温はほぼ夏といってもいいくらいだ。二人が暑さに参ってしまうのも無理はない。

「おい、この暑さは何とかならんのか」

俺も木陰で一休みしていると、足元にある影からコクロウが顔だけを出しながら言ってきた。

「コクロウは平気なんじゃないの？」

コクロウは影を操り、影へと移動できるシャドーウルフだ。影の中に入っていれば、暑さなんて感じないんじゃないだろうか。

「ずっと影にいられるのであれば苦労はない」

素朴な疑問を投げかけると、コクロウは不機嫌そうに鼻を鳴らしながら答えた。

何かしらの制約があるのは知っていたがやはりずっと影に潜っていられるほどの力はないようだ。

それでもこうやって影に潜って、暑さから避難できるのはズルいと思う。

にしても、こっちの夏がここまで暑いなんて思わなかった。

このままでは従業員が倒れるなんて可能性もある。これは早急に何とかしないといけないな。

「分かりました。俺がこの暑さを軽減できるように魔道具を作りましょう」

「ええ⁉　そんな便利な魔道具があるの⁉」

俺の言葉を聞いて、ぐったりとしていたネーアが勢いよく上体を起こした。

「ええ、外での作業が快適とまではいかなくても、大分働きやすくなるとは思います」

「従業員だけでなく、俺たちも過ごしやすくなるような魔道具を作れ」

「分かっているよ。コクロウだけじゃなく、ブラックウルフたちも快適になるようなものを作るから」

「フン、ならいい」

コクロウとの関係はあくまで契約によるものだが、俺は彼らも立派な農園の仲間だと思っている。

従業員じゃないからといって、サポートを緩めるつもりはない。

「急いで魔道具を作りますので、今日はあまり無理をせず、しっかり休憩と水分をとるようにしてください」

「分かった！　ありがとう、イサギさん！」

「よろしくお願いするんだな」

ネーア、ロドス、コクロウと別れると、作物の調整作業を切り上げて工房に戻ることにした。

ゴーレム馬を停車させて工房に入ると、ちょうどメルシアが掃除をしていたらしく出迎えてくれた。

「いつもよりお戻りが早いですが、何かありましたか？」

通常、俺が農園のすべてを回るとなると、ゴーレムを使っても二時間ほどはかかる。

それよりも短い時間で帰ってきたことをメルシアが不思議に思うのは当然だ。

「今日はすごく暑かったから、これからのことを考えて、従業員のために涼をとれる魔道具を作ろうと思って」

「確かに夏は炎天下での作業が辛いでしょう」

「帝城での仕事が長かったものだから、つい暑さの対策を忘れていたよ」

「帝城の中には至るところに涼のとれる魔道具がありましたからね」

帝城は皇族が住んでいるだけでなく、数多の貴族といった権力者の集う場所だ。

宮廷錬金術師によって作成された魔道具が城内の至るところに設置され、年中が快適な気温に保てるようになっていた。

そんな場所で長年働いていたものだから、つい季節の変化による対応を失念してしまっていた。

仕事、同僚、上司には恵まれなかったものの、環境自体は立派なものだとしみじみと思う。

「そんなわけで今から涼をとるための魔道具を作るよ」

「かしこまりました。ですが、その前にまずはお召し物を着替えるべきかと。そのまま作業に入ってしまっては風邪を引いてしまいます」

メルシアに注意され、俺は自分の身体が汗だくになっていることを思い出した。

確かにこのまま乾くようなことになれば、体温が急激に奪われて風邪を引く可能性がある。

メルシアが衣装棚から取り出してくれたシャツを受け取ると、俺はその場で錬金術師のローブを脱ぎ、中にあるシャツを着替えた。

「お召し物は私が洗濯しておきます」

「ありがとう」

汗で湿っているにもかかわらず、メルシアは嫌がることなく俺のローブとシャツを回収して部屋から出ていった。

新しいシャツに着替えると、とてもスッキリとして気分がいい。

メルシアの言う通り、作業にとりかかる前に着替えてよかった。

10話　錬金術師は魔道具を作る

「さて、魔道具を作るとしようか」

俺はマジックバッグから魔道具に必要な素材や魔石を次々と取り出していく。

が、ちょうどいい魔石がないことに気付く。

大魔石や中魔石はあっても、小魔石がなかったな。

「使い勝手がいいから、つい使っちゃうんだよね」

とはいっても、マジックバッグの中に入ってないだけで、工房の素材保管庫にはある。

魔石については定期売買でワンダフル商会から仕入れているからね。

保管庫に向かうために部屋を出ると、廊下にはメルシアがいた。

「あ、ごめん」

「い、いえ、こちらこそ申し訳ありません」

まだ扉の傍にいるとは思っていなかったので謝ると、彼女も慌てたようにして一歩下がった。

そんな彼女はなぜか俺が先ほど渡した錬金術師のローブを羽織っていた。

洗濯に出したはずのものをどうして彼女が羽織っているんだろう？

「これはイサギ様のローブにほつれなどがないか確認していただけです」

「……そ、そうなんだ。わざわざありがとう」

ほつれがないか確かめるために、わざわざ自分で羽織る必要があるかと言われると疑問なのだが、冷静な口調で言われると反論はできない。

でも、やっぱり自分の汗が染みついたローブを羽織られるというのは、ちょっと恥ずかしいな。

メルシアは鼻が利くし、臭いとか思われていないか心配だ。

そんな返答が怖いので、俺は特に追及することなくそのまま保管庫に向かった。

保管庫にはきちんと仕入れたばかりの各属性の小魔石が並んでおり、それらをマジックバッグに入れた。

保管庫から廊下に戻ると、メルシアは他の洗濯物の回収にでも行ったのかいなくなっていた。

まあ、変に気にするのはやめておこう。

思考を切り替えると、俺は工房に戻って魔道具作りを開始することにした。

今回作る魔道具は三種類だ。

冷風を生み出す魔道具と、水霧を散布する魔道具、それとコクロウたち用の小型送風機である。

後者は別として、前者の二つは帝城によくある魔道具で、宮廷錬金術師時代に何個も作らされた覚えがある。そんな経験もあって設計図と睨(にら)めっこする必要もなく、息を吸うように作ることができる。

まずは冷風を生み出す魔道具だ。

プラチニウムに魔力を流して、錬金術で直方体へと加工。

簡単な土台ができると、中に氷と風の小魔石を設置する。

それぞれが魔石反発を受けないように魔力回路を繋げると、冷気と風を噴出するための管を作って上部へ繋げる。

出口となる噴出口はプラチニウムを変形させることで作った。

試しに魔力を流してみると、氷魔石から冷気が発生し、風魔石から風が発生。

冷気と風が混ざり合い、管を通って噴出口から冷風が噴射された。

「……冷たくて気持ちいい風だ」

俺の家や工房だけでなく販売所、農園カフェといった室内であれば、強い効果を発揮して快適に過ごすことができるだろう。

この冷風を浴びると帝城での生活を思い出す。

夏場ではこれが何百台と設置されていたせいで、場所によっては冬のように冷えている場所もあったっけ。

そんなことにならないように、うちでは皆の意見を聞きながらしっかりと温度管理をしよう。使い方を誤って、不便になっていては本末転倒だからね。

冷風の魔道具が出来上がると、次は水霧の魔道具だ。

プラチニウムを加工して作ったタンクの中に水魔石と風魔石を設置。

水魔石からは水源となる水を、風魔石からは噴射させるための圧力がかかるように調整。

水源が完成すると、ワームの皮を錬金術で加工してチューブ状にし、プラチニウムを加工して作ったノズルを等間隔で取り付けた。

チューブの一つ目のノズルには排水コネクターを接続しておく。

これはチューブ内で水が溜まらないようにするためのパーツだ。水源として井戸から水を汲み上げておらず、別の魔道具を接続しているわけでもないので絶対に必要ではないが、これがあるだけで定期的なメンテナンス期間を大幅に伸ばせるので俺は付けることにしている。

あとはレバーで水圧調整やノズルの開閉ができるようにし、タンクと接続してやれば完成だ。

タンクに魔力を流すと、水魔石から供給された水がチューブへと流れていく。

レバーを閉めていくと風魔石により発生した圧力が増していき、チューブ内からノズルへと勢いよく出ていく。

すると、小さく加工されたノズルの先端からは霧状の水が周囲に噴射された。

「うん、ちょうどいい霧具合！　近くにいてもほとんど濡れないしバッチリだ」

水霧の中にいるにもかかわらず、俺の衣服や室内にある家具などが湿った様子はない。

細かな水の粒子であるが故に気化しているからだ。

これにより水を噴射しているのに一切濡れることはなく、周囲を涼しくすることができる。

これが水霧の魔道具の素晴らしさだ。

家の庭で使うもよし、農園での屋外作業なんかにも使うといいだろう。ややその日の気温や乾燥具合によって効果が左右される面もあるが、屋外で使いやすいのがメリットだ。

ただ気化した蒸気が室内に溜まり、湿度が高くなってしまうデメリットがある。

湿度が上がり過ぎると、内部で気化できずに水滴が付着してしまう恐れがあるので室内で使う時は適度な換気が必須だな。

水霧の魔道具が出来上がると、次は送風の魔道具だ。

こちらは他の魔道具に比べると、造りはかなり単純だ。

プラチニウムを加工して小型の三枚の羽根を作ると、スピンナー、締め付けリングを作成し、ガードリングで覆う。それを二つ作ってしまうと、コクロウやブラックウルフたちの身体に装着できるように支柱を湾曲させてベルトを作る。

支柱の内部に動力源となる無属性魔石を設置すれば完成だ。

魔力を流すと、二つの三枚羽根が勢いよく回転して風を噴射する。

羽根の回転する音もうるさくないし、十分な涼しさを得られる。

「うん、これなら問題ないだろう」

ただ他のブラックウルフの分を考えると、かなりの数を生産しないといけない。

それが大変だけど、暑い中でも警護してくれていることの方がもっと大変だ。

ブラックウルフたちのためにも頑張って作ろう。

●

翌日。魔道具をすべて完成させた俺は、早朝からメルシアを伴って販売所にやってきた。

今日も日差しが強く、気温もかなり高い。

昨日の気温は太陽の気まぐれなどではなく、本格的な夏の到来を実感させるものだった。

早めに魔道具を作っておいてよかった。

「まずは入り口に設置しようか」

「はい」

マジックバッグから水霧の魔道具を取り出すと、俺とメルシアは設置作業に入る。

邪魔にならない裏口にタンクを置くと、そこからチューブを伸ばして入り口の屋根になっている上部へと設置。

こういった魔道具の設置作業は帝城でもよくやっていたので手慣れたものだ。

「よし、早速動かして――」

「イサギ様、ちょうどいい実験体がやってきました」

メルシアに肩を突かれて振り返ると、販売所に向かって歩いてくるネーアが見えた。

農園に向かう前に更衣室で着替え、今日の仕事を確認しにきたのだろう。

ネーアはこちらに気付いた様子はない。

「分かった。彼女に体験してもらおう」

俺とメルシアはクスクスと笑うと、即座に裏に回って身を隠す。

すると、ネーアが販売所に入ろうとして入り口に近づいてくる。

彼女が水霧の魔道具の存在に気付くことはない。

魔道具は入り口の上部にチューブを通して目立たないように設置している。

気付かないのも無理はない。

吹き出しそうになるのを堪（こら）え、俺はネーアが入り口をくぐろうとしたタイミングでタンクに魔力を流した。

タンクから供給された水がチューブを通っていき、入り口にいるネーアへと水霧が噴射される。

「にゃー!?」

突然の水霧にネーアが驚きの声をあげ、飛び跳ねるように後ろに下がった。

「なんか急に水が噴き出したんだけど!?」

「あははは！」

「ふっ、ふふふ」

ネーアの反応が面白く、思わず笑い声をあげてしまった。

堪え切れなかったのは俺だけじゃなかったらしく、隣で息を潜めていたメルシアも笑っていた。

当然、このタイミングで笑い声をあげれば、誰が犯人かは分かるわけで、警戒した猫のように耳と尻尾を逆立てたネーアがやってくる。

「にゃー！　二人の仕業だね！」

「新しく作った魔道具の感想を聞きたかったんです」

「普通に見せてくれればいいじゃん！　あんな風に急に水がブシャーって噴き出してきたら驚くよ！」

「そこはネーアの驚く反応が見たかったので」

「にゃー」

メルシアの堂々とした悪戯心の吐露に、ネーアは毒気を抜かれてしまったようで呆れた顔になった。

「で、開発した魔道具って言ってたけど、これはなんなの？」

「昨日言っていた涼をとるための魔道具です。こうやって水を霧状にして噴射することで、周囲の気温を下げることができます」

「これが涼しいことは理解できるけど、こんな風に水を撒いたら店の前がビチャビチャになるんじゃ――あれ？　なってないね？」

ネーアが視線を落としながら言うが、木製の床はまったく濡れた様子がない。

触れてみても湿気すら感じないだろう。

「細かい水の粒子なので、地面に到達する前に気化するんです」

「き、気化？」

メルシアの解説を聞いて、ネーアが小首を傾げた。

こういった専門用語は研究者や錬金術師などの一部の者にしか伝わらないので仕方がない。

「消えてなくなってしまうことです。ネーアの懸念しているようなことにはなりませんし、衣服が濡れるようなこともありませんよ」

「本当だ。ずっと下にいるけど、服や肌が濡れたりしない！　冷たくて気持ちいいー！」

ネーアが両手を広げて思いっきり水霧を浴びながらはしゃいだ。

これだけ喜んでくれると、こちらとしても作った甲斐があるというものだ。

11話　錬金術師は魔道具を設置する

「あっ、ラグムントとリカルドが来た！」

微笑ましく見守っていると、ネーアが俺とメルシアの手を取って裏に回った。

「お二人にもやるんですか？」

「リカルドはともかく、あの真面目なラグムントがどんな風に慌てるか見たいじゃん？」

見たくないと言えば嘘になるけど、普通に怒られそうだ。

とはいえ、俺とメルシアもネーアに悪戯を仕掛けた側なので、偉そうに止めることもできない。

結果として俺とメルシアは稼働のさせ方をネーアに教えるしかなかった。

リカルドとラグムントが歩いて販売所の入り口にやってくる。

様子を見る限り、リカルドが一方的に話しかけていて寡黙なラグムントが相槌を打ちながら聞いており、たまに質問を返す程度。

正反対な性格のように見える二人だが、意外と仲がいいのかもしれない。

なんて俺が思っている中、相槌を打っていたラグムントの視線が妙に上へと向いた。

特に声を上げることはないが、不思議そうに上部を見つめている気がする。

「ラグムントさん気付いているんじゃないですか？」

「えー？　それはないよ。普通はあんなとこ見ないって。それよりそろそろいくよー？」

俺の言葉にとりあう様子もなく、ネーアはリカルドとラグムントが入り口に到達した途端に魔力を注いだ。

「どわあっ！　冷てえっ！　なんだこりゃ⁉」

噴射された水霧をリカルドはもろに受けたが、ラグムントは気付いていたのか後退して避けた。

「にゃー！　なんでラグムントは避けられたの⁉」

「入り口にいつもと違う物が付いていれば警戒するだろうに」

声をあげて詰めよるネーアにラグムントは呆れの視線を向けた。

やっぱり、ラグムントは魔道具が設置されていたことに気付いていたらしい。

「いやいや、入り口なんて普通注視しないよね⁉」

確かにネーアの言う通り、普段通い慣れた職場の入り口など滅多に注視しない。

ましてや今回設置した魔道具は目立たないようにしている。ラグムントがどうやって発見できたのかは俺も不思議だった。

「農園の安全のために施設に危険物がないか注視するのは当然だろう？」

「販売所は外部からの出入りも一番多い場所ですからね」

ラグムントが平然とした顔で言い放ち、メルシアも同意するように頷いた。

「……なんだかあたしたちとは見ている世界が違う」

ネーアが俺の気持ちを代弁するかのように呟く。

だけど、そんな二人がいるからこそ俺たちは安全に働けるのだと思う。

「とにかく、これが涼しくするための魔道具なんだよね？」

「はい。農園のすべてに設置とはいきませんが、作業量の多い場所や休憩所の傍には配置したいと思います。あとは移動式の小型送風機なども作っていく予定です。少しの間はご不便をおかけしますが、これで頑張っていただけると助かります」

「にゃー！　これがあるだけでも大助かりだよ！」

「さっきはビビったけど、これめっちゃ気持ちいいもんな！　最高だぜ！」

「わざわざ、私たちのためにありがとうございます」

「いえいえ、従業員の皆さんが快適に働けるようにするのが俺の役目ですから」

ネーア、リカルド、ラグムントは礼を告げると、販売所の中に入っていった。

「さて、庭にも水霧の魔道具を設置しておこうかな」

「庭に……ですか？」

俺の言葉にメルシアが不思議そうな声をあげた。

水霧の魔道具は建物の玄関口や、作業場、人通りの多い道などに設置するものだ。開けた庭に設置することはあまりない。メルシアが不思議に思うのも当然だ。

「広い場所で水霧が噴き出す場所があったら子供たちが喜ぶかなと思って。機能的に考えると、無駄かもしれないけど、豊かな生活にはこういう無駄も必要かなって」

なんて意図を伝えると、メルシアは呆然とした表情を浮かべたが、すぐに笑みへと変えた。

「子供が笑顔になれる場所が無駄なわけがありません。きっと喜ぶかと」

「そうなるといいな」

帝国ではこういった使い方は許されないことだった。

でも、今の俺がいるのは帝国とは関係ない獣王国のプルメニア村。ここでならこういった設置の仕方もできる。

俺はマジックバッグから木材を取り出すと、錬金術を発動。

木材を加工、変質させて、一休みするための屋根とイスを作った。

帝城の庭園にあった東屋のようなイメージだ。

イスの下に空間を作ると、そこにタンクを設置してチューブを屋根伝いに伸ばして括り付けた。

タンクに魔力を流すと、屋根に通されたノズルから水霧が噴き出した。

「うん、イスに座っていても濡れないね」

「風通しもとてもいいので心地いいです」

メルシアと並んでしばらく腰かけて体感してみると、とても気持ちよかった。

天気がいい日には農園カフェのジュースを片手に、ここで談笑したりできるだろう。

水霧の魔道具の設置が終わると、俺は次の魔道具を設置するために販売所の中に入る。

フロアではノーラをはじめとする販売所の店員が動き回っている。

販売所内の扉は開かれ、窓もしっかりと開け放っているが、気温が高いせいかどこかむわっとしている。

品出しをしているノーラの額にはじんわりと汗をかいていた。

これだけ気温が高いと、作物への影響も懸念される。早めに作っておいて本当によかった。

店員たちが作業をする中、俺とメルシアはフロアの奥へ進む。

マジックバッグから冷風の魔道具を取り出すと、おもむろに設置した。

「イサギさん、何を置いているのですか？」

魔道具を設置すると、ノーラが疑問の声をあげた。

自分の職場に上司が何かを設置したとなれば、気にならない店員はいないだろう。

「販売所を涼しくするための魔道具の設置です」

「「本当ですか⁉」」

答えると、ノーラだけでなく他の店員も反応を見せた。

それだけ販売所内の暑さに辟易していたということだろう。

「早速、稼働させてみますね」

ノーラたちが集まってくる中、俺は冷風の魔道具に魔力を流した。

噴出口から冷たい風が勢いよく噴出した。

氷魔石に生み出された冷気が風魔石で生まれた風によって押し出され、拡散された。

ほどなくして暑い空気が押し出されて、周囲に冷たい空気が漂い出す。

「はぁ～……ヒンヤリとした風がとても気持ちいいです」

冷気を浴びたノーラが恍惚とした表情を浮かべる。

他の店員たちもヒンヤリとした冷気を浴びて、とても気持ちよさそうにしていた。

「冷気を逃がさないために窓や入り口を閉めてもらえますか？　その方がもっと涼しくなるので」

「皆さん、急いで戸締りを！」

もっと涼しくなるという言葉に我に返ったのか、ノーラがパンと手を叩きながら言う。

すると、店員たちが一斉に動いて扉、カーテン、窓を閉める。

上の階に上る手間すら惜しいと思ったのか、壁を走って二階へと移動している店員もいた。

彼女は窓とカーテンを素早く閉めると、そのまま二階から飛び降りて優雅に着地。

乱れた髪と衣服を整えると、気恥ずかしそうな笑みを浮かべた。

「獣人の身体能力の無駄遣いを見た気がする」

雇用する前から雑談をする間柄のご婦人だったが、まさかあんなアクロバティックな動きができるとは。

やっぱり獣人ってすごい。

皆の行動の速さに圧倒される中、俺とメルシアはフロアの右側に二台目を、左側に三台目の魔道具を設置。魔力を流すと、それぞれの魔道具からの冷気が噴射された。

しばらく待っていると、販売所内の空気がヒンヤリとしたものに包まれた。

「フロアが広いから完全に涼しくなるまで少し時間がかかるね」

「細かい部分は設置場所を変えることで詰めていけるかと」

「そうだね。あとは空気を撹拌するために送風機を設置すると、効率よくフロア内を冷やせるかも」

まだまだ詰めるべき部分はあるが、そこは稼働させながらデータを取ることで改善されそうだ。

「とにかく、これなら作物も傷まないし、店員やお客さんも快適かな？」

「はい！　とても快適ですわ！　家よりもこちらの方が快適で帰りたくないですわね」

「さすがに家には帰ってくださいね？」

なんて言ってみるが、誰からも冗談だという返事がこないのが恐ろしい。

さすがにちゃんと家に帰ってくれるよね？　そこはノーラたちを信じるとしよう。

12話　錬金術師は魔物と涼む

冷風の魔道具の設置が終わると、俺とメルシアは販売所から農園に移動することにした。

農園を警備してくれているコクロウやブラックウルフたちのために作った小型送風機を渡すためである。

「販売所の中が快適過ぎて、外に出るのがしんどいや」

「夏のあるあるですね」

販売所内が涼しいが故に、外に出た瞬間の暑さにげんなりとする。

帝城で働いていた時もよくあったが、未だにこれには慣れないものだ。

「さて、コクロウのところに向かおうか。問題はどこにいるかだけど……」

ブラックウルフたちはともかく、そのリーダーであるコクロウは影を自由に移動できるためにどこにいるか分からない。

スイカ畑の周辺をうろついていることもあるが、従業員やゴーレムの影に潜んでいることもある。

時折、気分転換に山や森を走り回っていることもあるために、狙って会おうとするのが難しい奴だったりする。

「イサギ様、コクロウさんが見つかりました」

この暑さの中を延々と歩き回って探すことになると辛いなどと考えていると、メルシアが中庭を指さしながら言った。

視線を向けてみると、販売所の庭に作ったばかりの休憩所にコクロウやブラックウルフたちが寝転んでいた。

設置してから数十分も経過していないのに、これだけの数が集まっているのが驚きだ。

水霧を浴びて心地よさそうに転がっているブラックウルフたちを見ると、なんとも癒やされる。

「販売所の周りにまでやってくるなんて珍しいね？」

「フン、ちょうどいい休憩場所があったからくつろいでいただけだ」

「水霧の魔道具は気持ちいいかい？」

「悪くはない」

コクロウとの付き合いも長くなってきたので「悪くはない」という言葉が彼の中で結構気に入っているという訳されるわけだ。

「だが、場所が限定されるのが気に食わん」

「あくまでこれは農園での作業を快適にするためのものだからね。コクロウたちの魔道具は別に用意しているよ」

「ほう？」

コクロウが興味深そうにする中、俺はマジックバッグから装着式の小型送風機を取り出した。

「おい、ふざけるな。我は貴様の飼い犬になったつもりはないぞ？」

すると、魔道具を見た瞬間にコクロウの機嫌が悪くなる。

この反応は予想していたものだ。

「首と身体に引っかけて装着するだけで首輪じゃないよ。ほら？」

「……確かにそうだが、ほぼ首輪みたいなものではないか。気に食わん」

魔道具を見せながら首輪じゃないと懇切丁寧に説明するも、コクロウは気に食わないのかプイッと顔を背ける。

プライドの高い彼にとって、この形の魔道具は受け入れられないようだ。

「首輪じゃないんだけどなぁ……ブラックウルフ、おいで。涼しくなれる魔道具だよ」

「ウォン！」

「貴様！　人間に媚びを売るか！」

近くにいたブラックウルフを呼び寄せると、あっさりと来てくれた。

ブラックウルフのそんな態度にコクロウが叱りの声をあげるが、涼しさという魅力の前では無力のようだ。

大人しく待っているブラックウルフに小型送風機を装着してあげる。

魔力を流してスイッチを押すと、胸元にある二つの三枚羽根が回転して風が生まれた。

「クウウウウン」

すると、ブラックウルフが気持ちよさそうな表情になった。

「胸元にある羽根が回転して、風を起こしているのか……涼しそうだな」

快適そうなブラックウルフを見て、コクロウがどこか羨ましそうにしている。

形状が気に食わないとはいえ、魔道具に惹かれていることが十分分かる。

「ほら、首輪じゃなくて涼しくなるための立派な魔道具でしょ？　コクロウもつけてみなよ」

「試してやらんこともないが、貴様につけられるのは我慢ならん。メルシアにさせろ」

俺が装着しようとすると尻尾で叩かれた。拒まれる意味が分からない。

「なんでさ」

「首輪をはめてもらうことに獣人と同じような意味があるのでしょう」

釈然としない俺の傍でメルシアがクスクスと笑いながら言った。

コクロウが威嚇してくるので、仕方なく魔道具をメルシアに手渡す。

メルシアが傍に寄ると、コクロウは大人しく装着された。

魔力を流してスイッチを押すと、コクロウの首元にある三枚羽根が回転して風が生まれた。

「もう少し風は強くできんのか？」

「胸元にあるスイッチで強弱を設定できるよ」

「ここか！」

調節場所を教えると、コクロウは器用にも自分の脚を使ってボタンを操作した。

三枚羽根の回転速度が上がり、さらに強い風が生まれる。

コクロウの柔らかな黒と銀の体毛がゆらゆらと揺れている。

「……中々の涼しさだ」

気持ちよさそうに目を細めながらのコクロウの言葉。

小型送風機はコクロウにとっても涼しいと思える魔道具だったようだ。

「これならどこにいても風を受けられるし、水霧の魔道具の傍にいると、空気もヒンヤリとしていてより気持ちがいいはずだよ」

「悪くない」

「魔物に作る魔道具は初めてだったんだけど、何か気になるところはない？」

人間が使用する魔道具は数多く作ってきたが、魔物が使用する魔道具を作ったのは今回が初めてだ。

俺たちの感覚では問題ない範囲でも、魔物ならではの感覚では気になるところがあるかもしれない。

今後の参考としてとても気になる。

「……羽根の回転する音が大きいのが難点だ」

「んー、やっぱり聴覚のいいコクロウたちにはうるさいよね」

人間に比べて聴覚が鋭敏なことは分かっていたので、できるだけ素材を工夫して消音性を高めてみたのだが、コクロウやブラックウルフにとってはまだ音が大きく感じるらしい。

「音はどのくらい気になる？」

「この涼しさによる恩恵を考えれば十分に許容できる範囲だ」

よかった。装着するだけでストレスを感じるレベルではないようだ。

「だが、神経質な奴はつけるのを拒むだろう」

コクロウがそう述べる後ろでは、何体かのブラックウルフがメルシアから逃げ回っていた。

「拒まれてしまいました」

「あいつらは音に敏感だからな」

しょんぼりとしているメルシアを慰めるコクロウ。

前から思っていたが、俺には厳しいのにメルシアにはちょっと優しいんだな。

「イサギ様、魔道具が七つほど余ってしまいましたが、どうしましょう？」

「俺たちの分として再利用しちゃおう」

メルシアから余った魔道具を受け取ると、俺は錬金術を発動。

魔道具の形状を変化させると、自分の首へと引っかけた。

魔力を流してスイッチを押すと、気持ちのいい風が首へと吹きつけた。

「うん、首が涼しいや」

首元には熱が溜まりやすく汗もかきやすいので、夏には助かるだろう。

気になる音の方だが、聴覚が鋭敏なコクロウたちに気を配って消音性を高めていたお陰か、かなり音は小さくなっており俺はまるで気にならない。

「メルシアも使ってみてくれる？　俺は気にならないんだけど、獣人の人がどうか気になるから」

追加で形状変化させた魔道具を差し出すと、メルシアは手を伸ばそうとして引っ込める。

それから妙に身体をもじもじさせて窺うように言ってくる。

「……では、首にかけてくださいますか？」

「うん？　別にいいけど？」

別にこの魔道具は首に引っかけるだけだから装着するのが難しいわけじゃないんだけど。

だからといって、頼みを断るほどの理由があるわけでもないし、俺は素直にメルシアの首に魔道具をかけてあげた。

「…………」

「メルシア？」

魔道具をかけてからメルシアの反応がまったくなかったので呼びかけると、彼女はハッと我に返ってスイッチを押した。

するとと、二つの三枚羽根から風が送られる。

メルシアの黒い髪が魔道具によって生じた風でふわりと揺れた。

「とても素晴らしいです」

「よかった」

ちょっと予想と違うコメントだったけど、涼しいということだろう。

「……貴様は存外と大胆なことをするな」

「え？　何が？」

ただ魔道具を首にかけただけじゃないか。それに何の意味があるというんだろう。

首を傾げると、コクロウが哀れなものを見るような目になった。

納得がいかない。けど、今は意味合いよりも魔道具の感想が大事だ。

「メルシア、魔道具の音とか気にならない？」

「まったく気になりません」

どうやら獣人であるメルシアにとっても気にならないようだ。

これなら両手がふさがることもないし、農作業のお供にいいかもしれない。

あとでネーアたちにも配ってみよう。

これで夏の作業も皆で乗り切れそうだ。

13話　錬金術師は宿づくりを頼まれる

魔道具の設置を行った翌日。

俺は従業員たちの様子を見るためにゴーレム馬で農園を回ることにした。

移動していると、ネーアが農作業ゴーレムを連れてキャベツ畑にいるのが見えた。

キャベツの球を斜めにして外葉を広げて二枚残し、株元に包丁を入れては切り取る。

一つ、二つ、三つと切り取ると、畝を跨いでまた一つ、二つと切り取っていく。

ネーアが切り取ったものは後ろにいるゴーレムが素早く籠の中へと入れていた。

「おはようございます。今日も暑いですけど、調子はどうですか？」

「イサギさんのお陰で快適だよ！」

振り返るネーアの首には、小型送風機がかけられていた。

ブラックウルフたちのものを改良して配ったものを、早速身に着けてくれているらしい。

「小型送風機や水霧のお陰で作業中も涼しいし、休憩時間は冷風機のある場所で休めるからね」

「それはよかったです」

ついこの間は暑さで疲労困憊といった様子だったが、魔道具のお陰で暑さを増した午後でも作業を元気に続けられているようだ。

こういった嬉しそうな笑顔を見ると、魔道具を作った甲斐があるというものだ。

帝国にいた時は魔道具を作っても、使用者の顔なんてほとんど見ることができなかった。

やっぱり、俺はこうやって直接使用者の反応が見られる場所で仕事をするのがいいとしみじみと思う。

「ここまでしてもらったからには、あたしたちも一層頑張らないとねー」

俺との会話に応じながらもネーアは手を止めることなく、キャベツの株元に包丁を入れ、芯を切っていく。それらを次々とゴーレムが回収。

「ゴーレムに切り取り作業をやらせた方が楽なんじゃないですか？」

農作業でゴーレムを使用する際は、単純な作業や面倒な作業を任せることが多い。

この場合だとゴーレムにキャベツ切りをさせて、切り終わったものをネーアがチェックし、カゴに放り込む方が楽なように思える。

「うーん、そうなんだけど、この作業に関してはあたしがやっちゃった方が速いんだよねー」

そう答えながらも一気に五つほどのキャベツを切り取ってしまうネーア。

「……確かにこの速度をゴーレムが再現するのは厳しそうですね」

これだけの速度で切り取りができるのはネーアによる軽やかな身のこなしと、包丁技術があってこそだ。いくらゴーレムを軽量化したとしても、真似できる速度ではない。

「ここにいるのに相応しい技能は持っておかないとね。うかうかしていると、イサギさんのゴーレムや魔道具に仕事を取られちゃうし」

のんびりと働いているように見えるネーアだが、本人なりに色々と考えて働いてくれているようだ。

「錬金術師としては人の手が不必要になるところを目指したいところですが、まだまだそれは難し

「そうなので頼らせてください」

「にゃはは！　存分にあたしを頼るといいよ！」

上機嫌でキャベツを切っていくネーアを見送り、俺は他の従業員の様子を見るために移動することにした。

ゴーレム馬を走らせると、ラグムントとリカルドが空き地で木箱に腰掛けている姿が見えた。

俺が近寄っていくと、ラグムントがすぐに立ち上がり、遅れてリカルドが気怠そうに立った。

「気にしないでくつろいでいていいよ」

「ありがとうございます」

様子を見にきたとはいえ、休憩を邪魔するのは忍びないからね。

そのように言うと、ラグムントとリカルドは再び腰を下ろした。

「水霧の魔道具を早速使ってくれているようだね」

この辺りの空き地は作物の仕分けをしたり、休憩をしたりする場所になっているので、周囲にある木々に水霧の魔道具を設置している。お陰で周囲からは水霧が吹きつけられており、二人のいる休憩場所はヒンヤリとして涼しかった。

「はい、小型送風機もありますし、イサギさんのお陰で作業が大分楽になりました」

「これがなかったら絶対にへばってたぜ」

「そう言ってもらえると作った甲斐がありました」

ラグムントとリカルドの首にも小型送風機がかかっていた。

コクロウやブラックウルフのために作った魔道具だったが、人間からの評価も抜群のようだ。

そんな風に魔道具の使用感を聞いていると、不意にラグムントがお弁当を広げた。

そこにはたくさんのサンドイッチが入っており、パンの間にはぎっしりと彩り豊かな具材が入っているのが見えた。

「綺麗なお弁当ですね！　手作りですか？」

「いえ、私は料理ができません。これはダリオさんに貰いました。農園カフェの弁当を製作中とのことで感想を聞かせてくれと」

「そーそー、オレも弁当を貰ったぜ！」

ラグムントだけでなく、リカルドも弁当を貰っているようだ。

「二つともとても美味しそうなので、今後のお弁当開発が楽しみですね」

ダリオとシーレも農園カフェのために色々と試行錯誤しているようだ。

「イサギ君、ちょっといいかね？」

ラグムントとリカルドがお弁当を食べようというところで、後ろからそんな声が響いた。

振り返ると、ゴーレム馬に乗ったケルシーがこちらにやってきていた。後ろには遅れて同じくゴーレム馬に乗っているメルシアもいる。

「ケルシーさん、どうされましたか？」

「すまないが、これから急いで宿を作ってくれないか？」

慌てて俺が駆け寄ると、ケルシーが口を開くなりそんなことを言ってきた。

「……宿ですか？」

「イサギ君の農園のお陰で外から人が流入しているのは知っているだろ？」

「ええ、まあ」

「これまでは私の家で行商人を受け入れたり、空き家を貸すことで何とかなっていたのだが、農園カフェの噂が外に広まったらしく、これまで以上に流入が増えてだな……このままでは泊まることのできない観光客で溢れ返ってしまうんだ」

「それは一大事ですね」

ここ最近、外からやってきている人が増えているのは知っていたが、まさかそんな事件が起こるほどとは思っていなかった。

「申し訳ありません、イサギ様。父が不甲斐ないせいで」

驚いていると、ここまで見守っていたメルシアが頭を下げて謝った。

「いや、仕方ないよ。こんな風になるだなんてケルシーさんも読めなかっただろうし」

「いえ、外からの流入数の増加については資料を纏めて前々から私の方から忠告をしていました。それを楽観視し、宿の建設に着手しなかった父が悪いです」

どうやらメルシアの方から事前にこういう事態になる警告を受けていたようだ。

きちんと資料を用意し、前もって忠告されていたとなってはフォローのしようもない。

「……娘が厳しい」

メルシアからの厳しい言葉を受けて、ケルシーがさめざめと泣いている。

きっとここにくるまでにコンコンとメルシアから説教されたのだろう。

「当たり前です。結果としてイサギ様のお手を煩わせているのですから」

「まあまあ、そういう時のために俺がいるわけだから」

「イサギ君……ッ！」

ケルシーが救世主を見るような眼差しを向けてくる。

この村で農業を成功させた時よりも、感動しているように見えるのは俺の気のせいだろうか。

「で、どの辺りに宿を作ればいいですか？」

「今すぐに案内しよう！」

どうやら宿を建ててほしい場所は決まっているようだ。

ゴーレム馬で駆け出すケルシーの後ろを、同じくゴーレム馬に乗った俺とメルシアが付いていく。

農園を出て、村の中央広場を過ぎ、少し東に向かったところでケルシーはゴーレム馬を降りた。

「この辺りに作ってくれるとありがたい」

辺りを見渡すと、地面の起伏のほとんどない綺麗な平地だった。

人の一番多い中央広場に近いお陰で道も踏み均されていて歩きやすい。

何より素晴らしいのが、すぐそばに井戸があることだろう。

「分かりました。ここに建てますね」

「よろしくお願いするよ」

「父さんは人員の手配などをお願いします」

「分かった。ここは任せる」

ケルシーはぺこりと頭を下げると、メルシアに言われて中央広場の方に戻っていった。

宿を作っても、肝心の人員がいなければどうしようもない。ケルシーにはそちらの方で尽力してもらうことにしよう。

「さて、やるとしますか！」

俺はマジックバッグから宿の建築に必要な木材や鉄材、ガラスなどを取り出した。

材料を揃えると、ロープを取り出して宿のおおよその広さを決める。

「部屋の数は三十部屋くらいでいいかな？」

「そうですね。いきなり大きな宿を作っても回せるか怪しいですし、それくらいの大きさのものでよいかと思います」

その気になれば百人、二百人が泊まれるような宿を作ることもできるが、メルシアの言う通り運営できるか不明だ。

一か所に観光客を泊まらせるのも無理があるし、足りないようであれば別の場所に宿を建ててもらうことにしよう。今、俺が集中するべきは今日の観光客が満足に泊まることのできる宿作りだ。

部屋数を決めると、俺は建築素材に錬金術を発動。

土台を作り、壁を作り、ガラスをはめ込み、屋根を作り、扉を作る。

そうやって木材、鉄材などを組み合わせ、形状変化させることで俺は宿を作り出した。

「ふう、こんなものかな」

俺の目の前には木材を基調とした三階建ての宿が建っていた。

「素晴らしい手際です」

「ありがとう、メルシア。最後に内装の意見をくれるかい？」

「私でよければ喜んで」

扉をくぐって中に入ると受付があり、奥には厨房や食材保管庫などがある。右側には併設された食堂があり、大きなイスやテーブルが設置されていた。

「帝国にあった標準的な宿を参考にしてみたんだけど、どうかな？」

「問題ないと思います。あっ、食堂のイスはもう少し間隔を空けられると嬉しいです」

メルシアに指摘されてイスとイスの間隔を確認してみるが、それほど近いように見えない。

前と後ろに人が座っても、人が通れるくらいの広さはある。

「間隔が足りないかい？」

「獣人には尻尾がありますので、後ろの客に尻尾が当たってしまう可能性があります」

前と後ろに座る人が獣人だと考えると、確かにメルシアの指摘は十分にあり得るものだった。

獣人の種類によっては尻尾がとても大きい人だっているだろうし、もう少し間隔は広めにしておこう。

「それは盲点だったよ。教えてくれてありがとう」

食堂を整えると、次は階段を上がる。

二階と三階には宿泊部屋があり、一人部屋、二人部屋、四人部屋、六人部屋と広さを分けてある。

部屋にはベッド、テーブル、イス、クローゼットといった最低限の家具が用意されてあり、大人数の部屋になると二段ベッド、三段ベッドなどを利用してもらうことでスペースを節約してもらう方針だ。

快適に過ごしたい人にはさらに階段を上がって三階がおすすめだ。

こちらは二階の部屋に比べて部屋も広く、ベッドはシングルだったり、ダブルだったりになっていて、家具の類も充実しており、魔道具も設置されている。

階層が上がって奥の部屋になると広くなってグレードも上がる仕組みだ。

「問題ないですね。この上なく素晴らしい宿です。最終確認のために父を呼んできます」

宿の確認が終わると、メルシアがゴーレム馬に乗って駆け出す。

数分ほどすると、ゴーレム馬に乗ったケルシーとメルシアが戻ってきた。

「もう宿ができているじゃないか。毎度のことながらイサギ君の錬金術には驚かされるな」

「ありがとうございます。早速、中の方を確認してもらえますか？」

「分かった。確認しよう」

俺は先ほどと同じようにケルシーに宿の内装を確認してもらう。

「……な、なんだかうちの村には明らかに不釣り合いなほど豪華だ」

「ちょっと気合いが入りすぎましたかね？」

「いや、悪いことじゃない！　想像以上の出来栄えに驚いてしまっただけだ！」

「三階の奥の部屋は、そこらの貴族が暮らす部屋よりも質がいいですからね」

さすがに魔道具まで設置したのはやりすぎだったか……。

でも、前回は獣王であるライオネルがやってきた。コニアやワンダフル商会の人からもゆっくり泊まれる場所が欲しいって言われていたし、こういう部屋があってもいいと思う。

あまりにも使われないようなら俺が手を加えることもできるのでデメリットは少ないし。

「宿の方は問題ないでしょうか？」

「ああ、バッチリだ！　こんな風にうちの村が外から人を呼び込めるようになったのは、イサギ君のお陰だ。本当に感謝している」

深く頭を下げて感謝の言葉を述べるケルシー。

「いえ、俺だけでなく、メルシアをはじめとする皆さんが協力してくれたお陰ですよ」

確かに俺の錬金術の活躍は大きかったかもしれないが、そのどれもが時間と人手のかかるものだ。ケルシーが協力して村人に呼びかけ、メルシア、ネーアといった従業員、店員といった皆の力がなくしてはできなかったことだ。だから、これは皆の力だと俺は思う。

「また何かあったら気軽に頼ってください」

「ああ、これからもよろしく頼むよ」

「こちらが建築費用になります」

俺とケルシーが握手を交わしていると、横からメルシアが書類を差し出した。

そこには宿の建築にかかった費用が書かれており、真っ青になったケルシーの様子を見る限り、気軽に頼ってもらえる未来は遠のいたのかもしれないと思った。

14話　錬金術師は招待状を受け取る

「イサギさーん！　ワンダフル商会のコニアなのですー！」

宿を作った三日後。朝食を食べ終わって、ソファーでくつろいでいると自宅の扉が叩かれた。

「今日は定期売買の日だっけ？」

「いえ、違います」

食器を洗い終わったついでに台所周りの掃除をしているメルシアに尋ねるが、彼女はきょとんとした顔で首を横に振った。

定期売買ではない上に、これだけ朝早くやってくるというのも珍しい。何かいつもと違った用事があるのかもしれない。

「とりあえず、出迎えよう」

考えるのもほどほどにして俺はソファーから腰を上げると、玄関にある扉を開いた。

すると、今日も可愛らしい赤い帽子に大きなリュックがトレードマークのコニアがいた。

「お邪魔するのです！」

「リュックは外に置きますね」

「あう」

中に入ろうとしたコニアの後ろにメルシアが回り、彼女のリュックを持ち上げて外に置いた。

どうしてこの子はいつも入らないリュックを持って入ろうとするのだろう。不思議だ。

なんて疑問は置いておいて、コニアを応接室へと案内。

コニア専用となった小さなイスに腰掛けると、俺は対面にあるソファーに腰を下ろした。

メルシアの差し出してくれた紅茶で喉を潤すと、俺は本題を尋ねることにした。

「それで今日はどうされたんです？」

「イサギさん宛てにお手紙を持ってきたのです！」

懐から封書を取り出し、テーブルの上に差し出すコニア。

封書の裏には獅子の紋章が描かれているのだが、俺は獣王国の紋章に疎い。

「なんとなく思い浮かぶのですが、念のためにお聞きします。この手紙の差出人は？」

「我らが獣王ライオネル様なのです！」

にっこりと笑みを浮かべながらの返答に、俺はやっぱりという思いを抱いた。

「この場でお読みしても？」

「はい、ぜひ読んでほしいのです」

コニアが頷くのを確認した俺は、メルシアからペーパーナイフを受け取り、封書を丁寧に開けて中にある手紙を読んだ。

文章を読んで初めに思ったことは、あの王様にこんな硬い文章が書けるんだという思いだった。

気さくな人だったけど、きちんと王様もやっているらしい。

「いかがでした？」

じっくりと文章を読み込んで手紙を折りたたむと、メルシアがおずおずと尋ねてくる。

「俺が品種改良した救荒作物のお陰で獣王国の多くの人々が飢えることなく過ごせたから、正式に感謝を述べたいって……」

「ということは、獣王都に招待されたということですか⁉」

「うん、そういうことになるね」

「おめでとうございます、イサギ様！　獣王様に招待され、感謝の言葉を贈られるなど、とても名誉なことですよ！」

　こくりと頷くと、メルシアが我がことのように喜んでくれた。

「ありがとう。とはいっても、お礼の言葉を贈られるために王都へ行くのって、ちょっと恥ずかしいね。俺としてはこの手紙に書いてある言葉だけで十分なんだけど……」

　俺としては当たり前のことをしただけだ。獣王であるライオネルから直接言葉を貰うほどのことではない。

　遠回しに辞退したい気持ちを伝えると、メルシアとコニアが目の色を変えて身を乗り出してきた。

「いいえ！　きちんと感謝の言葉は受け取っておくべきです！」

「そうなのです！　これだけ大きな功績を残したとなると、獣王様としても公の場で感謝の言葉を贈る必要があるんです！　というか、来てくれないと案内を頼まれた私の商会も困ってしまうのです！」

　想像以上の猛反発に俺は驚いてしまう。

　メルシアの意見はともかく、コニアの意見については主に後半部分が大きな理由を占めていそうだ。

「そ、そうですよね。ライオネル様の立場もありますし、招待を受けた以上は行かないとマズいですよね……」

「帝国ほど拘っているわけではありませんが、ライオネル様にも面子というものもありますので」

雰囲気が緩いので勘違いしそうになるが、一国の王からの招待をただの平民が断るだなんてとんでもないことだ。帝国でそのようなことをすれば、不敬罪として極刑になってもおかしくない。

正式に招待を受けた以上、行くべきだろう。

「そういうわけで、今から獣王都に行くのです」

「ええっ⁉　今からですか⁉」

獣王都に行く覚悟は決めたが、そんなすぐに出立するくらいの覚悟を決めたわけではなかった。

「プルメニア村から獣王都まで片道で二週間はかかるのです。早く出立しないとライオネル様をかなりお待たせすることになってしまうのです」

「わ、分かりました。ですが、さすがに今すぐにとはいきません。実験中の作物の保存や、農園にある作物の調整、引継ぎ作業などを行うので二日ほど時間をください」

コニアの気持ちや言い分は理解できるが、こっちにも事情がある。

獣王都に行ってしまえば、最低でも一か月はプルメニア村を離れることになる。

というか、行ってすぐに帰してくれるとも限らないので、一か月半、あるいは二か月くらい戻ってこられないことを想定するべきだ。

さすがにそれだけ長期間離れるとなると、ちょっと獣王都まで行ってきますでは済まない。

「二日ですか……」

「その時間をくだされば、ロスした時間を取り戻せるだけでなく、獣王都にかかる日程を大きく短縮することを約束いたしますよ」

「本当ですか？」

「はい。場合によっては今後のワンダフル商会の商いも大いに楽になるかと」

今回だけでなく、将来的な商会の利益を約束すると、やや渋り気味だったコニアの表情が晴れた。

「分かりました！　イサギ様がそこまで言うのであれば、信じて二日ほどお待ちするのです！」

「ありがとうございます。メルシア、コニアさんたちを宿に案内してあげて」

「かしこまりました」

二日ほど滞在してもらう以上、コニアたちには泊まる場所が必要だ。

つい先日、宿ができたばかりなのでコニアたちにはそこに泊まってもらおう。

「わー！　最近できたという宿ですね！　楽しみなのです！」

ワクワクとした様子でメルシアの後ろを付いていくコニアを見送ると、俺は自分のやるべきことを果たすべく工房へ移動した。

「さて、俺もやるべきことをやらないと」

工房にやってくると、俺は階段を下りて地下の実験農場に向かう。

ここには多くの改良中の作物や研究中の作物が存在する。平時であれば、俺とメルシアがこまめに確認してデータをとったり、調整を加えたりするのであるが、獣王都に向かうことになった以上、これまでと同じようにはできない。

植木鉢、プランターといった小型の容器に入れたものは、そのままマジックバッグに回収することで解決だ。同様に苗まで育っているものも掘り起こして、一時的にマジックバッグに収納しておけば成長や変化は訪れないが、枯れることも劣化することもない。

「問題は広い畑や、広範囲に育っている果物だね」

こちらに関しては俺のマジックバッグでも回収することができない。いや、できるにはできるがさすがにすべてを掘り起こして、回収するとなると時間がいくらあっても足りやしない。

「とりあえず、現時点で収穫できるものは収穫かな」

収穫期を迎えているものは、とりあえず片っ端から収穫してマジックバッグに入れておく。

だが、すべての実験作物が収穫期を迎えているわけでもない。まだ芽を出した段階だったり、花をつけたばかりだったり、実が膨らんでいる最中のものもある。

収穫してもまったく使い道がないというわけではないが、限りなく使い道が狭くなってしまうのでできれば収穫したくはない。かといって枯らすには惜しいものばかりだ。

「成長を遅らせよう」

俺は作物に触れると錬金術を発動し、成長阻害の因子を組み込む。

成長を促進させることができる以上、成長を阻害することも可能だ。

成長の阻害は作物に大きな負担をかける場合もあるので、できればやりたくなかった手であるが仕方がない。

必要とする日光や水分量を少なくする代わりに、成長速度も遅らせる。これにより通常の作物よりも遥かに成長が遅くなる。

生命を維持するのに水は必要になるので、そこはゴーレムに任せよう。

残っている作物に成長阻害を施すと、実験農場の方は大丈夫だ。

「あとは農園の作物の調整かな」

とはいえ、こちらは従業員たちがいるので成長阻害を施す必要はない。

成長してもいつもの業務として従業員たちが収穫、調整をしてくれるからだ。

しかし、俺がいないと栽培ができない品種もあるので、それだけはゴーレムに掘り返してもらってマジックバッグに収納することにした。

また帰ってきてから埋め直し、育ててやればいいさ。

15話　錬金術師は出立する

「イサギ様、準備が整いました」

準備期間の二日を終えて、獣王都へと出立することになった当日。

先に準備を終えて外で待っていると、遅れてメルシアが家から出てきた。

メルシアの服装はいつもと変わらないクラシカルなメイド服であり、背中にはバックパックを背負っていた。

「……えっと、今回もメイド服？」

「はい。私はイサギ様のメイドなので」

これが私の正装ですが何か、と言わんばかりの表情。

まあ、メイド服も立派な正装だし、ライオネルの居城で着ていても何も問題はないか。

直接感謝の言葉を受け取るのは俺なわけで、メルシアは後ろで控えているだろうし。

「そっか。メルシアのドレス姿とか見たかったなぁ」

「……一応、パーティーなども想定してドレスも持ってきております」

なんて言ってみると、メルシアはやや俯き（うつむ）ながら恥ずかしそうに言った。

真っ黒な耳がピコピコと動き、尻尾が左右に揺れている。

「そうなんだ。帝国のようにパーティーがあるとは限らないけど、もしあるとしたら楽しみだな」

そういった社交の場はあまり得意じゃないけど、メルシアのドレス姿が見られるのであれば頑張れそうだ。

「農園の引継ぎや販売所に関しては問題ないかい？」

「問題ありません。日頃からイサギ様や私が不在でも業務をこなせるような形を作っていましたので」

雑談もほどほどに業務の確認をすると、メルシアは表情を凛としたものにして答えた。

……確かに皆も慣れてきたのか、ここ最近は俺がほとんど口を出さずとも、自ずとやることを理解している節があった。こういった状況を想定して、メルシアが指導してくれていたらしい。

「全体の指揮はラグムントさんにお任せしています。イサギ様が不在なことで栽培ペースや品質がやや落ちることは否めませんが、イサギ様が不在な状況での成育データもとっておきたかったのでちょうどいい機会です」

不安ともいえる状況を、新しい好機とも捉えて動いている。メルシアが優秀すぎる。

……もう代表は俺なんかじゃなくて、メルシアにした方がいいんじゃないかな？

俺は適当な閑職か補佐という扱いにして、メルシアを中心に盛り立てた方がいい気がする。

「二人とも準備は整ったか？」

なんてことを真面目に検討していると、後ろからケルシーとシエナがやってきた。

獣王都に向かう俺たちを見送りにきてくれたらしい。

「はい、バッチリです！」

「……見たところイサギ君は武器を持っていないようだが？」

「俺はそういった武器を振り回すのは不得意ですので……」

俺は幼い頃から錬金術師としての才能を見出され、工房でひたすらにこき使われながら錬金術を学ぶという生活を送ってきたんだ。武術を習う暇も訓練をする時間もなかった。

当然、武術に関する心得はまったくない。

両手を広げてそのことをアピールすると、ケルシーの表情が険しくなる。

「……メルシア、やっぱり獣王都への出立はやめにしないか？」

「獣王様の招待を断ることはできませんよ、お父さん」

「そうだったな」

メルシアがきっぱりと告げると、ケルシーが悲壮な声を漏らす。

「イサギさんをしっかりとお守りするのよ？」

「もちろんです。命に代えてもイサギ様をお守りします」

真剣な表情をしたシエナと、戦地にでも赴くかのような台詞（せりふ）を告げながらこくりとメルシア。

普通、こういった台詞は男性である俺が言われるものだと思うのだが、たった今武術の心得がないことを暴露してしまったので無理もない。とはいえ、戦えない男だと認識されるのもちょっと癪（しゃく）だった。

「……あの、武術の心得がないだけで、錬金術や魔法は使えますからね？」

「魔法はともかく、錬金術が戦闘の役に立つのか？」

心配げな顔をするケルシーとシエナの前で、俺は地面に手をついて錬金術を発動。

すると、前方にある地面が何本もの杭へと変質し、虚空を貫いた。

さらに杭のある場所に錬金空間を作り出すと、そこに空気を取り込んで魔力で圧縮をかける。

逃げ場を失った圧縮された空気は、錬金空間を破砕して周囲に爆発をもたらした。

砂埃（すなぼこり）が晴れると、地面の杭は一本も残ることなく塵（ちり）となっていた。

錬金術による戦闘技術を披露すると、ケルシーとシエナはぽかんとした表情になっていた。

二人の前では作物を品種改良したり、家を作ったり、武器を改良してみたりといった技術しか見せていなかったので驚いたのだろう。

「錬金術の真骨頂は物質を変質させることにあります。魔力が通りさえすれば、周囲にあるもののすべてが武器になりますよ」

「……なんだ、その、ちゃんと戦えるのであればよかった」

「あらあら、これなら道中も心配することはなさそうね」

自衛程度ができることを示すと、ケルシーとシエナは安堵（あんど）の息を漏らしながら呟いた。

とはいえ、俺には戦闘経験が多いわけではないし、獣王国内で旅をするのは初めてだ。

申し訳ないが存分にメルシアを頼らせてもらうことにしよう。

「皆さん、おはようございますなのです！」

錬金術で地面を均していると、ワンダフル商会の馬車に乗ったコニアがやってきた。

「おはようございます、コニアさん。うちの宿はどうでしたか？」

「最高だったのです！　部屋に魔道具まであるなんて至れり尽くせりなのです！　仕事のことを忘れてゆっくりと休んだのは久しぶりだったのです！」

「ゆったりと過ごせたようで何よりです」

ゆっくりと身体を休めることができたのは久しぶりだったのか、随分と肌艶がよくなっているだけでなく、髪の毛、耳、尻尾もしっとりとしているように見える。

二日間、こちらの都合で待ってもらうことになったコニアや従業員の皆さんにはグレードの高い部屋でくつろいでもらったからね。

魔道具によって水回りは完備されているし、調理ができるようにコンロもある、その上部屋には浴場もあるのでリラックスしてもらうことができたようだ。

各地を渡り歩いているワンダフル商会の皆さんに満足してもらえたのなら、うちの宿にも自信が持てるというものだ。

「ところで、イサギさん。獣王都までの道のりを短縮できるものというのは何なのです？」

「コニアさんもご存知のゴーレム馬を使います」

「確かに普通の馬と違って疲労がなく、魔石を動力とするゴーレム馬は長距離の移動に最適ですが、それほど時間を短縮できるものなのです？」

コニアは何度か農園にあるゴーレム馬に乗ったことがある。

ゴーレム馬の性能を知っている以上、長旅に不安を覚えるのも当然だ。

「ご安心ください。今回ご用意したゴーレム馬は長旅に備えて大きく改良していますから」

俺はマジックバッグから改良版のゴーレム馬を取り出した。

「わっ、大きなゴーレム馬なのです！」

目の前に現れた四頭のゴーレム馬は、農園にある従来のゴーレム馬に比べてかなり大きい。

農園のゴーレム馬がポニーサイズだとすると、こちらは軍用馬サイズだ。

「従来のゴーレム馬を長距離移動用に改良しました」

「ということは、かなり速いのですか⁉」

「はい。かなりの速度が出ますよ」

こくりと頷くと、コニアはキラキラした眼差しをゴーレム馬に向けた。

商人であるコニアは馬車を使って各地で商いをしている。移動する速度が上がれば、効率よく商いができるわけで、単純に売り上げが増えるわけだ。

「早速、馬車に繋ぎますね」

「お願いするのです！」

ワンダフル商会の馬車を牽いている馬の綱を御者に解いてもらい、俺は新しく作ったゴーレム馬に綱を括り付けていく。

「一頭だけで大丈夫なのですか？　結構な量の積み荷があるのですが……」

「はい、これくらいであれば一頭で十分ですよ」

通常は積荷の載っている荷車一つにつき、馬が二頭から四頭が必要になる。それ故にコニアの瞳は懐疑的だ。本当に大丈夫なのだろうかという言葉が顔に浮かんでいるようだった。

「心配する気持ちは分かりますが、実際に走ってみれば分かりますよ」

「わ、分かったのです」

ひとまず、コニアが納得してくれたところで俺たちは馬車へ乗り込む。

中にはソファーがあり、中央にはローテーブルが設置されていた。

腰かけてみると、ソファーにお尻が沈み込むようだった。

肌ざわりもとてもいいし、質のいいものなのは明らかだろう。

対面にコニアがちょこんと腰をかけ、隣にメルシアが座った。

「それでは出発なのです！」

コニアの元気な声を合図に俺はそれぞれのゴーレム馬に指示を飛ばし、ゆっくりと走らせた。

「気を付けてな！」

「獣王様に失礼のないようにするのよ！」

見送りにきてくれたケルシー、シエナには窓から顔を出して手を振り返す。

やがて二人の姿は小さくなっていき、見えなくなった。

「さて、そろそろスピードを上げますよ」

村を出て、通りに人がいなくなったところで俺はゴーレム馬に加速の指示を出した。

すると、ゴーレム馬が走り出し、俺たちの乗っている馬車が加速していく。

「わっ！　すごいのです！　たった一頭でこんなにも速く進めるなんて……ッ！」

ゴーレム馬の速度にコニアは驚き、感激している。

通常の馬車ではあり得ない速度に後方にいる従業員からも驚きの声があがっていた。

「まだまだ速くなりますすよ」

「本当なのですか!?」

「とはいえ、これ以上速くすると荷車の方が心配で……」

ゴーレム馬の方は問題ないが、引っ張っている馬車の耐久力が心配だ。

俺なら馬車が壊れても錬金術で修繕できるのだが、他人様（ひとさま）のものを壊しながら進みますなんてことは言いづらい。

「うちの荷車は魔物の襲撃に備えて強化装甲を使っているので荒く使おうが問題ないのですよ！

それに多少パーツが壊れたところで、イサギさんが直してしまえばいいのです！」

「コニアさんがそこまで言ってくださるのであれば、遠慮なく加速しちゃいましょう」

「思いっきりやっちゃってくださーいなのです！」

コニアからの頼みにより、懸念点が解消されたので俺はゴーレム馬にさらなる加速を命じた。

ゴーレム馬に内蔵された魔石が唸りを上げて、さらなる加速をする。

「ふわっ⁉」

あまりの加速に対面にいたコニアがバランスを崩し、前のめりに倒れてくる。

コニアの額がこちらの座席にぶつかってしまうことを懸念し、俺は慌てて両手で迎えにいって抱きとめることにした。

「大丈夫ですか、コニアさん？」

「び、ビックリしたのです。イサギさんが受け止めてくれて助かりました」

「お怪我がなくてよかったです」

「あ、あの、そろそろ離してくださると嬉しいのです。この体勢はちょっとお恥ずかしいので……」

頬を赤くしながら上目遣いで言ってくるコニア。

自分よりも華奢な身体をした女性を抱きしめていると認識すると途端に恥ずかしさが込み上げてきた。

「す、すみません！」

「いえ、イサギさんは悪くないのです」

「そちら側は危険ですのでコニアさんもこちらにお座りください」

「ありがとうなのです」

元の場所に戻ろうとしたコニアに対し、メルシアが自らの左側を空けて座らせてあげた。

「進行方向の逆側に座ると、乗客への影響が大きいのが問題だな。身体を固定するベルトとか作った方がいいかな？」

「そうされた方がいいかもしれませんね」

こういった錬金術の相談をすると、何かしらの意見や提案をくれるのだが、今日のメルシアは珍しく投げやりな返答だ。

「あれ？　なんかメルシア怒ってる？」

「怒ってなどいません。私はいつも通りです」

などと言うが、声音と表情は明らかに不機嫌そうだ。

視線もこちらにはくれず、明後日（あさって）の方を向いてツーンとしている。

一体、何に怒っているのだろう？

道中の暇な時間に必死に脳を回転させるが、まったく見当がつかなかった。

16話　錬金術師は獣王都に辿り着く

深い森の中を抜けると、急に周囲が明るくなった。

「イサギ様、もう間もなく獣王都です」

メルシアの声を聞いて身を乗り出すと、街をぐるりと囲う大きな城壁がそびえ立っているのが見えた。

城門の下には鎧(よろい)を纏った獣人が立っており、入場者をくまなくチェックしている。

城門の上には歩哨(ほしょう)が立っているだけでなく、鳥系の獣人と思わしきものが空を飛んで周囲を警戒していた。

「まさか、四日ほどで獣王都に辿り着くなんて驚きなのです……」

俺が感動している傍ら、コニアは驚愕の事実を受け入れられないでいるようだ。

獣王都の景色を見て、どこか呆然としている。

「思っていたよりも早く着きましたね」

「早いなんてものじゃないのです！　通常の工程の半分以下なのですよ!?　このゴーレム馬があれば、今まで商いにかけていた移動日数を大幅に軽減することができるのです！　イサギさん、このゴーレム馬をぜひともワンダフル商会に売ってほしいのです！」

間に挟まれているメルシアの太ももに身を乗り出しているせいか、メルシアがちょっと迷惑そうだ。

まあ、これだけの移動手段を前にして興奮しない商人はいないだろう。

「分かりました。獣王都での用事が終わったらお作りいたしますから」

「ありがとうございますなのです！　にゅふふ、これでワンダフル商会はさらなる飛躍を遂げることができるのです！」

ゴーレム馬を作ることを約束すると、コニアはニヤリと笑った。

完全に商売人の顔だ。

「にしても立派な城壁だね」

「大きさは帝国の城壁に劣るでしょうが、防衛体制ではこちらに軍配が上がるかと」

いつまでも太ももの上に乗っかったままのコニアを退かしながらメルシアが言う。

闇夜ですら見通すことのできる視覚、何百メートル先の音を捉えることのできる鋭敏な聴覚。人間族に比べると、獣人族の身体能力はかなり高いので、外敵が侵入するのは非常に困難だろう。

「イサギさん、列は気にせずに横から進んでくださいなのです」

「え？　いいんですか？」

「イサギさんたちは獣王様の命によって招かれた賓客なのです。優先されるのは当然なのですよ」

それもそうか。俺たちは一国の王に招かれた客なんだ。少しくらいの便宜は図ってもらえるか。

コニアの指示に従い、俺は城門へと続く待機列の横を通っていく。

「そこの馬車、止まれ――って、御者がいないぞ？」

「勝手に馬が走ってる!?」

城門の下にやってくると城門警備の獣人が寄ってくるが、ゴーレム馬を見るのは初めてだったのか驚いていた。

「ワンダフル商会のコニアなのです！　獣王様の命により、お客様をお連れしたのです！」

警備が戸惑う中、馬車から降りたコニアが書状を見せながら言う。

「確かにライオネル様の書状だな」

「失礼だが、念のために検査だけさせていただきたい」

「お好きにどうぞなのです！」

コニアが頷くと、警備の獣人二人が荷車をチェックする。

とはいっても、具体的に荷物を確認するのではなく、スンスンと鼻を鳴らして匂いを嗅いでいるだけだ。

「よし、問題なし！」

「お客人も聞いていた特徴と一致している。通ってよし！」

「ありがとうございますなのです！」

俺が疑問に思う間に検査は終わり、俺たちは晴れて獣王都へ入ることが認められた。

「……今のだけでいいんですか？」

俺が宮廷錬金術師を辞めて帝国を出る時や、メルシアと共に他の街に入ろうとした時の方が検査は厳しかったくらいだ。いくら王の招いた客とはいえ、首都の検査がこんなに緩くていいのだろうか？

「彼らは獣人の中でも特に嗅覚に優れた者たちです。匂いを嗅いだだけで我々が何を持ち込んだのか把握し、違法薬物などがあれば即座に感知してくれます」

「匂いを嗅いだだけでそんなことまで分かるんだ」

獣王国で過ごしていると獣人たちのすごさを改めて実感させられるな。

城門を越えて中に入ると、舗装された道に整然と並んでいる民家が広がっていた。

が、それ以上に印象的なのは天を突くようにそびえ立っている大樹の存在だ。

「……大きな木だ」

「始まりの樹『ウルガリオ』なのです！　獣王都の名物なのです！」

「初代獣王があの大樹を中心として建物を作り、今の獣王都を作り上げたといわれています」

まるでお伽話に登場する世界樹のように悠然と佇んでおり、どこか神聖さが感じられた。

初代獣王があの樹を中心として街を作った気持ちが分かる気がした。

「ちなみに私たちが向かうのもあそこなのですよ」

「え？　ライオネル様ってあそこに住んでるの!?」

ただの大樹にしか見えないが、コニアの説明を聞いてみると、中は人が住めるようにくり抜かれているようだ。

森に住むエルフという種族も木々を活用して生活拠点にすると聞く。それと同じような感じなのだろう。

馬車を進ませていると、大通りには数多の獣人が歩いている。

獣人の国の首都だけあって、当然獣人が多いな。

プルメニア村でよく見る、犬系、猫系、狼系、熊系だけでなく、象系、牛系、猿系といった村の中ではあまり見かけない種類の獣人もいる。

同じように見えても微妙に耳や尻尾の形や色などが違っていたり、毛の生え方が違っていたりして面白い。

歩いている八割から九割が獣人で、残りの一割がエルフ、ドワーフ、人間などの他種族といったところだろう。ここにいる人間族が俺だけでないことに少しだけホッとした。

大通りを進んで長い坂道を上ると、俺たちはウルガリオの真下に辿り着いた。

大樹の入り口には二人の門番が立っていた。

犬系の獣人と猿系の獣人だ。

雰囲気だけで先ほどの城門警備とは格が違うと分かった。

それに身に纏っている鎧や装備している槍も一級品だ。

ここは獣王都のシンボルであり、王の住まう場所。その入り口を守護する門番の質が高いのも当然だと言えるだろう。

俺たちが馬車から降りて近づくと、門番たちが厳しい視線を向けてくる。

「何者だ？」

「ライオネル様の命により、客人をお連れしたのです」

「通すわけにはいかない」

書状を見せて中に入ろうとするコニアだが、それを阻止するように槍と斧が交差した。

「はい？　どうしてなのです？」

「お客人がやってくるのは少なくとも十日後だ。本日やってくるとは聞いていていない」

「ライオネル様の招いた客人とは別者の可能性がある」

「それはイサギさんの開発したゴーレム馬のお陰で、移動日数を大幅に短縮することができたのです」

「そんなものは知らぬ」

コニアが精いっぱい抗議をしてみせるが、門番は首を横に振って取り合う様子がない。

まさか、到着が早すぎることで怪しまれることになるとは思わなかったな。

これには俺とメルシアも顔を合わせて苦笑するしかなかった。

「でしたらライオネル様に取り次いでくださいなのです。私たちを直接見れば本物だと分かるはずです！」

「ライオネル様はお忙しいのだ。こんなことでいちいち取り次いでいられるものか！」

「これ以上騒ぐのであれば、力づくで追い返すぞ！」

門番が声を張りあげ、武器を構える。

剣呑（けんのん）な空気を察知してメルシアが俺の前に出た。

「お前たち、その者たちは俺の客人だ。手荒な真似はするんじゃない」

一触即発といった空気の中、第三者の声が頭上から響いた。

思わず視線を上げると、大樹から伸びた幹の一つに獣王であるライオネルが立っていた。

「ライオネル様！」

二人の門番が驚きの声をあげると、ライオネルは何十メートルもの高さのある幹から飛び降り、音もなく着地した。特に魔力を使ったような形跡はない。己の身体能力で衝撃を逃したようだ。

ライオネルがやってくると、二人の門番が恭（うやうや）しく片膝を地面についた。

「事前に客人が来ると言っていただろう？」

「しかし、その者たちの到着は少なくとも十日後だと聞いております」

「まったくお前たちは堅すぎだ。もっと柔軟な対応をしろといつも言ってるだろう」

「も、申し訳ございません」

どうやら二人の門番がこういったいざこざを起こすのは初めてではないようだ。

「すまないな。戦士としての力量は一級品なのだが、どうにも不器用な奴等でな。部下の非礼を詫びさせてくれ」

「いえ、予定よりも早く来てしまったのは俺たちですから」

それだけ大事な場所を守っているんだ。不審な者への対応が多少厳しくなってしまうのは仕方がないだろう。

「そういうわけで彼らは俺が直々に招待した客だ。中に入れるが問題ないな？」

「「どうぞ、お通りください！」」

ライオネルが言うと、門番はすぐに立ち上がり、大樹への入り口を開けてくれた。

17話　錬金術師は大樹を上る

大樹の中はとても広かった。樹をそのままくり抜いて作っており、天井がとても高い。

広いロビーの左右には廊下が続いており、正面には螺旋階段が続いている。

「すごいや。本当に大樹をくり抜いて作っているんだ」

床、壁、天井といったすべての部分に丁寧な加工が施され、触れてみるととても手触りがいい。

ただの木材やトレント木材とも違った柔らかで爽やかな香りだ。中にいるだけで気持ちが安らぐ。

大樹の中を観察していると、俺だけじゃなくメルシアも興味深そうに視線を巡らせているのが見えた。

「メルシアもここに来るのは初めてなのかい？」

「獣王都には何度か訪れたことはありますが、大樹の中に入るのは初めてです」

「へー、そうなんだ」

「滅多なことでは、国民でも足を踏み入れることができないからな。大樹の中に入りたいが故に、ここの兵士を希望する者もいるぐらいだ」

ライオネルがどこか苦笑しながら補足してくれる。

シンボルではあるものの、ライオネルをはじめとする王族の住まう場所なのだ。国民だからといって無暗に入れるわけにはいかないのだろうな。

「それでは私はここで失礼するのです」

さあ、一歩を踏み出そうというところでコニアが言った。

「コニアさんは、ここで帰るのですか？」

「私が依頼されたのは、あくまで大樹までお連れすることなのです」

一緒に謁見室まで来るものだとばかり思っていたが、あくまでコニアが頼まれたのは俺たちを獣王都にまで連れてくること。それ以上はライオネルの指示の範囲外ということか。

「ご苦労だった、コニア。料金についてはいつもの口座に色をつけて振り込ませておこう」

「ありがとうございますなのです！」

帽子を取ってぺこりと頭を下げると、コニアは「では！」と言い残して大樹を出ていった。

「少し歩くことになるが我慢してくれ」

俺とメルシアは大人しくライオネルについていき、正面にある螺旋階段を上る。

見上げてみると、階段が何十メートルと続いていた。

王様っていうくらいだから低い階層には住んでいないよね？　頂上の方まで俺の体力が持つだろうか。そんな不安を抱きながらひたすらに階段を上っていく。

すると、前方から物凄い勢いで階段を下ってくる者がいた。

「ライオネル様！　こんなところにいらっしゃいましたか！　まだ執務の方が終わっていない以上、逃げられては困ります！」

大声をあげながら慌てたようにやってきたのは、前回ライオネルと一緒にプルメニア村を尋ねてきた宰相のケビンだった。

にしても、なんで大樹の幹にいるんだろうと思っていたけど、執務から逃げ出していたのか。

相変わらずの奔放さだ。

「落ち着け、ケビン。今はイサギたちを案内している。こっちが優先だ」

「イサギさん？」

「お久しぶりです、ケビンさん」

軽く頭を下げて挨拶をすると、ケビンが目を大きく見開いた。

「……コニアさんに手紙を渡して、まだ三週間も経過しておりせんが？」

「改良したゴーレム馬のお陰で予定よりも早く着いちゃいました」

「通常ならあり得ないと言いたいところですが、イサギさんほどの錬金術の腕であれば可能なのでしょうな。それはともかく――」

俺を見て好々爺のような柔らかい笑みを浮かべ、納得するように頷いたケビンだが、次の瞬間には表情を一転させてライオネルの方へ振り返った。

「これから謁見するというのに、王が直接お客人の案内をしていては威厳がないでしょうが！」

ケビンの言い分はもっともだ。

これから王と謁見するというのに、王が客人を案内するというのは変な話だ。

このままでは一緒に謁見室の扉をくぐって、謁見することになってしまう。

「いや、しかしだな――」

「言い訳は結構です。案内は私がしますので、ライオネル様は準備を整えて謁見室でお待ちください」

「……分かった」

やや釈然としない表情だったが、ライオネルは反論することなく先に階段を進んでいった。

「見苦しいところをお見せしました。ここからは私が案内させていただきます」

「よろしくお願いします」

会釈をすると、そこからはケビンが先導して案内してくれる。

ケビンは背丈が低くて歩幅が小さいので階段を上るペースも緩やかなのが助かる。ライオネルは歩幅が大きいせいか、ズンズンと進んでいくので付いていくのが大変だった。

もっとも大変なのは俺だけでメルシアはまったく平気なのだけど。

「謁見室に向かう前の小休止として、少し眺めのいいところにご案内してもよろしいでしょうか？」

一瞬、体力のない俺を気遣っての提案かと思ったが、ライオネルとは先ほど別れたばかりだ。

早く着きすぎたせいで俺たちは突然やってきた客のようなもの。謁見室の準備や、ライオネルが正装に着替えるための時間が欲しいのだろう。

「ぜひともお願いします」

「こんな機会は滅多にありませんからね。父と母にも自慢できます」

ケビンの狙いが分かった俺たちは、素直に乗っかっておくことにした。

足がパンパンに張ったまま謁見室に入るのも困るしな。

螺旋階段の途中で廊下へと移動。

徐々に先細っていく道を真っすぐに進むと、ガラス扉が見えた。

ケビンが扉を開いて、続くような形でくぐると庭園のような場所に出た。

周囲には色とりどりの花が咲き、床には芝が生えている。

「ここは大樹の庭園です。私たちが入れるスペースの中で一番眺めのいい場所となります」

見上げると、頂上部分にも同じような幹が見える。

あそこはライオネルをはじめとする王族のみが出入りできる庭園なのだろう。

「うわ、すごくいい眺めだ！」

「獣王都が一望できます」

庭園からは獣王都の景色がよく見えた。

大樹を中心に大きな道が四方に広がっており、そこからさらに道が分岐し、道に沿うように建物が建てられている。上から見てみると、大樹を中心に建国されたという逸話がよく分かるというものだ。

中央広場はここと同じように地面が芝になっており、そこでは獣人の子供たちが走り回ったり、大人がまったりと座っていたり、皆が思い思いに過ごしているようだ。

「同じ大国でも帝国とはまったく雰囲気が違うね」

「……そうですね」

帝国では大通りは華やかであるが、大通りから少し外れてしまえば道端は貧困層で溢れ、さらに外れたところではスラム街のようなものが形成されてしまっている。

貧富の差が激しく、富裕層は貧困層にまるで目を向けない。寂しい国だ。

しかし、獣王国はこうして見ている限り、大通りから外れても貧困層が溢れていることはなかった。

「ケビンさんは、俺たちにこの光景を見せたかったんですね？」

「はい。あのような奔放な主ではありますが、獣王として民を思う気持ちは本物ですので」

「ええ、道を歩く獣人たちの表情を見れば、ライオネル様への信頼が分かりますよ」

自分たちの未来がよりよいものになると思っていなければ、あのような表情はできない。

逆に自分たちの未来に絶望しかなければ、帝国の民のような諦念に塗れた表情になってしまう。

「できれば、俺の錬金術で帝国の民たちにも光を見せてあげたかったな」

本当に帝国の民を救いたいという気持ちがあるのであれば、解雇されたあとでも帝国に残って活動するべきだった。それはかなり険しい道のりだが不可能というわけでもない。

「結局は他人よりも我が身が大事なんだな」

「国が違えどイサギ様が錬金術師として活動していけば、巡り巡って帝国の民の光にもなります。そのように自分を責めないでください、イサギ様」

「イサギさんが獣王国にやってきてくださり、その手腕を振るっていただけたお陰で民たちに光があるのです。宰相として改めてお礼を申し上げます」

「メルシア、ケビンさん……ありがとうございます」

帝国でやり残したことや、過去の自分の行いに心残りがあれど、今の俺には成し遂げたことがある。

メルシアやケビンの励ましの言葉で、そのことに気付くことができた。

どんよりと曇っていた心が、一瞬にして晴れ渡った気分だ。

空を見上げていると、柔らかい風が肌を撫でると同時に頭に軽い何かが載った。

思わず右手を頭頂部に持っていくと、髪の毛に葉っぱがくっ付いていた。

「大樹の葉だ」

「おお、大樹の葉が頭に乗るとは縁起がいいですなぁ。ぜひ受け取ってください」

「え？　こんな稀少なものいいんですか!?」

大樹の葉はかなり良質な素材だ。万能薬、特効薬、ポーション作成のための良質な素材となる。

たった一枚だけで原価として金貨五枚にもなるだろう。そんなものを気軽に譲ってもいいのだろうか？

「稀少な素材故に本来であれば気軽に渡すものではないですが、イサギさんでしたら構いません。それに渡すことを選んだのは大樹ですから」

「ありがとうございます」

大樹が気に入ってくれたのか、ただの気まぐれなのかは分からないが、素直に受け取っておくことにした。

大樹の葉をマジックバッグに仕舞うと、兵士が庭園へと入ってきてケビンに耳打ちをする。

恐らく、謁見の準備が整ったのだろう。

「さて、そろそろ謁見室の方に向かいましょうか」

ケビンの言葉に俺とメルシアは頷き、謁見室に向かうのだった。

18話　錬金術師は謁見する

ケビンに連れられて謁見室に入る。

視線の先にある玉座には、獣王であるライオネルが座っていた。

先ほど出会った時の肌の露出の多い服装とは違い、かっちりとした正装に身を包んでいる。

衣装には装飾が施されており、頭には王冠が載っていた。

俺とメルシアを見ても気安い笑みを浮かべることはせず、王として相応しい凛々しい表情を浮かべている。

公私の差が激しくて笑ってしまいそうになるが、謁見室には大勢の兵士が並んでおり厳粛な空気に包まれている。さすがにライオネルを見て、噴き出すようなことは絶対にできないな。

笑わないようにライオネルから視線を外して、カーペットの上を歩くことに集中する。

言葉を交わすのにほどよい距離まで到達すると、俺とメルシアは敬意を表すかのように片膝をついて目線を下にした。

「面を上げよ。そなたたちは私が招いた客人だ。そのようにかしこまる必要はない」

「ありがとうございます」

素直に受け止めて立ち上がるべきか迷ったが、メルシアが立ち上がる様子がなかったので視線を元の位置に戻すにとどめた。

「遠いところをよく来てくれた。私の自己紹介は不要だろうが、本日は妻も同席をしている故に、まずは紹介をさせてくれ」

「ぜひに」

「はじめまして、獣王ライオネルの妻のクレイナといいます」

紅色の長い髪をアップでまとめており、豪奢なドレスに身を包んでいる。

頭部にはライオネルと同じ虎の耳が生えており、胸元には大きく生地を押し上げるほどに豊かな実りがあった。優しげな瞳も相まってどこか母性を感じさせる王妃だ。

「プルメニア村より参りました錬金術師のイサギです」

「イサギ様の身の回りのお世話や、助手をしておりますメルシアと申します」

「獣王国での生活が短いせいで不作法があるかもしれませんが、どうかご容赦ください」

道中、メルシアとコニアから一通りの作法は教わっているが、付け焼刃ではどうしてもボロが出てしまう。申し訳ないが、そこは目こぼしをしてもらうしかない。

「さて、イサギを呼び出したのは手紙にも記した通り、飢饉の件での礼を告げたかったからだ。イサギが作ってくれた作物は獣王国の各地で瞬く間に成長し、食料に苦しむ民の命を救った。獣王として、数多くの民を救ってくれたことに深く感謝する」

ライオネルだけでなく、クレイナも深く頭を下げた。

公式の場で王と王妃が頭を下げたことに俺は慌てる。

「頭をお上げください。獣王様と王妃様が私などに頭を下げるなど……」

「それくらいのことをイサギはやってくれたのだ。今回の飢饉、我らの力ではどうあってもすべての民を救うことはできなかったからな」

そう述べるライオネルの表情からは忸怩たる思いが滲み出ていた。

民を思うライオネルだからこそ、自分の力で何とかしたいと思っていたのだろう。

王と王妃が頭を下げてまで感謝してくれたのだ。あまり謙遜しては逆に失礼になるだろう。

俺はこれ以上の謙遜はやめ、素直に受け止めることにした。

「ありがとうございます。身に余る評価をいただけて光栄です」

「民を救ってくれたイサギには感謝の証として褒美を与えたい。ぜひとも受け取ってくれ」

ライオネルが指を鳴らすと、後ろの扉から獣人たちが大きな包みを抱えて入ってくる。

獣人たちは俺たちの目の前までやってくると、大きな包みを一斉に広げた。

包みの中には大量の金貨だけでなく、金、銀をはじめとする貴金属や宝石類、マナタイトなどの特殊鉱石類などがあり、他には獣王国にある稀少な素材らしきものや、武具の類が収められていた。

「こんなにも受け取ってもよろしいのでしょうか？」

「感謝の証だ。ぜひ受け取ってくれ」

これだけの資金があれば、ワンダフル商会に頼んで良質な魔石や素材を集めてもらうことができそうだ。農作業用のゴーレムを改良したり、魔道具を改良したり、資金と素材が不足していたために手を出すことができなかったものが色々と作れそうだ。

などと考えていると、傍からすすり泣きのようなものが聞こえた。

視線をやると、隣にいるメルシアが涙を流していた。

「メルシア、どうして泣いてるんだい？」

「それは嬉しいからです」

「嬉しい？」

「私はイサギ様の素晴らしさを分かっておりますが、帝国にいた時は誰もがそれに気付かず歯がゆい思いをしておりました。ですから、私はイサギ様が正しく評価される姿を見ることができて嬉しいのです」

メルシアの言葉が大袈裟とは言えないくらいに帝国では階級や人種による差別、不正が横行していた。上の者の責任は下の者が取り、下の者の成功は上の者が取り上げる。それが当たり前だった。

幼少期からそんな環境で過ごしていた俺は慣れていたが、メルシアはずっと納得がいっていなかったのだろう。

「そうだね。こんなのは帝国じゃあり得なかったことだよ。だから、ここに連れてきてくれたメルシアには感謝してるさ」

俺の心からの言葉にメルシアは嬉しそうに笑みを浮かべるのであった。

●

「よし！　これで堅苦しい公務は終わりだな！」

ライオネルから貰った報酬をマジックバッグに収納し終わると、彼は途端に王冠を外し、正装のボタンを二つほど開けて、玉座に深く腰かけてリラックスし始めた。

「……あなた」

「もういいだろう？　イサギたちとは知らぬ仲ではないのだ。ここからの話は自然体でやった方がいい」

クレイナが窘めるも、ライオネルは鬱陶しそうにローブを脱いで控えている兵士に投げ渡していた。威厳を戻すつもりがないことを悟り、クレイナとケビンが深くため息を吐いた。

いつものことなのだろう。謁見室に整列している兵士たちも、しょうがないといった風に苦笑していた。

「イサギとメルシアも、いつも通りにしてくれて構わないぞ」

「とか言いつつ、気安い言葉をかけた瞬間に首を飛ばすようなことはございませんよね？」

「なんだそれは？　鬼畜の所業ではないか」

「帝国の一部の貴族にはそういう行いをする者がいましたので」

帝国貴族にはいるんだ。平民にも優しく寛大なフリをして、相手が油断し、大きな不敬を働いたところで首をはねるという奴が。

「ええい、この俺がそんなみみっちい真似をするか！」

「ですよね」

これは冗談だ。おおらかで器の大きいライオネルがそんなことをするはずがない。

まあ、帝国貴族の話は冗談じゃないのが怖いところだが。

「しかし、こちらに辿り着くのがかなり早かったな！　こちらに辿り着くのに、少なくともあと十日はかかると思っていたが、一体どうやって時間を縮めたのだ？」

玉座の上で胡坐をかいて前のめりで尋ねてくるライオネル。

ソワソワとした様子からするとずっと気になっていたんだろう。

「ゴーレム馬？　あれはそこまで走れる乗り物だったか？」

ライオネルは一度農園にやってきて、ゴーレム馬を体験している。

「長距離移動用に改良したものを使いました」

「そんなものがあるのか!?　欲しいぞ、イサギ！」

「ライオネル様のために、ご用意していますよ」

「本当か!?」

ライオネルなら欲しがると思っていたので、特別なゴーレムを用意していたりする。

ライオネルから爛々とした視線を向けられる中、俺はマジックバッグからゴーレムを取り出した。

それは道中に稼働させたゴーレム馬とは違い、獅子を模したゴーレムだ。

「おお！　気高き獅子ではないか！　獣王である、この俺に相応しい！　これもゴーレム馬と同じように走るのか!?」

「走れます。ゴーレム馬よりもやや魔石の消耗が激しいのは難点ですが、ゴーレム馬よりも遥かに馬力が高いです」

ちょっとしたデメリットを告げるがライオネルはまったく気にした様子がない。それどころか嬉しそうに獅子ゴーレムに跨っている。そのはしゃぎっぷりは新しい玩具を貰った子供のようだ。

「あなた、さすがに謁見室で乗り回すのはおやめになってくださいね？」

「……あ、ああ、分かってる」

渋々といった様子で獅子ゴーレムを降りていることから、クレイナに注意されなければ間違いなくすぐに乗り回していただろうな。

「ちなみにクレイナ様にもお土産をご用意していますよ」

「何かしら?」

さすがにライオネルだけにお土産を渡して、王妃には何もありませんというのも失礼だしな。

クレイナが嬉しそうに顔をほころばせる中、俺はマジックバッグからいくつもの木箱を取り出した。

メルシアと共に木箱の蓋を開けると、そこには農園で作ったイチゴ、リンゴ、バナナ、モモ、スイカ、オレンジなどの果物が入っている。

「果物!」

「うちの農園で作ったものです。マジックバッグで保存していたので、穫れたてといっても過言ではありません」

「早速、いただきましょう!」

「おい、そっちはいいのか?」

クレイナの言葉に、ライオネルが抗議する。

「あなたは一度夢中になると止まらないじゃありませんか。文句があるならあなたは食べなくて結構ですよ? これは私へのお土産ですから」

クレイナがそう言い放つと、ライオネルはすぐに黙り込んだ。

文句はないから自分も果物を食べたいという意思表明だろう。

さすがは王妃だ。ライオネルの扱いを分かっているな。

クレイナの命により、獣人兵士が木箱からそれぞれの果物を手に取った。それからじっくりと果物を観察し、スンスンと鼻を鳴らして匂いを嗅ぐ。

なんとも緩い試食会ではあるが、一応は王と王妃が口に入れるもの。何か異常がないか念入りに確認しているのだろう。

やがて問題ないことが確認されると、兵士が腰からナイフを抜いてリンゴの皮を綺麗に剝き始めた。リンゴの皮が剝けると、最後の毒見として一人の兵士がリンゴを口に入れた。

「うまっ！」

「おい、毒見役が口にしたものをいきなり呑み込んでどうすんだよ」

通常、この手のものは毒がないか舌で確認したり、しっかりと咀嚼して確かめるものだ。

それなのに普通に食事するかのように食べてしまえば、同僚に突っ込まれるのも無理はない。

「もう毒見は十分だろう。早く皿に盛り付けてこちらに持ってこい」

ライオネルに催促されると兵士たちは慌てて毒見を済ませ、皮を剝いたリンゴを皿に盛り付けた。

運ばせた皿を受け取ると、クレイナとライオネルがフォークで口へ運んだ。

シャクリとリンゴを咀嚼する音が謁見室に響く。

リンゴを口いっぱいに放り込むライオネルと、一口一口嚙みしめるように食べるクレイナの食べ方が対照的で面白い。

「相変わらず、イサギの農園で育てた果物は美味いな！」

「ええ、本当に美味しいです」

「ありがとうございます」

ライオネルだけでなく、王妃であるクレイナの舌をも満足させることができたようでホッとした。

19話　錬金術師は農業支援を頼まれる

「ところでイサギよ、このあと時間はあるか？　イサギの腕を見込んで頼みたいことがある」

二人がリンゴを食べ終わったところで、ライオネルが真剣な口調で言ってきた。

ライオネルに獣王都に呼ばれたのだ。

飢饉の際の活躍に対する褒賞以外にも、何かしらの要件があると思っていた。

俺もメルシアも予想していたこと故に、ライオネルの切り出した言葉に慌てることはない。

「お役に立てるかは分かりませんが、お聞きしましょう」

錬金術は決して万能ではないことを知っているが故に、安請け合いをすることはできない。

俺はひとまずライオネルの頼みの内容を聞いてみることにした。

「イサギも知っていると思うが、獣人族は人間族に比べて出生率が高い上に、必要とする食事量も多い。つい先日では大凶作が起きただけで、何人もの民が飢えそうになった」

要するに国内の食料消費に対し、食料生産が追い付いていないということだろう。

帝国でもこの手の問題は常にあったので、実に既視感のある問題だ。

「民が飢えることがないように王家では何代も前から農業や、魚の養殖などの食料生産支援をしている」

おお、さすがは獣王国。帝国とは違って、民のことを想って、しっかりと食料問題と向き合っていたようだ。ライオネルの代だけでなく、何代も前から施策が続いているだなんてすごい。

「だが、それでも追い付いていないのが現状だ。これを打開すべく、イサギには獣王国での農業支援を頼みたい」

何かしらの稀少な作物の栽培でも頼まれるとでも思っていただけに、ライオネルの口から放たれた言葉には驚きしかなかった。

「……農業支援ですか？　それは具体的にはどのような……？」

「特に食料事情の厳しい場所に赴いて、イサギの錬金術で食料生産の改善をしてもらいたい。具体的にはラオス砂漠に住んでいる獣人たちが豊かに暮らせるように農園を作ってほしいのだ」

「砂漠でですか⁉」

ラオス砂漠は降雨が極端に少なく、砂や岩石が多くて乾燥している。水分が少なく、気温の日較差が激しい故に農業に適さない地域の代表みたいな場所だ。土壌が痩せていたプルメニア村で農業を成功させるよりも、難易度は遥かに高いと言えるだろう。

「ちなみに以前イサギに貰った苗のいくつかを周辺に植えてみたのだが、実ることはなかった」

「でしょうね」

そこまで成育環境が違うと、作物にも環境に合わせた改良が必要となる。失敗するのも道理と言えるだろう。

「……砂漠での作物の栽培はイサギほどの腕前をもってしても難しいか？」

考え込んでいると、おずおずとライオネルが尋ねてくる。

「未知の環境なのでなんとも言えないところです」

あまりにも農業に適していない土地なので、簡単にできますとは言えないところだ。

できるともできないとも言えない微妙なライン。

「ちなみに農業支援をするにあたって、なぜその場所を選んだのかお聞きしてもよろしいでしょうか？」

気になるのがどうしてその土地での支援を頼んだかだ。ピンポイントでその地を選んだことに何か理由があるような気がする。

「ラオス砂漠を選んだ理由は、そこに住んでいる彩鳥族と赤牛族の対立が深刻化していることだ。少ない水や食料を巡って争いが頻発している。同胞で争い合うのはあまりにも不毛だ」

そう答える、ライオネルの表情は苦悶に満ちていた。

国内で争い合う獣人の現状を憂いているようだ。

食料不足故に争い合う光景を、俺は帝国内で何度も目にしてきた。

あんな光景を当たり前のようなものにしたくはない。

「農園の設立はあくまで理想です。私たちの要望としては、イサギさんの力で少しでも食べられるものを増やせればと思うのです」

プルメニア村のような大農園をすぐに作ってくれと言われると、荷が重すぎて首を横に振るところだが、品種改良によって砂漠で食べられるものを増やすお手伝いならできるかもしれないな。

だが、それはあくまで希望的観測だ。実際に赴いて挑戦してみたが、まったく役に立てないという可能性も大きい。

「すぐに結果が出なくとも咎めることはないし、時間がかかってもいい。とにかく、一度赴いてみてはくれないだろうか？」

ライオネルやクレイナの施策に対する熱意は本物だ。これだけ真摯に頼まれれば応えてやりたい。

所属する国が変わろうと俺の夢は、人々の飢えをなくすこと。ライオネルからの依頼は俺の目的に沿ったものだと言えるだろう。

俺の判断に任せてくれるらしい。

隣にいるメルシアにチラリと視線を送ると、彼女は微笑みながら頷いてくれた。

「分かりました。農園設立までの成功の保証はしかねますが、ラオス砂漠でも栽培できる作物を作れるように尽力いたします」

「おお、やってくれるか！」

「イサギさんのご厚意に感謝いたします」

引き受ける旨を伝えると、ライオネルは嬉しそうにし、クレイナは安堵の笑みを浮かべた。

ラオス砂漠の食料事情にはライオネルたちも大きく頭を悩ませていたんだろうな。

「早速、イサギたちに向かってもらいたいのだが、ラオス砂漠までの道のりは複雑で過酷だ。案内役としてこちらから一名を同行させてもらってもいいだろうか？」

ラオス砂漠には当然ながら俺は行ったことはない。それは恐らくメルシアも同じだろう。

道中までの案内をしてくれる者がいれば、移動はよりスムーズになるし、遭遇したことのない魔物などに戸惑うこともない。王家からの指示でやってきたと分かる方が、現地の住民との話し合いもより円滑に進むだろうし。俺たちからすればライオネルの申し出は非常にありがたいものだ。

「恐れながら、足手纏いになる方であればご遠慮いただきたいです。私はイサギ様をお守りすることに集中したいので」

メルシアがここまでハッキリと言うということは、それだけラオス砂漠周辺に棲息する魔物が手強いということだろう。余分な非戦闘員を抱える余裕はないということか。

そんなメルシアの返答にライオネルは面白いと言わんばかりの笑みを浮かべた。

「安心しろ。案内役に関しては足を引っ張ることはないと俺が保証する」

「であれば、問題ないです」

「では、案内役の紹介をしよう」

メルシアの言葉に同意するように頷くと、ライオネルが入り口に向かって「入れ！」と声を張りあげた。

入り口の大きな扉が開くと、謁見室に一人の獣人が入ってきた。

ショートジャケットにタンクトップ、ホットパンツに身を包んだやや露出の激しい格好をしている。紅色の髪をポニーテールにしており、勝気そうな瞳をした少女だ。

「初めまして、第六十三代獣王ライオネルが実子。第一王女のレギナよ。よろしくね」

あっけらかんとした様子のレギナの名乗りを聞いて、俺とメルシアは狼狽える。

「大丈夫なんですか？」

「何が？」

「だって、王女様ですよ？　これから危険のある場所に向かうのですが……？」

「王女だからって安全な城に籠っているつもりはないわ！　あたしは獣王の娘なのよ？」

直接辺境までやってくる父にして、この娘ありと言ったところか。

「い、いいんですか？」

「国内の様子を自分の目で見てくるのも大事だからな」

「箱入り娘は必要ありませんので」

縋るような視線を向けるも、ライオネルとクレイナはレギナの同行を取り消すつもりはないようだ。というか、クレイナの台詞が厳しい。これが獣王家の価値観なのだろうか。

「レギナ様に万が一のことがあったら困るんですが……」

「あたしが死んだらその時はその時よ！　兄さんか弟かが適当に王位を継ぐから問題ないわ！」

懸念点を告げるも、レギナは豪快に笑って俺の背中をバシバシと叩いてくる。とても痛い。

「ねえ、メルシア……大丈夫だと思う？」

道中における戦闘の割合は恐らくメルシアが一番高い。彼女の判断を聞いて、ダメそうなら悪いけどお断りしよう。というか、できればお断りしたい。何とか理由をつけて断れないだろうか？

「レギナ様の武名は獣王国内でも有名ですので、頼りになる案内役になってくださるかと」

そんな俺の思いとは裏腹にメルシアはレギナの同行をあっさりと認めてしまった。

「そうよ！　父さんと母さんには敵わないけど、それ以外の人には負けないから！」

内心で大きくガックリとする中、レギナが気合いを入れるように左右の拳を打ちつけた。

たったそれだけのことで大きな風圧が起き、俺とメルシアの前髪が大きく揺れた。

まあ、どのみち案内役は必要なんだ。肩書きこそ重いものの、実力者であれば拒む理由はないか。

「言い忘れていたが、成功した暁にはもちろん報酬を出そうと思う」

「それはどのようなものでも可能でしょうか？」

「何か欲しいものがあるのだな？　言ってみろ」

問いかけると、ライオネルが面白いとばかりに身を乗り出した。

「大樹の葉や枝などをいただければと」

「これは興味本位なのだが何に使うのだ？」

「葉は万能薬だけじゃなく、エリクサーの原料に。木材は基礎耐久が高く、湿気や熱にも強くて燃えにくいんです。香りには防虫、防菌、リラックス効果がある上に、木目も美しい。まさに理想の木材といえるでしょう。浴槽、扉、フローリング、家具、何にでも加工ができます。枝に関しましては雑貨から武具と幅広い範囲で活用ができます」

「お、おお。そうか」

大樹の素材の用途を軽く語ってみせると、ライオネルがちょっと引いたような顔をする。

説明している最中に思わず熱がこもってしまったが、それだけ大樹は素晴らしい素材なのだ。

庭園で葉っぱを一枚だけ貰ったが、できるならばもっと欲しい。

大樹の葉でエリクサーを作ってみたいし、様々な種類のポーションだって作ってみたい。大樹の木材を使って、ここのような素晴らしい建物を作ってみたい。錬金術師としてこれほど興味が惹かれた素材は久しぶりだ。

「分かった。成功した暁には大樹の素材をいくつかイサギに渡そう」

「ありがとうございます」

こうして俺とメルシアとレギナはラオス砂漠に向かうことになった。

20話　錬金術師は研究テーマを語る

ライオネルの頼みでラオス砂漠に向かうことになった俺たちは、その日のうちに出発することにした。

マジックバッグのお陰ですぐに準備が整った俺とメルシアは先に大樹の外で待機し、同行することになったレギナを待つ。

「イサギ様、この度の農業支援、本当に引き受けてよろしかったのでしょうか？」

待機していると、おずおずとメルシアが尋ねてくる。

ライオネルは失敗しても構わないと言ってくれたが、王家からの手厚い物資の支援や、レギナという同行者までいる以上、何かしらの成果を上げないと帰ることはできないだろう。

「俺の掲げる目標に沿ってるとはいえ、砂漠での作物の栽培は難しいだろうね」

「では……」

「でも、たとえ失敗したとしても俺は挑戦を諦めないよ。砂漠地帯での農業は俺の研究テーマの一つでもあるし」

「そうだったのですか？」

引き受けた理由の大きな一つを述べると、メルシアが初耳とばかりに驚いた。

「砂漠は水も有機物も少ない乾燥地。だけど、世界で人間が食料生産できる土地の約三割は乾燥地なんだ。しかも、砂漠化や戦争などの環境劣化によって砂漠のような農業が困難な土地は徐々に増えている」

「……つまり、砂漠のような厳しい環境でも育つことのできる作物を開発すれば、より広い範囲で食料が生産できるということに……?」

「そういうことさ」

「さすがはイサギ様です！　もし、成功すれば大きな農業革命になるに違いありません！」

俺の意図に気付いたメルシアが、やや興奮したように言う。

「そうだね。とはいっても、研究テーマの一つとして構想したことがあるだけで、実際に行動に移したことはないから上手くできる保証なんてないんだけどね」

考えこそ偉そうに垂れてみたが、実際にそれができるかは別問題だ。それが難しいから、今まで放置されていた問題でもあるだろうし。

「困難であるとは分かっているのですが、不思議とイサギ様であれば解決できるのでないかと思っています」

参ったな。メルシアの期待に応えるためにも失敗はできないかも。

彼女に愛想を尽かされないためにも頑張らないとな。

「お待たせー！　準備できたわ！」

期待のこもった眼差しを受けて、気合いを入れ直していると後ろから声が響いた。

振り返ると、レギナの背中には大剣が挿してあり、大きなショルダーバッグが肩に掛かっていた。

先ほど謁見室で尋常ではない拳打を放ったので、メルシアと同じ徒手空拳かと思ったが、剣士のようだ。

軽やかな足取りでやってくるレギナだが、俺たちの姿を見るなり足を止めて驚きの声をあげる。

「――って二人とも荷物が少なすぎじゃない⁉　目的地までは少なくとも二週間はかかる上に砂漠地帯なのよ？　そんなんじゃすぐに物資が不足して引き返す羽目になるわ！」

準備を終えた俺の姿は宮廷錬金術師時代から使っていた、特殊繊維の編みこまれたローブにショルダーバッグ。腰に巻かれたベルトにいくつかの素材や魔道具が入っている程度。

メルシアは謁見した時と変わらないメイド服で背中には小さめのバックパックを背負っているだけだ。とてもこれから砂漠地帯に向かうような恰好とは思わないだろう。

「マジックバッグがあるので、俺たちの物資はそこに入っているんです」

「ああ、マジックバッグ持ちだったのね。それならその身軽さも当然だわ」

「よろしければ、レギナ様の荷物もいくつかお預かりしましょうか？」

「本当？　じゃあ、お言葉に甘えちゃおうかしら」

そう提案すると、レギナはバッグを下ろし、中にある水、食料、衣服、毛布などの物資を取り出した。俺はそれらを受け取ると、マジックバッグへ収納した。

「容量に余裕があるので、もっと収納することができますが？」

背負い直したレギナのショルダーバッグはまだ膨らんでいる。

これから旅に出る以上、荷物は少しでも少ない方がいいと思うのだが……。

「これで十分よ。あまり預けすぎると、イサギとはぐれてしまった時が怖いから」

荷物を一点化するということは、それを紛失してしまった時のリスクも大きくなる。

レギナが言わんとすることも一理あると思った。これから向かう場所は危ないみたいだし、どんな不測の事態が起こるか分からないからね。

「分かりました。もし、荷物が重くて負担になれば遠慮なく言ってください」

「ありがとう。その時は遠慮なく頼らせてもらうわ」

こくりと頷くレギナの反応を見て、俺とメルシアはゴーレム馬に乗った。

「レギナ様はゴーレム馬に乗れますか？」

俺が問いかけると、レギナはサッとゴーレム馬に跨った。

大きな円を描くように走らせると、軽やかな動きでこちらへ戻ってきた。

「問題ないみたい」

「そのようですね」

ライオネルを通じてレギナにもゴーレム馬を献上している。農園用のゴーレム馬と操作は同じなのでまったく問題はないようだ。

「では、行きましょうか」

「ちょっと待って！」

ゴーレム馬を走らせようとしたところで、レギナがストップをかけた。

「どうされました、レギナ様？」

「それ！」

メルシアがおそるおそる尋ねると、レギナが短く指示語を出した。

それと言われても俺とメルシアには何のことだかさっぱり分からない。

「口調！　二人とも硬い話し方はやめて、あたしにも普通に話してくれない？」

「ですが、レギナ様は第一王女様なので……」

「これから向かうラオス砂漠ではどんな危険があるのか分からないのよ？　今の口調で話していたんじゃ意思の伝達にも時間がかかるし、お互いに疲れると思わない？」

ラオス砂漠はメルシアほどの実力者でさえ厳しい場所と評するほど。言葉遣いに気を付けるわずかな躊躇（ちゅうちょ）が生死を分けるかもしれない。

「分かったよ、レギナ。これでいいかな？」

「うん、それでよし！」

「私は誰に対しても、このような感じなのでご容赦ください」

「十分よ。ありがとう」

口調こそ変わらないものの、やや砕けた言い方にメルシアからの歩み寄りは感じ取れたようだ。

「じゃあ、行こうか！」

「ええ！　しゅっぱーつ！」

俺たちはゴーレム馬を走らせて、蛇行する坂道を下っていく。

中央広場に降りると大通りを西へと突き進んで西門へ。

レギナを含めて、俺とメルシアがラオス砂漠に向かうことが通達されていたのか、一切の確認がなく顔パスで西門を出ることができた。

獣王都の中は人通りがあったために速度を抑えていたが、人気がなくなったとなれば存分に走ることができる。

魔力を流しながらレバーを押し込むと、俺たちのゴーレム馬がさらに加速した。

「すごいわ！　前に貰ったゴーレム馬とは速度が大違いじゃない！」

改良型のゴーレム馬の性能にレギナははしゃぎ声をあげていた。

初めて乗るというのに、これだけの速度を出せるとは胆力があるものだ。

景色が前から後ろへと物凄い速度で流れていく。

しばらくは整備された街道が続いていたのだが、ほどなく進んだところで森へと差しかかった。

「森に入るけど、操作は大丈夫？」

ここから先は多くの木立が立ち並び、障害物が立ちはだかることになる。

生半可な操縦技術では木立にぶつかってしまうのがオチだ。自信がないのであれば、速度を落として安全に進むべきだ。

「問題ないわ！　このまま突っ走りましょう！」

しかし、レギナは速度を落とすことはせず、むしろギアを加速させるように速度を上げてみせた。

レギナの行動にヒヤリとした俺とメルシアだが、危なげない操縦技術で木立の間を抜けていくレギナの様子を見て、心配は不要だとすぐに悟った。

「ポニー型に乗っていたとはいえ、途轍もない操縦技術ですね」

「センスがとんでもないや」

ポニー型ですら満足に乗ることのできないダリオに、そのセンスを少しだけ分けてあげてほしいと思った。

21話　錬金術師は野営をする

ゴーレム馬を走らせるにつれて森はより深くなる。生い茂る枝葉によって日光は遮られ、やや視界も悪くなり、地面にも大きな凹凸が増えていた。

「……ねえ、さすがにそろそろ速度を落とさない？」

「え？　なんで？」

提案すると、先頭を突っ走るレギナが素朴な疑問を尋ねるかのように聞き返してきた。

「暗くて視界が悪い上に、足元も悪くなってきたからだよ」

周囲の状況がよく分からない中、ゴーレム馬を突っ走らせるのはさすがに怖い。

「えっ？　ここって暗い？」

「人間族であるイサギ様は、私たち獣人のように夜目が利くわけもなく、遠くが見えるわけではありませんから」

「あ、そっか！」

メルシアが補足するように言うと、レギナの表情に理解の色が広がった。

人間族の中での生活経験があるメルシアと違い、レギナは獣人が多くを占める国で育ってきた。人間族に対する認識が低いのは仕方がないことだ。

だけど、これでレギナも俺に配慮して速度を――

「大丈夫！　あたしとメルシアは見えているし、進みやすい道を選択してあげるからこのまま突き進もう！」

落としてくれなかった。むしろ、見えないと知った上で継続を提案。鬼だ。

「いや、でも普通に怖いんだけど……」

「グオオオオッ！」

泣き言を漏らしていると、横合いから大きな何かが飛び出してきた。

先頭にいるレギナは素早く大剣を抜くと、襲いかかってきた何かに向けて勢いよく振り下ろした。

脳天に一撃をくらった生き物はそのまま撃沈し、血の海に沈んだ。

「アウルベアーだ」

思わずゴーレム馬を止めて確認してみると、灰色の体毛の大きなクマが脳天を割られていた。

人であろうと魔物であろうと襲いかかる獰猛（どうもう）な性格をしており、オークを超える膂力（りょりょく）を備えた上での素早い身のこなしをすることもあり、低ランクの冒険者ではまるで相手にならない。

人間族の生活圏内で出現しようものなら大騒ぎになるほど危険な魔物。にもかかわらず、それを一撃で沈めてみせたレギナの実力には圧巻という他ない。

「ここの森は魔物も多いし、ゆっくり進むより一気に突き進んだ方が魔物に絡まれないわよ？」

大剣を振り払って血のりを飛ばし、残った血を布で拭き取りながら言うレギナ。

「このレベルの魔物がゴロゴロといるの？」

「そうね。というか、アウルベアーは楽な個体の方よ？」

衝撃の事実を聞いて思わずメルシアに視線を向けると、その通りですと言わんばかりに頷かれた。

獣王国にいる魔物が強いことは分かっていたが、まだ認識が足りなかったのかもしれない。

アウルベアーが可愛いと評される魔境を、呑気に進むほど俺は肝が大きくない。

「突き進んで急いで森を抜けよう。でも、操縦する自信がないかも……」

「だったら、あたしの後ろに――」

「でしたら、私の後ろにお乗りください、イサギ様」

レギナの言葉に被せるようにしてメルシアが言った。

「あ、うん。じゃあ、メルシアの後ろに乗せてもらおうかな」

妙に勢いのあるメルシアに違和感を覚えたが、さすがに王族であるレギナの後ろに乗せてもらうのは恐れ多い。

視線で謝罪をすると、レギナは笑みを浮かべながら気にしないでとばかりに手を振ってくれた。

気を悪くしないでくれたのはありがたいが、レギナの視線が妙に生温かかったのは気のせいだろうか。

「再出発する前にアウルベアーを回収するね」

「アウルベアーの肉は臭みがあって美味しくないわよ？」

「錬金術で下処理するから問題ないさ」

レギナが訝しむ中、俺はアウルベアーに触れて錬金術を発動。

アウルベアーの体内に残っている血液だけを抽出。取り出した大量の血液は瓶に収めた。

「これで完璧な血抜きができたから、料理にした時に大きな臭みもないはずだよ」

「すごいけど、ちょっとグロテスクな光景ね」

気持ちは分かるけど、これもアウルベアーを美味しく食べるためだ。

アウルベアーと血液瓶だけでなく、自分の使っていたゴーレム馬もマジックバッグに収納すると再出発だ。

「それじゃあ、後ろを失礼するよ」

「どうぞ」

メルシアの乗っているゴーレム馬の後ろに跨る。

農園用のポニーサイズとは違い、軍馬サイズのゴーレム馬なので二人乗りだろうがスペースは楽々だ。

ただ目の前にいるのが異性であると考えると、べったりとくっつくわけにもいかない。

適度な空間を空けて、気持ち程度にメルシアの腰へ両腕を回す。

「イサギ様、もう少し前に詰めて、しっかりと身体を掴んでいてください」

「え、いや、でも……」

「この先、ますます道は険しくなります。イサギ様にもしものことがあっては困りますので」

たじろぐ俺に向かって言葉を述べるメルシアの表情は、とても真剣だ。

まぎれもなく彼女は俺の身を案じてくれている。それなのに異性の身体に触れるのが恥ずかしいなどと俺はなんと情けないことだろう。メルシアを見習い、邪(よこしま)な考えは捨てるべきだ。

「分かった」

意を決して俺はメルシアの背中に密着し、両腕をガッチリと前へと回した。

メイド服を通して、メルシアの柔らかな身体の感触が伝わってきた。

「んっ」

「なんか変な声がしなかった？」

「気のせいです。では、出発といたしましょう」

なんだか聞いたことのないような色っぽい声が聞こえたような気がしたが、メルシアには何も聞こえなかったらしい。

俺よりも聴覚のいいメルシアがそう言っているということはそうなのだろう。

俺はそれ以上気にしないことにし、メルシアの後ろで心地よい揺れに身を任せることにした。

●

メルシアの後ろで揺られながら進むことしばらく。

鬱蒼（うっそう）としていた木々がなくなり、平原が視界に飛び込んできた。

暗い景色にすっかりと目が慣れていたので、急に明るいところに出てくると眩しく感じた。

「あっはは、すごいわ！　普通は森を抜けるのに三日はかかるのに半日で抜けちゃった！」

平原を見るなり、レギナが信じられないとばかりに声をあげた。

どうやら完全に森は抜けたようだ。

「まあ、かなりのスピードで駆け抜けたしね」

「本当にすごいわね、このゴーレム馬！」

「本当にすごいのは二人の操縦技術だよ」

俺の感想にレギナとメルシアが小首を傾げる。

ゴーレム馬の性能があったとしても人間族では暗闇を見通すことができない上に、立ちはだかる障害物や、悪路のせいで速度を出すことは到底できない。

二人の暗闇さえ見通す視力と、障害物や悪路を回避できる反射神経があってこその芸当だ。

真似をしろと言われても俺には無理だろうな。

「ありがとう、メルシア。助かったよ」

「いえ」

ゴーレム馬から降りると、メルシアがちょっと名残惜しそうな顔をした気がしたが、それは自意識過剰だろうな。後ろに乗っていた俺がいなくなって安心しているだけだろう。

「この先はどうなってるのかな？」

「だだっ広い平原が続いて、その先に小さな森があるって感じ」

「でしたら、この辺りで野営をした方がよさそうですね」

空を見上げてみると、太陽が徐々に落ちてきている。あと一時間もしないうちに日が暮れるだろう。

いくら夜目が利くレギナとメルシアがいても、魔物が活性化する夜の行軍は危険だ。

「今日はここで一泊して、明日の朝にまた出発しよう」

レギナとメルシアが同意するように頷いた。

方針が決まると野営の準備だ。

地形を確認するまでもなく、周囲はだだっ広い平原だ。

どこからか魔物がやってくれば視認できる上に、先ほど抜けた森からも距離は大分離れているので危険は低いと言えるだろう。

「メルシア、この辺りに除草液を撒いてくれるかい？」

「分かりました」

マジックバッグから取り出した瓶を渡すと、メルシアが蓋を取って周囲に除草液を撒いた。

除草液によって周囲に生えていた雑草がシュ―と音を立てて枯れていく。

周囲にある雑草があらかた除草されると、俺はマジックバッグから建材を取り出し、錬金術を発動。

木材を加工、変質させて、小さな丸太小屋を組み上げた。

扉を開けて中に入ると料理のために台所を作り、食事できるダイニングスペースや、ゆったりとできるリビングを作り、奥ではそれぞれが安心して眠れるように寝室も作った。

「よし、こんなものかな」

「……違う」

臨時の野営拠点を作り上げると、室内の様子を眺めていたレギナが唐突に呟いた。

「え？　何が？」

「これは野営じゃない」

「野営だよ？」

「外でこんなに立派な家を作って泊まる野営なんて聞いたことがないわよ！　こんなの野営じゃない！」

野営をしているのにもかかわらず、野営ではないと言い張るレギナ。

「そうなの？」

あんまり野営を経験したことがないから一般的な野営というものがどういうものか分からない。

「普通は皆でテントを組み立てたり、火を起こすところから始めるものでしょ？」

「俺にとってはテントを組み立てるより、家を作った方が早いから。焚火だって魔道具があるから別に必要ないし」

快適に過ごすための手段と道具があるのだから、それを使わない手はない。

「……イサギに一般的な野営を説明しようとしたあたしがバカだったわ」

俺にとっては当たり前のことを告げたつもりなのだが、レギナは頭が痛そうな顔をして肩を落とした。

思わずメルシアに視線を向けると、彼女はお茶を濁すように苦笑した。

どうやら彼女もこれが一般的な野営ではないと理解しているようだ。

少し釈然としない気持ちがあるものの、わざわざ不便な選択をする意味もない。

俺はこれ以上気にしないことにした。

22話　錬金術師は熊料理を食す

「イサギ様、夕食の準備をしたいのでアウルベアーをこちらに出していただけますでしょうか？」

メルシアに言われて、昼間にレギナが倒したアウルベアーを取り出した。

すると、メルシアは軽々とアウルベアーを担いで裏口に移動していった。

あのアウルベアーの大きさからして、軽く体重が数百キロあるはずなんだけどな。

「あたしも手伝うわ！」

「いえ、そのようなことをレギナ様に手伝わせるわけには」

「そういう遠慮はいいってば。こういうの慣れてるし」

「では、よろしくお願いします」

メルシアとレギナが解体を始めると、俺は手持ち無沙汰になってしまった。

とはいえ、俺は熊の解体なんてやったことがないので力になれるとは思えない。

「暇だし、見張り用のゴーレムでも作ろう」

野営のために家を作ったのはいいが、家の中にいては魔物の接近に気付くことができない。

その対策として家の周囲にゴーレムを配備すればいい。

ゴーレムなら人間と違って睡眠をとる必要もなく、疲労も感じないので一晩中でも見張りを任せることができるからね。

俺はマジックバッグにある鉄、鋼、マナタイトを素材としたゴーレムを作っていく。

帝国の魔物ならば適当な砂や石を素材としたゴーレムで十分だけど、獣王国の魔物は手強いので素材もいいものにしておいた。さらにゴーレムのために大盾と、槍を持たせた。

魔物を倒すことまでは期待していないけど、俺たちが危険を察知して戦闘準備を整えられるくらいに持ちこたえてほしいからね。

三体のゴーレムに魔石をはめると、魔力を流して起動させた。

「この家に誰も近づけさせないようにしてくれ」

外に引き連れて指示を出すと、ゴーレムたちは家の周囲を歩いて巡回し始めた。

うん、これで大丈夫だろう。

「あれって……イサギの作ったゴーレム？」

ゴーレムの出来栄えに満足していると、レギナが声をかけてきた。

先ほどまで解体をしていたはずだが、裏口にはメルシアとアウルベアーの姿がないので解体は終わったのだろう。

「そうだよ。見張りをしてもらおうと思ってね」

「……あのゴーレムたちが持ってる盾と槍って魔道具なの？」

目を細めて凝視するレギナの言葉に俺は驚いた。

ゴーレムが装備している盾と槍は、一見ただの鉄製の盾と槍に見えるがどちらも魔道具だったりする。

盾と槍には雷の魔力が付与されており、触れただけで相手に強電流が流れる代物だ。

「見抜かれないように偽装はしていたつもりなんだけどよく分かったね？　参考までにどうして分

かったか聞いてもいい？」

　魔法を生業とする魔法使いや、素材の性質を見通すことのできる錬金術師ならともかく、魔力の扱いが不得意でも、錬金術師でもないレギナに見抜かれたのは予想外だ。

「なんとなくね」

「なんとなく？」

「勘っていうのかしら？　迂闊に触れちゃいけないって分かるのよね」

「獣人の勘か……それはまたすごいね」

　レギナの獣人としての本能が察知したのだろう。

　獣王国に来る前だったら鼻で笑っていたかもしれないが、こちらにやってきて獣人たちのハイスペックぶりを目にしているので笑うことはできなかった。

　獣人による勘かぁ……それはどうしようもないかもしれない。

「お二人とも夕食の準備が整いました」

「分かった。今行くよ」

　外の見張りはゴーレムたちに任せて、俺とレギナは拠点へと戻る。

「メインはアウルベアーの煮込みスープと串焼きです」

「美味しそう！」

「野営とは思えないほどに豪勢だわ」

　ダイニングテーブルの上には大きな鍋が鎮座しており、お皿には串肉やサラダ、パンなどが並んでいた。サラダとパンはマジックバッグで保存していたものを取り出した形になる。野営でも食事に困らないのがマジックバッグの素晴らしさだね。

「さっそく、いただくよ」

「どうぞ」

まずは串に刺さったアウルベアーのロース肉を食べる。

肉質がものすごく柔らかく、口の中で旨みが弾けた。

「美味しい！　優しい脂の甘みがする！」

そう、特にすごいと感じたのが脂の味だ。

牛や豚の脂身はぎっとりしていてくどさを感じるのだが、アウルベアーの脂身はほどよくて優しい甘さを感じる。

「わっ、アウルベアーのお肉ってこんなにも美味しかったんだ！」

「イサギ様が完璧な血抜き処理をしてくださったお陰です」

「それでも熊肉は臭みが強いし、メルシアの適切な下処理があったからだよ」

「ありがとうございます」

率直な感想を告げると、メルシアが気恥ずかしそうに笑って串肉を頬張った。

後ろにあるしなやかな尻尾がブンブンと揺れている。

噛めば噛むほどアウルベアーの力強い旨みが滲み出てくる。

炭火で焼かれているお陰かほんのりと香ばしさがあって堪らないな。

脂身の甘さを活かすために塩、胡椒だけで味付けされているのもポイントが高かった。

串肉を食べ終わると、次はスープにとりかかる。

アウルベアーの脂がスープに溶け出しており、大根、ゴボウなどの根菜やキノコにしっかりと染み込んでいる。

「うん、スープも美味しい！」

「こっちもまったく臭みがないわね」

煮込まれたアウルベアーの肉はとても柔らかく、歯を立てるとあっさりと千切れるほどだ。

通常、熊の肉は煮込めば硬くなるものだが、メルシアの適切な下処理によりまったく硬くなっていない。さすがはメルシアだ。

大根は柔らかく、ゴボウがほどよい歯応えを演出してくれる。スープを飲めば身体の内側から温まり、旅で緊張していた俺たちに一時の癒やしを与えてくれるかのようだ。

「お代わり！」

「どうぞ」

俺がスープを飲んで一息ついている間に、レギナはメルシアにお代わりを貰っていた。

レギナも獣人だけあってか、食べる量が半端ない。二杯目を貰ったかと思うと、あっという間にそれを平らげて、三杯目のお代わりを貰っている。

食べきれないくらいの量があると思ったが、これはすぐになくなってしまいそうだ。

ライオネルが国内の食料生産に頭を抱えるわけだ。

たった一人でこれだけの消費をするのであれば、国内の消費量はとんでもないだろうな。

「ラオス砂漠にはどのくらいで着くんだい？」

夕食を食べ終わると、俺はレギナに尋ねた。

「このペースならあと三日で砂漠地帯に入れそうよ」

レギナによると通常ならば平原を抜けるのに三日、その先にある森を抜けるのに二日、荒野地帯を抜けるのに三日くらいかかるらしい。だけど、今日のペースを考えるとそれくらいで抜けることができるようだ。

特に平原地帯は森と違って障害物もないので、かなりの速度アップが見込めるとのこと。

「砂漠地帯から目的地である氏族の集落まではどのくらいかかるのでしょう？」

「前に走って行った時は一週間かかったわ」

砂漠を走って横断しようとしたことに関しては置いておいて、獣人であるレギナが走ったにもかかわらず一週間だ。人間族が走っての距離だとは考えない方がいいだろう。となると、砂漠地帯に入ってからかなりの距離があると思った方がいいな。

「遠いんだね」

「いえ、直線距離としては大したことはないわ」

「え？　でも、レギナが走って一週間はかかる距離だよね？」

「時間のかかる大きな要因は砂漠の魔物なのよ。砂に紛れてどこに潜んでいるか分からない上にそれぞれが手強(てごわ)い。それに一度遭遇すると隠れる場所がないから逃げることも難しいの」

確かにどこにいるかも分からない魔物を警戒しながらの行軍はかなり難しい。流砂などの危険もあるし、どうしても速度は落とさざるを得ない。

その上、遭遇する魔物が手強いか……アウルベアーを瞬殺していたレギナがそう評するほどの魔物たちがひしめいていると思うとかなり気が重いな。

「ご安心ください、何があってもイサギ様のことは私が守りますから」

不安が顔に出ていたのだろう。メルシアがそんな頼もしい台詞を言ってくれる。

「ありがとう、メルシア。俺もサポートはするから無理だけはしないでね？　危ない時は自分の命を優先するんだよ？」

「はい。命を懸けてでもイサギ様をお守りします」

「うんうん――ってあれ？　自分の命を優先してって言ったよね？」

なんて突っ込むと、メルシアは撤回する気はないとばかりに台所に向かって食器を洗い始めた。

俺の言葉の意味を理解してくれているのか不安だ。メルシアを無事に帰すためにも、俺自身が怪我をしないようにしないとな。

23話　錬金術師は砂漠に足を踏み入れる

翌朝。目を覚まして寝室からリビングへと顔を出すと、既にメルシアが起きていた。

「おはようございます、イサギ様。朝食の準備は整っていますのでお召し上がりください」

「ありがとう」

テーブルの上には昨夜と同じくアウルベアーのスープとステーキが並んでいた。

スープにはアウルベアーの肉だけでなく、白菜、ネギ、ニンジン、菊などが入っており、小口切りの唐辛子が散らされていた。

同じアウルベアーのスープでありながらも具材のラインナップは違うというわけだ。

「……昨日のスープより美味しい」

スープを飲んでみると、昨日のものよりも脂の旨みと甘みが浸透しているのが分かった。

明らかに昨日のものよりも美味しく、味が洗練されているのだ。

「アウルベアーの骨から出汁を取っていますからね」

骨から出汁って結構な手間がかかるはずだけど、一体いつから起きていたんだろう。

ちょっと心配する気持ちはあるけど、それはそれとして美味しい。

俺が食事を始めると、メルシアも対面に座って食事を始める。

こんな風に家で食事をしてると、旅の最中であることを忘れてしまいそうだ。

「……レギナ、起きてこないね？」

朝食を食べ終わったがレギナが一向に起きてこない。

移動できる時間は限られているので、できるだけ早く出発するべきだ。

しかし、男性である俺が年頃の女性の、しかも第一王女の眠る寝室に入るのは憚られる。

意図を察してくれたメルシアはこくりと頷くと、立ち上がって奥にあるレギナの寝室に入った。

ほどなくしてメルシアが、寝ぼけ眼をこすりながらのレギナを連れて戻ってくる。

「眠そうだね？　あまり眠れなかった？」

「そういうわけじゃないわ。ただうちの家系は朝が苦手ってだけだから気にしないで」

確かライオンっていう生き物は夜行性だと聞いたことがある。

元になった獣の特性によって、そういった部分は変わるのかもしれないな。

「わっ！　このスープ美味しい！」

欠伸をしながらもそもそとパンを食べていたレギナだが、スープを口にした途端にカッと目を見開いた。

「ふう、いつでも動けるわ」

あっという間に朝食を平らげるレギナ。美味しい朝食のお陰で完全に脳が覚醒したらしい。

朝食を片付けると、メルシアとレギナが荷物を纏め始める。

俺はその間にダイニングやリビング、寝室に設置した家具などをマジックバッグに回収。

外に出ると、三体のゴーレムが昨日と変わらない様子で巡回していた。

「うん、特に魔物や獣の類は近づいてこなかったようだね」

ゴーレムには傷一つなく、周囲には争った形跡すらない。

ゴーレムの機能を停止させると、魔石を抜いてマジックバッグに収納だ。

「イサギ様、準備が整いました」

メルシアとレギナの身支度が整ったことを確認すると、俺は拠点として使用していた家に触れる。

錬金術で変質させて連結していた部分を解除すると、バラバラと家が崩れた。

「崩しちゃうんだ」

「野営のための簡易的な家だから」

このままの状態でもマジックバッグに収納できるのだが、組み立てた状態だと嵩張るからね。

一度、崩して収納した方が容量の節約になるのだ。

レギナは少し残念そうにしているが、この程度の簡素な家ならばいくらでも作ることができる。

また野営をしたい時は錬金術で建て直せばいい。

「それじゃあ、出発しようか」

マジックバッグから取り出したゴーレム馬に跨り、俺とメルシアとレギナはラオス砂漠を目指すのであった。

●

レギナの案内で平原を駆け、森を越えて、荒野地帯を駆け抜けると西に進み続けること三日目。

俺たちの目の前には砂漠が広がっていた。

視界の遥か先には僅かに岩のようなものが点在しているが、それ以外はすべて黄土色の砂だ。

ただひたすらに砂漠が続いているだけの景色なのに、なぜか美しさのようなものを感じた。

「ここがラオス砂漠」

「暑いというより、熱いといった表現が正しいですね」

「まったくだね」

周囲にある空気は乾燥しており、強烈ともいえる陽光が射している。それにジリジリと肌を焼かれているような感触であり、風が吹きつけるだけで熱風を浴びているようだ。立っているだけで汗が滝のように流れるほどだ。

「まずは砂漠でもゴーレム馬が走れるか確かめないとね」

試しにゴーレム馬を走らせてみる。

「……問題なく進めるけど、一定の速度を超えると思うように速度が出ないね」

「恐らくこの柔らかい砂が原因かと」

柔らかい砂のせいで思うように踏ん張れず、細かい砂が足に絡みついてくるようだ。

「時間をかければ、砂漠でもしっかりと走れるように改良できるけど、それをしている間に目的地に着くくらいの時間は過ぎるだろうね。あまり無理に走らせると転倒するかもしれないし、一定の速度で走らせる方がいい」

「ええ、砂漠でもある程度走れるだけで十分だわ」

これまでのような軽快な旅とはいえないが、標準的な馬と同じくらいの速度は出ている。

徒歩で歩くよりも体力を節約できるし、遥かに早いからね。

「ここからは魔物も凶暴になるから細心の注意を払ってね」

「分かった」

　こくりと頷くと、俺たちはゴーレム馬を走らせる。

　陣形は案内役であり、近接戦闘をこなすことのできるレギナが先頭で、錬金術や魔道具による支援を行うことのできる俺が二番目、索敵と肉弾戦をこなせるメルシアが最後尾だ。

　それぞれの戦闘スタイルを考慮しての布陣ではあるが、一番はひ弱な俺を守りやすいようにこういう陣形になったに違いない。俺は二人と違って近接戦闘はできないし、索敵もできないからね。

　周囲には俺たち以外に人間の姿はなく、鳥や動物といった生き物の姿も見えない。

　時折、吹きつける風がビュウビュウと音を鳴らし、ゴーレム馬が柔らかい砂を踏みしめる音だけが断続的に響いていた。

　こうも平和だと危険な魔物なんていないんじゃないかと思えてくる。

　なんて呑気な思考をしていると、前を走るレギナの耳がピクリと動いた。

「来る！」

「どこから？」

「真下よ！　離れて！」

　レギナの警告に従い、ハンドルを操作してゴーレム馬を横に跳躍。

　すると、さっきまで俺たちのいた場所の砂が弾けた。

　視線を向けると、砂の中から五体のサソリが姿を現した。

　体長は一メートルを超えており、艶やかな紫色の体表が陽光を怪しく反射している。

　獲物が通りかかるのを地中で待っていたのだろう。

レギナが教えてくれなければまったく気づかなかったな。

「スコルピオね！　ここは任せて！」

ゴーレム馬から降りたレギナが、大剣を片手で引っ提げて駆けていく。

メルシアは俺の護衛を優先するようで、いつの間にか傍にピッタリといた。

スコルピオは左腕の鋏を鈍器のように叩きつけて迎撃するが、レギナはそれを回避する。

続けてスコルピオの尻尾が鞭のように襲い掛かるが、レギナはそれを予見していたかのようにステップで回避。同時に大剣を薙ぎ払い、スコルピオの尻尾を切断した。

身体の一部が切断された衝撃により大きく仰け反ってしまうスコルピオ。

その大きな隙をレギナが逃すことなく、跳躍した勢いを乗せての一撃で一体のスコルピオが沈んだ。

「次！」

一体目を速やかに処理すると、レギナは素早く二体目、三体目へと斬りかかって、スコルピオを沈めていく。

「凄まじいね」

「さすがはレギナ様です」

突然の魔物の奇襲に臆することなく、一人で立ち向かっていく。

とても大国の王女の行動とは思えないが、とても頼もしい。

このまま放置しておいても一人で倒してしまいそうだが、中衛として少しは役に立っておきたい。

俺は地中に手を触れると、錬金術を発動。

四体目と五体目のスコルピオの足元にある砂を隆起させた。

魔力により圧縮された砂の針はスコルピオたちの腹部を貫いて、一瞬にして絶命させた。

「何今の⁉」

スコルピオが片付くと、レギナが興奮した様子で駆け寄ってくる。

「ただの錬金術だよ。砂を魔力で硬質化して、形状変化させたんだ」

「錬金術ってそんなこともできるんだ！」

遺骸となったスコルピオを観察してみると背中や脚などは硬い甲殻に覆われていたが、腹の部分は柔らかいことに気付いた。思いのほかあっさりと倒すことができたのはそのお陰だろう。

錬金術であっさりと倒せたからといって慢心してはいけないな。

「これならイサギも戦力として数えてよさそうね？」

レギナが不敵な笑みを浮かべながら俺を見つめてくる。どこまで本気にしているか不明だが、レギナやメルシアのようなパフォーマンスを求められると荷が重い。

「ある程度だからね？　あまり当てにしないでね？」

釘を刺すように言うも上機嫌に笑うレギナが、どう受け止めたかは俺には分からなかった。

24話　錬金術師は砂漠に拠点を築く

スコルピオを倒した俺たちは、ゴーレム馬に乗って砂漠の中をひたすらに西へと進む。

そんな中、先頭を走っているレギナが半ばやけくそ気味に叫んだ。

「暑い！」

「……本当に暑いね」

時間が経過するにつれて太陽はぐんぐんと上昇しており、周囲の気温はドンドンと上昇している。

空気が乾燥しているせいか、もはや殺人的といえるほどの熱気だった。

さらに気が滅入るのが、この代わり映えしない風景。

最初は美しい黄土色の砂と澄み渡る青い空に目を奪われていたが、こうも景色に変化がないとありがたみも薄れてしまうわけで、砂漠地帯に足を踏み入れた時のような感動は既に失せていた。

せめて動物でもいてくれれば、遠目に観察するだけで暇つぶしにもなるのにな。

「メルシアは大丈夫？」

「暑いですが、問題ありません」

振り返りつつ尋ねると、メルシアもややげんなりとしている様子だった。

いつもは涼しげな顔で過ごしているメルシアでさえ、このような状態なのだ。いかにラオス砂漠の気温が高いか分かるだろう。

「いつでも水分補給ができるように水を渡しておくよ」

ゴーレム馬を走らせながら俺はレギナとメルシアに水筒を放り投げると、二人は器用にキャッチしてみせた。

「水ならまだ残ってるけど？」

水筒を手にしたレギナが怪訝な顔をする。

「それはただの水筒じゃなくて魔道具なんだ。内部に水と氷の魔石が内蔵されていて、飲んでも自動的に魔石が水を供給してくれるから残量を気にしなくてもいいし、氷の魔石が冷やしてくれるから美味しいよ。まあ、別にいらないって言うなら返してもらっても――」

「いる！」

魔道具の説明をすると、レギナが絶対に離すものかと言わんばかりに抱え込んだ。

まあ、それだけ気に入ってくれたのなら別にいい。

「早速、飲ませてもらうわね」

「どうぞ」

レギナとメルシアが早速水筒の蓋を開けて水を飲んだ。

「ぷはぁ！　冷たくて美味しい！」

「この魔道具があれば、暑さは何とかしのげそうです」

心地よさそうな顔で息を吐くレギナとメルシア。

こくこくと水を飲み続ける二人を見て、俺も魔道具の蓋を開けて水分補給。

心地よい冷たさの水が口内を満たし、喉の奥へと通り過ぎる。

乾燥していた口内が一気に潤い、身体の内側から清涼感が広がった。

「ただの水がこれほど美味しいと思えたことはないね」

水分補給だけじゃなく、気力さえも回復していくようだ。

「わっ、冷たっ！」

ちびちびと冷たい水を味わっていると、前から水の飛沫が飛んできた。

視線を向けると、前を走っているレギナが水筒を逆さにして頭から水を被っていた。

「あっ、ごめんね？」

謝りはするもののレギナは水浴びをやめるつもりはないようだ。

俺とメルシアは飛沫がかからないように後ろを走るのをやめて、横一列に並ぶことにした。

横目には冷たい水を浴び続けるレギナが見える。

「あの、服が透けてるんだけど……」

頭から被っている水はジャケットだけでなくシャツにもかかっており、ピッタリと肌に張り付いている。クレイナ譲りの豊かな胸元やキュッとくびれた腰からお尻へのラインが丸分かりで目のやり場に困る。

「どうせすぐに乾くから気にしないわ」

レギナは自らの身体を確認するが、特に恥じらう様子もなく毅然と言った。

だからといってガン見しようとすると、メルシアから怖い視線が飛んでくるので不躾な視線は向けない方がいいな。

「そろそろ昼食にいたしましょう」

「そうだね。お腹も空いてきたし」

「賛成」

メルシアの提案に誰も異論などはない。

「一旦、馬を止める？」

「昼食ならば既にご用意しております。イサギ様、マジックバッグからバスケットを取り出していただけますか？」

「分かったよ」

メルシアに言われてマジックバッグを漁ってみると、見覚えのないバスケットが入っていた。

恐らく、メルシアが何かしらの食事を詰めて入れたのだろう。

「移動しながらでも食べられるようにサンドイッチをご用意しました」

蓋を開けてみると、中には色とりどりのサンドイッチが入っていた。

「確かにこれなら移動しながらでも食べられるや」

サンドイッチであれば片手で食べられるので、ゴーレム馬を走らせながらでも問題なく食べられる。

貴重な移動時間を潰すことなく食事が摂れるので効率的だな。

「早くサンドイッチをちょうだい！」

「はいはい」

よだれを垂らさんばかりの勢いのレギナにサンドイッチを渡し、メルシアにも渡す。

早速、レギナがサンドイッチを頬張り、俺もサンドイッチを食べた。

「あっ、アウルベアーの肉が挟まってる！」

「甘辛いタレと肉がよく合ってるわ！」

アウルベアーの力強い旨みは冷めてからも衰えることはなくジューシーだった。

やや濃いめのように感じられるが、汗を大量に流している今の状態ではむしろちょうどよかった。

恐らく、砂漠に入って大量に汗をかくことを想定しての味付けだろう。さすがはメルシアだ。

そして、影の主役といえるのが葉野菜。シャキシャキとした小気味のいい食感、それに加えて仄かな甘みと爽やかな水分。うちの農園で作ったものだからこそ調和がとれていると言えるだろうな。

●

「肌寒くなってきましたね」

「太陽が落ちてきたせいだね」

日中、あれだけ俺たちを苦しめていた太陽の光はすっかりと弱まり、空気がヒンヤリとしたものに変わった。ゴーレム馬に乗って走っていると、冷たい風に晒されて寒さを覚えてしまうほど。

「今日はこの辺りにしましょうか」

「賛成」

これ以上は魔物の活性化する夜になってしまう。

完全に暗くなってしまう前に野営の準備をするべきだろう。

「本当なら野営に適した場所を探さないといけないんだけど……」

「錬金術で作ったから問題ないよ」

というか、既に錬金術で組み立ててしまった。

「昨日よりも作るのが早いわね？」

「一度組み立てたものだから」

順番通り組み上げるだけなので早いのは当然だ。

ゴーレム馬を回収し、見張り用のゴーレムを解き放つと、俺たちは念入りに砂を落として拠点の中に入った。

靴を脱いでスリッパを履くと、マジックバッグに収納していた家具を並べていく。

それだけで昨日過ごしていた拠点と同じ光景が出来上がった。

「夕食の準備をいたしますね」

「俺も手伝うよ」

「いえ、イサギ様はお身体を休めておいてください。明日も一日中移動があるのですから」

どうやらメルシアには俺が疲れていることなどお見通しらしい。

獣人である二人と違って俺は体力がないのだ。ここで無理に手伝いを申し出て、明日の移動で迷惑をかけるよりも大人しくしている方がいいな。

「……ありがとう。お言葉に甘えてゆっくりさせてもらうよ」

台所に移動するメルシアを見送って、俺はソファーに深く腰かけた。

すると、部屋の隅に大剣を置いたレギナもソファーに腰かけた。

「…………」

「あたしが料理できると思う？」

俺の視線の意味を理解したのか、レギナが言ってくる。

「そうだよね。第一王女だもんね」

「レギナ様もくつろいでくださって大丈夫ですよ」

「ありがとう！」

気さくに会話してくれるのでつい忘れていたが、レギナは第一王女だ。

身の回りの世話は大勢の使用人がやってくれるだろうし、料理だって専属の料理人がいる。

まともに料理をした経験などないだろうな。

「夕食はアウルベアーのステーキがいいわね」

ソファーの背もたれに寄りかかるようにしてレギナがリクエストを述べる。

「申し訳ありません。昼間のサンドイッチでアウルベアーのお肉はなくなってしまいました」

「ええー！　美味しかったのに残念！」

かなりの量の肉があっただけに僅か一日でなくなってしまったことに驚きだ。

俺もアウルベアーの肉は気に入っていただけに、もうなくなってしまったことが残念だ。

「じゃあ、夕食はスコルピオのお肉なんてどう？」

マジックバッグからずるりとスコルピオを取り出すと、レギナがギョッとした顔になる。

「スコルピオ!?　毒があるけど大丈夫なの!?」

「スコルピオの毒は神経毒だから食べても問題はないよ」

「どういうこと？」

「針で体内に注入されて初めて毒の効果が発揮されるのであって、普通に口から入っても毒にはならないんだ」

　むしろ、口から取り入れると薬となると言われており、元気になる栄養素がたくさん含まれているくらいだったりする。とはいえ、スコルピオには細菌や微生物が付着しているから加熱なんかの処理はしないといけないけどね。

「へー、知らなかったわ。イサギはよく知ってるわね」

「解毒ポーションを作るためには、毒について知っておかないといけないからね」

　解毒する毒について分からなければ中和するポーションを作れるわけがない。錬金術師にとって薬学は必須の知識と言えるだろう。

「毒なら食べるのは問題ないとして味はどうなの？」

「さすがにそこまでは分からないかな」

　さすがに錬金術師の目をもってしてもその味までは解き明かすことができない。俺に分かるのはこれが食べられるということだけだ。

「他に食料はたくさんあるし、やめとく？」

　俺は孤児だったのでこういった節足動物や昆虫といったゲテモノっぽい食べ物にも慣れているが、レギナは第一王女だ。こういったものを口にすることに慣れていないだろう。

　マジックバッグの中に普通の食料はたんまりとあるので、別に無理をしてスコルピオを食べる必要はない。

「いいえ、食べるわ」

「本当に大丈夫？」

「大樹で生活していると、こういうのを食べる機会ってないもの！」

物怖じしない性格だと知っているが、こういった食事方面でも肝が据わっているようだ。

「分かった。無理だと思ったら遠慮なく言ってね？　食料は他にもあるから」

「ええ、その時はお願いするわ」

夕食はスコルピオを食べてみるということになり、メルシアがスコルピオを手にして台所で調理を始めるのだった。

25話　錬金術師たちは砂漠で夜を明かす

「夕食ができました」

リビングで読書をしたり、目を瞑ったりとゆったりしていると、メルシアのそんな声が響いた。

ダイニングテーブルに移動すると、そこにはスコルピオ料理が並べられていた。

「スコルピオの唐揚げです」

「スコルピオだね」

「スコルピオだわ」

思わずそんな感想を漏らしてしまうくらいに並んでいる料理はスコルピオだった。

解体されたスコルピオの腕、脚、胴体、尻尾が茶色い衣を纏って積まれている。

通常のサソリであれば、そのまま全身を揚げればいいのだが、スコルピオは体長八十センチとかなり大きい。全身を揚げるのでは熱が通らないので、部位ごとに分けて揚げたのだろう。

唐揚げの見た目に圧倒されているとメルシアが台所から大きな鍋を持ってきた。

「こちらはスコルピオの鍋です」

蓋を開けると、ふんわりと湯気が立ち上る。

鍋にはスライスされたスコルピオの胴体が入っており、キャベツ、キノコ、ネギ、水菜などといった具材が入っていた。

「こっちは普通に鍋っぽいや」

「スコルピオって茹でると赤くなるのね！　見た目も鮮やかで綺麗だし、美味しそうだわ！」

唐揚げのインパクトに比べると、こちらは見た目が控え目だ。

熱を通されて赤くなった殻はカニやエビのようで普通に美味しそうだ。

「それじゃあ、まずは唐揚げから食べてみようか」

「え、ええ」

席につくと、それぞれが唐揚げを手にする。

俺は腕を選び、レギナは尻尾を選び、メルシアは胴体の部分を選んだようだ。

まずはこういったものに慣れている俺とメルシアが唐揚げを口に運ぶ。

パリパリッと殻を噛み砕くような食感。

「うん、美味しい」

殻の内部には柔らかな身が詰まっており、内側からジュワッとエビのような旨みが出てくる。

噛めば噛むほど旨みが広がり、パリパリとした食感と相まって癖になる。

そんな俺たちの様子を見て、レギナが意を決したような顔になって唐揚げを口にした。

レギナは一口目を食べるとカッと目を見開き、すぐに二口目、三口目と唐揚げに齧り付いていく。

「レギナ様、お味はいかがでしょう？」

「予想以上だわ！　まさか、スコルピオがこんなに美味しいとは思わなかったわ！」

おずおずとメルシアが尋ねると、レギナは驚きと興奮の入り交じった顔で答えた。

「帝国でもサソリは食べたことがありますが、スコルピオはそれ以上の美味しさですね」

「動物か魔物かって違いもあるだろうけど、過酷な環境に身を置いているからだろうね」

動植物の中には栄養源が摂取できなくなると、僅かな栄養を体内に溜めたり、自らの体内で作り出す個体もいる。それと同じ原理でスコルピオの身には旨みが詰まっているのだろう。

なんて考察はほどほどにして俺は腕以外の部分も食べてみる。

胴体の部分は腕に比べると殻と身が少し柔らかい。胴体はしなやかな動きを求められるので筋肉のつき方が違うせいだろう。

単純な旨みでは腕にやや劣るが、内臓などの苦みもあって腕とは違った美味しさがあると思った。

尻尾は殻がパリパリとしていて、他の部位と比べると一番食感としての楽しさがある。

腕や胴体に比べると、身が少ないものの凝縮された甘みがあった。

どの部位にも美味しさに違いがあって面白い。

「お次は鍋といきますか」

茶碗を用意すると、メルシアがそれぞれ取り分けてくれる。

「殻は取ってお召し上がりください」

「ありがとう」

熱を通して身が少し縮んでいるからだろうか。スコルピオの身は殻からあっさりと外れた。

ぷっくらとしたピンク色の身を食べてみる。

「柔らかくて美味しい！」

「唐揚げとはまた違った上品な味ね！」

「何よりもスープがいいね」

「ええ、このスープが本当に美味しいのよ」

ほんのりと甘く、それでいてスコルピオの旨みもしっかりとある。それらをキャベツ、キノコ、ネギ、水菜などの具材がたっぷりと吸い込んでいる。

さっきの唐揚げが豪快な旨さだとすると、こちらは上品な美味しさといえるだろう。

「味付けはスコルピオから取った出汁を使用しており、そこに少しのハーブや調味料を加えただけですよ」

メルシアはなんてことないように言っているが、その少しの味付けが難しいのだと俺は思う。

そうやって和気藹々と話しながら食事を進めると、あっという間にスコルピオ料理はなくなった。

「まさかスコルピオがこんなにも美味しいとは思わなかったわ」

「お口に合ったようで何よりです」

「調理してくれてありがとうね、メルシア」

「どういたしまして」

礼を言うと、メルシアが嬉しそうに微笑んだ。

いくら食べられるとは分かっていても、初めての食材をこれだけ美味しく仕上げられるのはメルシアの技量があってこそ。

俺とレギナじゃ、絶対にこんなに美味しい料理はできないだろうな。

「ラオス砂漠の夜をこんなにも快適に過ごしているなんて父さんも思わないでしょうね」

「帰って話したらライオネル様も驚くかな？」

「ええ。きっと驚くこと間違いないわ。次は俺も同行するなんて言い出しかねないかも」

「さすがにそれは遠慮したいかな」

俺は錬金術師であり、本業は研究だ。今回のような過酷な実地研究はできれば、ほどほどなくらいにしたいものだ。

●

朝日が昇ると同時に出発し、日が落ちる頃には拠点を設営して身体を休める。

そんな風にレギナの案内でラオス砂漠を三日ほど進むと、一面の砂景色から徐々に岩場やサボテンなどの植物が増えていき、さらに進んでいくと大きな湖が視界に飛び込んだ。

「ここは？」

「オアシスよ！」

ゴーレム馬から降りたレギナが凝り固まった筋肉をほぐすように伸びをした。

俺とメルシアもゴーレム馬から降り、初めてのオアシスを観察する。

オアシスの周りには木や植物が生えており、砂漠の動物たちが水面に顔を突っ込んでいた。

砂漠とは思えないほどに長閑（のどか）な光景だ。

「久しぶりに砂と岩とサボテン以外の景色を見た気がする」

「色彩が豊かというのは素晴らしいですね」

ここにくるまでずっと同じような景色だったので、青や緑といった色彩を見ることができて嬉しい。人間、同じような景色ばかりを見ていると心が摩耗するものだと思う。

深呼吸をすると乾いた空気の中、僅かに湿った空気が混じっている。

オアシスの水を手ですくってみると、冷たい上に透き通っていて綺麗だった。

そのまま顔を洗ってみると冷たくて気持ちがいい。火照った身体から熱が吸収されていくようだ。

「イサギ様、タオルです」

「あ、ありがとう」

俺がオアシスの水で顔を洗うという行動は読まれていたのだろうか。

などと思いながらメルシアに手渡されたタオルで水気を拭った。

「普通だったら一目散に水を補給するところなんだけどね」

俺たちが呑気に顔を洗っているのを見て、レギナが苦笑した。

普通なら我慢に我慢を重ねて水を節約するので、オアシスを目にした途端に水をたくさん飲んだり、補給するだろうな。

しかし、俺たちにはマジックバッグがある。水をけちることなく摂取しながら進んでいるために特別に喉が渇いているなどということはなかった。

「マジックバッグがあるから心配は無用だね。水だけならこのままでも数年は生活できるよ」

「マジックバッグって本当に便利だわ」

特に水は生命線とあって、マジックバッグの中で大量に保管している。

さらに水の魔道具や魔法という補助も加えれば、数年は水の心配がないといえるだろう。

マジックバッグさまさまだ。

26話　錬金術師は彩鳥族と出会う

「獣人たちの集落まであとどれくらいでしょう？」

オアシスで休憩していると、ふとメルシアがレギナに尋ねた。

地図でおおよその地形や位置関係は分かるが、俺たちがどこまで進んでいるかまでは土地勘がないので分からない。

「半日もしない内に彩鳥族の集落があるはずよ」

前回、レギナが向かった時は砂漠地帯に入ってから一週間ほどかかったと言っていた。

三日目にして残り僅かなところまで来ているのだからかなり短縮できているだろう。

「赤牛族の集落は？」

「そっちはもう少し南西の方になるわ」

ライオネルに頼まれた援助先の氏族は二つだ。

彩鳥族だけでなく赤牛族の方にも援助に向かわなければならない。

となると、先に彩鳥族の集落に訪れてから赤牛族の集落に向かうことになるだろうな。

「下がって！」

などと今後の方針を考えていると、レギナが鋭い声をあげながら後退。

突然の警告に驚きながらも、レギナの指示に従って俺とメルシアも後ろに下がる。

次の瞬間、俺たちが立っていたところに色彩豊かな羽根が地面に突き刺さった。

羽根の飛んできた方角を見ると、上空に男性が二人浮かんでいた。

顔や身体はメルシアのように人間がベースになっているが背中から大きな翼が伸びており、ふくらはぎより下は鳥のような脚になっていた。

「彩鳥族ね」

空に浮かぶ獣人たちを見てレギナが言った。

二人の彩鳥族の羽根は暖色系、寒色系となっており、それぞれ色が違っていた。

個体、性別などで羽根の色が違うのだろうか。何にせよ、彩鳥族と呼ばれるのに相応しい羽根色だ。

大きな布に穴を空けてすっぽりと被ったような衣服を着ており、腰には曲刀を履いている。

「余所者(よそ)がここで何をしている！」

「我らのオアシスを荒らすつもりか！」

彩鳥族の二人が翼を動かし、宙に浮かびながら怒鳴り声をあげた。

水が極端に少ない砂漠でオアシスは貴重な水資源であり、生命線だと言える。

ここから近い位置に集落を構えている彩鳥族にとって、ここのオアシスは自分たちの支配する領域なのかもしれない。

「オアシスを荒らすつもりなどありません！　ここには獣王様の頼みで彩鳥族の集落に向かうために立ち寄っただけです！」

「人間族が我らの集落に用だと？　信じられんな」

「しかも、獣王様の頼みなどとは大きく出たものだ」

「嘘じゃありませんよ！　ほら、証拠に第一王女であるレギナ様がいます！」

「「第一王女？」」

こういった摩擦が起きるのはこちらとしても想定済みだ。

これを解決するために俺たちには案内役であり、第一王女であるレギナがいる。

王族である彼女が同行していることこそ、ライオネルから頼まれたという証拠だ。

「ふふん、あたしのこの耳と尻尾をよく見なさい！　立派に獅子の血を引いているでしょ？　これであたしたちが怪しいものじゃないって分かったでしょ？」

頼られて嬉しそうなレギナが前に出て、自らの耳や尻尾を指し示した。

これで彩鳥族の二人は俺たちを怪しむことなく平和に話し合うことができるはずだが、何やら二人の様子がおかしい。

「……おい、獅子の獣人を見たことがあるか？」

「いや、ない。そもそも獅子ってどんな獣だ？」

どうやら彩鳥族の二人は王家のことをまったく知らないようだ。レギナの姿を見てもまったくピンときている様子はなかった。

「ええ!?　そんなことある!?　獣人族たるもの王の血を引く獅子くらい知っておきなさいよ！」

「レギナ、本当に彩鳥族の集落に行ったことがあるの？」

「あるわよ！」

「でも、あの二人は知らないって言ってるけど……」

「あの二人が世間知らずなだけだってば！」

思わず疑いの眼差しを向けると、レギナが頬を真っ赤に染めながら言った。

「俺たちを愚弄するか！」

「確かに頭が足りないだとか思慮が浅いだとか族長によく言われるが、余所者に言われる筋合いはない！」

レギナに負けないくらい顔を赤くして怒りを露わにしている。

沸点が低い。

「ほら、あの二人が特別にバカなだけよ！」

「うるさい！　王族の名を語る無礼者たちめ！　我らが成敗してくれる！」

「覚悟しろ！」

売り言葉に買い言葉というやつだろうか、レギナの言葉ですっかり頭に血が上った彩鳥族の二人が腰にある曲刀を抜いて襲いかかってきた。

「こういう摩擦を回避するためにレギナがいるんじゃないの？」

「だって、あたしのことを知らないなんて言うから！」

「ひとまず、応戦しましょう！」

誤解を解くにも相手はすっかりと頭に血が上っている。

武器を手にしている以上、冷静に話し合える状況ではない。

不本意ながらも俺たちは覚悟を決めて彩鳥族を迎え撃つことにした。

「おやめなさい！」

俺たちと彩鳥族の間に割って入るように一人の女性が現れた。

プラチナブロンドの髪に色彩豊かな虹色の羽根が特徴的だ。

華奢な身体つきをしており、胸元やお尻には最小限の衣服を纏っていた。

「げっ、族長！」

突如として現れた彩鳥族の女性を目にして、男性たちがギョッとしたような顔になる。

「リード、インゴ、あの御方は獣王ライオネル様のご息女であるレギナ様です。武器を収めなさい」

「そうなのか⁉」

「獅子の特徴を見ればお分かりでしょう？」

「いやー、その、なんというか……」

「前に教えてもらったような気はしたけど、忘れたから分からなかったというか……」

リードとインゴと呼ばれる彩鳥族の二人の釈明を聞いて、族長と呼ばれた女性は大きくため息をついた。

「自分たちで判断できないことがあれば、持ち帰って判断を仰ぐ……いつもそう言っているじゃないですか」

なんだかとても苦労していそうだ。錬金術課の中間管理職の人もよくこんな顔をしていたっけ。

「申し訳ございません、レギナ様。この者たちも決して悪意があったわけではなく、生命線であるオアシスを守ろうという強い想いがあっての誤解です。何卒ご容赦ください」

「申し訳ありません！」

族長が片膝をついてレギナに謝罪の言葉を述べると、リードとインゴも慌てて膝を突いて深く頭を下げた。

沸点が低かったり、思慮が浅いところはあるが根が悪い者たちではないようだ。

「許すわ」

レギナもカッとなったとはいえ、挑発するようなことを言ってしまったんだ。仮に思うところはあっても文句は言えないだろうな。

単なる誤解だということは分かっていたので、俺とメルシアも頷いて謝罪を受け入れる旨を伝えた。

すると、リードとインゴがホッとしたような顔になって頭を上げた。

わだかまりが溶けて一段落したところでレギナと族長が柔らかな笑みを浮かべた。

「久しぶりね、ティーゼ」

「お久しぶりです、レギナ様。前に集落にいらっしゃったのは五年ほど前でしょうか？　随分と大きくなられましたね」

「まあ、五年も経ったからね」

微笑ましそうな笑顔を浮かべながらの族長の言葉にレギナは照れくさそうに頰をかいた。

どうやら彩鳥族の族長とは以前からの知り合いらしく、とても仲がいいようだ。

こうして和やかに話している姿を見ると、姉妹のような関係に見える。

「レギナ様、お連れの方々に挨拶をしてもよろしいでしょうか？」

「ええ、もちろんよ」

しばらく二人の会話を見守っていると、族長がこちらにやってきた。

「改めまして、私は彩鳥族の代表をしておりますティーゼと申します」

「はじめまして、錬金術師のイサギです」

「イサギ様のお手伝いをしております、メルシアと申します」

「よろしくお願いします」

ティーゼが手を差し伸ばしてきたので、俺とメルシアは順番に手を差し出して握った。

彩鳥族にも握手をする文化があるのか、それとも俺たちの文化に合わせてくれたのか、どちらか不明であるが、ティーゼの様子を見る限り歓迎されていることは確かだった。

王族であり、知り合いのレギナがいるからだろう。俺とメルシアだけじゃこうもスムーズにはいかなかっただろう。

「ゆっくりとお話ししたいところですが、ここは安全とは言い難いので集落の方までご案内してもよろしいですか？」

「もちろんです」

もともと彩鳥族の集落を目指していたんだ。ティーゼの提案に異論はない。

襲ってくることはないが周囲には水を求めてやってくる野生動物や魔物の気配があった。

実力差を悟って攻撃を控えてはいるが、いつ痺れを切らして襲いかかってくるか分からない。

「ねえ、ティーゼ！　前にやってもらったやつがしたいわ！　ティーゼたちの翼なら集落まですぐでしょ？」

「懐かしいですね。いいですよ」

レギナの提案を聞いて、ティーゼがやや苦笑しながら頷いた。

なんとなく彩鳥族の手を借りて移動するのだと分かるが、どうやって移動するのか見当がつかない。

ティーゼたちの身体はとても細く、俺たちが背中に乗れるようには見えない。

首を傾げていると、ティーゼ、インゴ、リードの三人が懐から縄を取り出して足へと結びつけた。

「縄に掴まってください。私たちが飛んで集落までお連れしますので」

バサバサとティーゼが羽ばたいて宙に浮かぶと、足に結びつけられた縄が目の前に垂れ下がる。

縄の先は輪っかとなっており、ちょうど握りやすいようになっていた。

なるほど。これに掴まって空を飛んで移動するのか。

「重さなどは大丈夫なんですか？」

「問題ありませんよ」

一見して華奢な女性の身体に見えるが、ティーゼの足先は鳥類のようになっておりとても発達している。本人も自信満々のようだし、俺が思っている以上に強靭な下半身をしているのかもしれない。

「では、遠慮なく」

一言かけてから俺は目の前に垂れ下がった縄の輪っかに手をかける。

メルシアはリードの縄に掴まり、レギナはインゴの縄に掴まった。

「では、行きますよ」

ティーゼは強く翼を羽ばたかせると俺はいとも簡単に地上から足が離れた。

そして、ドンドンと俺の身体は浮かんでいき、あっという間に空へと上昇した。

彼女の言った通り、本当に人間一人くらいの重さであれば余裕で持ち上げることができるらしい。

ある程度の高さにまで上昇すると、ティーゼは翼を動かして前へと進んだ。

「うわっ、すごいや！　空を飛んでいるみたい！」

彼方まで砂漠が続いており、地平線と空の境目が見えた。

足跡一つない砂山には風紋が走っており、凹凸が光と影を作って独特な立体感を醸し出していた。

三日間の移動で散々見てきた光景なので、もう感動することはないだろうと思っていたが、まさか今更感動することになるとは思わなかった。

「いい景色ね！」

「風が気持ちいいです」

振り返ると、レギナとメルシアも空からの光景を目にして感動しているようだった。

こうやって空を移動していると、まるで自分が鳥になったかと錯覚してしまうほど。

世界中をこんな風に移動できればいいな、などと子供じみた願望を抱きながら俺は景色を眺め続けた。

27話　錬金術師は彩鳥族の集落へやってくる

砂漠が徐々に薄れ、景色が徐々に岩石地帯へと変化してきた頃合いになると、ティーゼが声をあげた。

「集落に到着しました」

視線を前に向けると、岩場をそのままくり抜いて作ったかのような民家が並んでいた。

雰囲気としては農村にある集落ではなく、紛争地帯にあるような砦のような雰囲気に近かった。

資源が少ない砂漠なので、そこにあるものを利用しているだけだろう。

現に建物からは彩鳥族の子供が出てきて、他の子供と合流して走り回っている。

二階部分の大きな丸い穴からは彩鳥族の大人が顔を出し、鮮やかな翼をはためかせて空の彼方へと飛んでいっていた。

一般的な集落とは景色が違うが、至って普通の集落だ。

集落の周囲には土壁が設置されており、入り口には警備をしている者がいた。

ティーゼはゆっくりと高度と速度を落とすと、入り口の警備たちに手を振った。

警備たちはこくりと頷きながら手を振り返して通してくれた。

普段なら外からやってきた者を検（あらた）めるところだろうが、族長であるティーゼが連れてきた客人ということで入れてくれたのだろう。

そのまま中高度を維持して進んでいくと、集落の中央にある円形の建物の前で止まった。

ここが目的地だと理解した俺はすぐに縄から手を離して地面に降りた。

岩石地帯だけあって地面はしっかりとしているようだ。

少し遅れてリード、インゴに連れてきてもらったレギナ、メルシアも同じように降り立った。

「二人ともありがとう。オアシスの警備に戻ってください」

「はっ！　では、失礼する」

ティーゼが声をかけると、リードとインゴは俺たちに一礼して空へと舞い上がった。

「早っ」

あっという間に空の彼方へ消え去っていく速度を見るに、先ほどは俺たちを安全に運ぶために大分速度を落としてくれていたんだと分かった。

ティーゼの家は藁（わら）、粘土、水を混ぜて天日で乾燥させた煉瓦でできている。

断熱効果があるため夏は涼しく、冬は暖かい。

窓が少なくて小さいのは熱風や砂埃、直射日光を最低限にするためだろう。

「どうぞお入りください」

ティーゼに促されて中に入ってみる。

入り口は少し狭かったが奥になるにつれて部屋の面積が広くなっていた。

廊下を抜けると六角形の広いリビングがあり、正面、右、左へとさらに部屋が続いている。

「お好きなところに腰かけてください」

「ありがとうございます」

お茶の準備のためにティーゼが台所に引っ込み、俺たちは中央にあるソファーに腰かけた。

リビングの床には赤いカーペットが敷かれており、精緻な刺繍が施されており綺麗だ。

壁には魔物の頭骨が飾られており、どこか民族的な印象を受ける。

天井が高いせいかリビングにも解放感があった。

俺とレギナがゆったりと視線を向ける中、正面に座っているメルシアはソワソワとしていた。

ピクピクと耳を動かし、奥でお湯を注いでいるティーゼの姿をジーッと見つめている。

「こういう時に待っているのは落ち着かない？」

「……すみません」

「あはは、メルシアは真面目ね」

プルメニア村にいる時も旅をしている時もこういったお茶の準備をしてくれるのはメルシアだ。

こういう時に動いていないと落ち着かないのだろうな。

ほどなくするとティーゼがお盆にコップを載せてやってきた。

「どうぞ、お茶です」

「いい香り」

差し出されたコップを手に取ってみると、果物のような甘いがした。

「何の茶葉を使われているのでしょう？」

「アロマッカスという砂漠に自生している花を乾燥させたものです。食用というよりは香りを楽しむものですね。香油やお茶などに使われます」

口に含んでみると、確かに味はそこまでだった。

ティーゼの言う通り、香りを楽しむものなのだろう。

「じゃあ、そろそろ本題に入ってもいいかしら?」

アロマッカスのお茶を飲んでホッと一息をつくと、レギナが切り出してきた。

「ええ、お願いします。レギナ様は一体どのような用件で私共の集落においでになったのでしょう?」

「獣王ライオネルの命で、彩鳥族と赤牛族の食料事情の改善にきたのよ」

用件を告げると、レギナは懐から書状を取り出してティーゼに見せた。

恐らくライオネルからの正式な書状だろう。

「確かにライオネル様からの書状ですね。私共の状況を憂いて、改善しようとお力になってくださるのは嬉しいのですが、具体的にどうするおつもりでしょう?」

「えっ、書いてないの?」

「レギナ様たちに一任しており、協力してほしいとしか」

ティーゼから戻された書状をレギナが確認すると、ガックリと肩を落とした。

どうやらライオネルからの正式な命令であることを保障しているが、詳しい内容についてはまったく書かれていないようだった。というか、ライオネルの簡素な文面からして説明するのが面倒だったという説があるな。

「詳しく説明すると、ここで作物を育てられるようにしたいと思っているの。自給自足できるようになれば、赤牛族と少ない資源や食料を取り合うことなく暮らせるでしょ?」

「このラオス砂漠では雨がほとんど降らず、空気も乾燥している上に寒暖差も激しいです。作物を育てようにもまともに育たず、厳しい環境に負けて枯れるか病気になってしまいます。このような場所で作物を育てるのは難しいと思うのですが……」

ティーゼの率直な言葉に俺とメルシアは思わず苦笑する。

俺がプルメニア村にやってきて農業をすると言った時も似たような言葉を言われたからだ。

「それを可能にするために凄腕の錬金術師を連れてきたのよ！」

懐かしさのようなものを覚えていると、隣に座っているレギナが俺の肩に腕を回しながら言った。

「ちょっと！　ハードルを上げすぎだって！」

それを何とかするために派遣された錬金術師くらいならいいけど、凄腕の錬金術師なんて言われると期待がかなり重くなる。それにもし成果を残せなかった時がとても恥ずかしい。

「不毛な土地と言われていたプルメニア村で農業を始めて、今や獣王国随一といってもいいほどの大農園に成長させたじゃない」

「それは本当なのですか？」

レギナの言葉を聞いて、ティーゼがやや疑念を含ませた表情になる。

ここはプルメニア村の環境より酷く、まともに農業を行うことのできなかった土地だ。

苦労を知っている分、俄かに信じがたいことだろう。

「本当です。先細りしていく山や森の恵みに不安を抱く中、イサギ様は錬金術によって不毛な土壌でも育てることのできる作物を作り上げてくださいました。お陰様で私の住んでいる村では食料の心配をすることなく生活ができております」

疑念を抱いていたティーゼだがメルシアの言葉を聞いて顔色を変えた。

同じ苦境に立ったことがあるからこそ通じるものがあったのかもしれない。

ティーゼはこちらに顔を向けると、やがて覚悟の決まった表情で口を開く。

「もし、ここでも作物を育てられるのであればぜひとも力を貸してほしいです。もう少ない食料や資源を巡って争うのはこりごりですから」

ティーゼの表情に影が落ちる。

近くの赤牛族とは食料の奪い合いで争いにまで発展していると聞いた。

同じ獣人同士ということもあって、現状にはティーゼも心を痛めていたのだろう。

「任せてください。そのために俺はやってきたのですから。集落の食生活の向上のためにティーゼさんの力を貸してください」

「私なんかのお力でよければ喜んで」

改めて手を差し出すと、ティーゼがゆっくりと手を重ねてくれた。

「最後に一ついいですか？」

「なんでしょう？」

「……不躾ながらイサギさんは彩鳥族でもなく獣人ですらない人間族です。それなのにどうして見ず知らずの集落に手を貸していただけるのでしょう？」

「獣人だろうと人間だろうと空腹は辛いものじゃないですか。苦しんでいる人がいて、自分が力になれるのであれば手助けをしたい。ただそれだけです」

獣人だろうと人間だろうと関係ない。生活に苦しんでいる人がいれば、誰であろうと手を差し伸べる。

世界中の人を救うなどというスケールの大きなことは言えないが、せめて自分の身の周りや、それに関係する人くらいは力になれるのであれば助けたい。

それが俺のシンプルな気持ちであり、行動原理だ。レムルス帝国にいた時と変わりはない。

そんな俺にとっての当たり前の気持ちを伝えると、ティーゼはきょとんとした顔になった。

「何かおかしなことでも？」

「い、いえ。おかしなことは何も……」

おずおずと尋ねるが、ティーゼは歯切れの悪い言葉を漏らすのみ。

「父さんから聞いていたけど、イサギって本当に真っすぐなのね」

「はい、これがイサギ様です」

レギナとメルシアが生温かい視線を向けてくる。

二人の視線にはどうも言葉以上の意味がありそうだが、尋ねるのが少し怖かった。

28話　錬金術師は砂漠の土壌を確かめる

錬金術による農業計画をティーゼに協力してもらえることになった俺たちは、早速仕事に取りかかることにした。

長旅を終えたので休みたい気持ちはあるが時間は有限だ。

これだけ過酷な環境に適応できる作物を作ろうと思うと時間はいくらあっても足りない。

そんなわけで、まずは集落の周りにある土壌を調べることにした。

集落からほどよく離れた場所にある土に触れてみる。

「硬くて土が乾燥している」

手で掻いてみたところで掘ることはできない。足で蹴ってみると、僅かに地面が削れるくらいだ。

砕けた砂を持ち上げてみると酷く乾燥しており、パラパラと指の隙間から落ちていく。

「道具を使えば、何とか掘れるってくらいね」

傍ではレギナが背負っていた大剣をスコップ代わりのようにして土を掘っていた。

大事な武器をそんな風に扱っていいのだろうかと思ったが、道中でも地面に刺して背もたれにしていたりと豪快な使い方をしていたことを思い出した。

「普通に作物を植えても育たないことは確かですね」

「そうだね」

作物が育つよい土の条件には根が十分に張れること、通気性と排水性がいいこと、保水性、保肥性に優れていることといったいくつかの条件があるのだが、ここの土はそれらを満たしていない。

一つや二つ足りないのであれば少しの工夫で何とかできるのだが、多くの条件が足りないとかなり難しい。

とはいえ、ここは砂漠地帯。元から土壌が農業に適していないのは分かっていたことだ。

作物を育てるのに絶望的な土壌だからといって諦めたりしない。

ティーゼもそんなことは分かっているのか、俺たちの正直な評価にガックリとすることもない。

「土が硬くて栄養がないのであれば、土を移したり、肥料を混ぜたりすれば何とかなるかもしれない」

「本当ですか?」

「ええ、錬金術をもってすれば不可能じゃありません。ですが、仮にここで作物を植えられたとして、育てるための水をどうするのかという問題があります」

俺の言葉にティーゼが顔色を明るいものにしたが、新しい問題点に顔色を暗くする。

「ティーゼさん、この辺りにある水源を教えてくれます?」

どれだけ作物に品種改良を重ねたところで完全に水を必要としない植物を作り上げることは難しい。

水が必要となる以上、作物を育てるのであれば水源に近い場所で行うのがいいだろう。

「先ほどのオアシスがもっとも大きな水源ですね」

やはり集落の周囲にはオアシス以外の水源がないようだ。

いや、完全にないと仮定するのは早急だろう。

「あちらの山には地下水脈などはないのでしょうか？」

俺は集落の北側に見える山を指さしながら尋ねてみる。

「今のところは発見できておりません」

「……今のところというのは？」

ティーゼの引っかかる物言いを聞いて、メルシアがさらに尋ねる。

「御覧の通り、我々の長所は機動力です。山や洞窟などの狭い場所では本来の能力を発揮できず、深いところまで調査できていないのが現状です」

自らの翼を広げながら語ってみせるティーゼ。

空間が広い砂漠では縦横無尽に飛び回ることができるだろうが、洞窟などの狭い場所ではそれを活かすこともできないだろう。

「それにあの山にはスパイダー種の魔物が多く生息しており、私たちと非常に相性が悪いのです」

「スパイダー種の魔物は糸を吐いてくるし、あちこちに罠を張ってるものね。それは彩鳥族と相性が悪いわ」

ただでさえ狭くて機動力を長所としている彩鳥族にとって山の探索はかなり厳しいようだ。

それなら探索が進んでいないのも納得と言えるだろう。

「なら、オアシスの傍で作物を育てるのが一番なんじゃない？　あれだけ豊かな水源があるんだし、そこで農業をやればいいのよ」

「そうなのですが、オアシスを占領するのには大きな危険が伴うかと」

「どういうこと？」

「過去に何度もオアシスの傍で農業を試してみたのですが、その度に水を求めてやってきた動物や魔物に邪魔をされてしまうのです」

砂漠で水を求めるのは俺たち人間や獣人だけじゃない。

生命線である水源を独占するというのは、この地で生きている動物や魔物にとって看過できないのだろう。

「だからオアシスの傍に集落がないのですね」

「はい。うちの氏族だけでなく、赤牛族の近くにあるオアシスでも同じはずです」

基本的に人間は水源の近くに拠点を作り、そこから集落、村、街へと発展させていく。

水が手に入りにくく貴重なラオス砂漠に住んでいる彩鳥族が、どうしてオアシスから距離がある場所に住んでいるのかを不思議に思っていたが、そういった生態系を考慮しての位置取りだったらしい。

「えー、それじゃどうやって水を確保するのよ？」

「水を生み出す魔道具を俺が設置するっていう方法はあるね」

「イサギさんは水を生み出す魔道具を作ることができるのですか!?」

打開策の一つを述べた瞬間、ティーゼが目の色を変えて詰め寄ってきた。

ティーゼの顔が近い。

彩鳥族の衣服は空を飛ぶことを優先しているせいか布面積が小さく露出が多い。そのせいか近づかれると胸元やおへそなどの部分がもろに見えてしまうわけで、どこに視線をやっていいか分からない。

引き離そうにも露出した肌に触ってしまうことになるわけで。

「落ち着いてください、ティーゼさん。イサギ様が困っています」

メルシアが引き離しながら言うと、ティーゼはハッと我に返って小さく頭を下げた。

「も、申し訳ありません。砂漠で生きる私たちにとって水不足は常に付きまとう悩みだったので」

「いえ、お気持ちは分かりますので」

水不足に悩まされる彩鳥族にとって、水をいつでも生み出せる魔道具というのは喉から手が出るほどに欲しいのだろう。

「とはいえ、水の魔道具を設置したところでエネルギー源となる水魔石がここでは入手できないのが難点ですね」

ラオス砂漠のような乾燥した砂漠地帯には水の魔力を宿した魔物はおらず、水魔石を手に入れることができない。

「水魔石については獣王都から輸出することも可能よ」

レギナがそう言うということは、王家として支援することができるのだろう。

「水源についてはそれも一つの案だけど、できれば魔道具に頼らない形も目指したいね」

「魔道具に頼るのはダメなのでしょうか？」

「大きな理由は二つあります。一つはラオス砂漠の環境に耐えきれず魔道具が壊れてしまう可能性が高いことです」

ラオス砂漠は日中の気温が五十度を超え、夜になるとマイナス二十度にまで冷え込む。

改良して魔道具の耐久値を上げたとしても、その寒暖差によってダメになる可能性が高い。

さらに恒久的に漂う砂塵が魔力回路に入り込んで故障するという懸念性もある。

とてもではないが、長期的に考えるのであればメンテナンスができる錬金術師は必須だ。

「これについては錬金術師を派遣できれば解決するのですが……」

レギナに視線をやって問いかけてみると、彼女はゆっくりと首を横に振った。

「無理ね。獣王都でも錬金術師が不足しているくらいだから。できたとしても短期間の派遣になるし、イサギの作った魔道具をメンテナンスできる技量があるかも怪しいわ」

獣王国ではそもそもの錬金術師の絶対数が少ない様子。帝国のように錬金術師を辺境にまで派遣するというのは無理があるのだろう。

そもそも獣人というのは魔法適性が低い種族だ。

人間族のように技術面で劣ってしまうのも仕方がない。

俺がずっといてやればいいのだが、俺にはプルメニア村という帰るべき場所もある。それに錬金術師として他にやりたいことがまだまだあるので、ここで滞在するという覚悟は持てなかった。

ティーゼもそれが分かっているのだろう。そのことに関して無理に何かを言うことはなかった。

「そして、二つ目の理由ですが魔道具が壊れてしまえば農業が立ち行かなくなってしまうことの危うさです」

「魔道具が壊れたので一か月は使えませんなんてことになれば、作物が干上がってしまいますからね」

「理想としては魔道具が壊れてもカバーできるように、どこかから水を引っ張ってこれるのがいいんだ」

魔道具が故障したとしても第二の水源で耐え忍ぶことができる。

プルメニア村にある大農園のように、俺がいなくても作物を育てていけるみたいな形が理想だと思う。

「じゃあ、オアシスから集落まで水を引っ張るってのはどう？」

「それはちょっと難しいね。オアシスと集落までの距離が遠い上にずっと平地だから。その上、砂漠には魔物も多くいるし、地中に導管を作ろうにも壊されると思う」

ここにやってくるまで地中を潜行する魔物に何度遭遇したことか。あのような魔物が闊歩していれば、何かしらの道具を設置したところで壊されてしまうだろう。

「では、イサギさんはどのようにすればいいとお考えですか？」

「北の山に水源があれば完璧だと思います。もし、あそこに水源があれば、傾斜を利用して楽に水を引っ張れますから」

ここから見えている山と集落には高度の差があるので水源を見つけて、あとはちょっと錬金術で手を施せば楽に水が流れてくるだろう。オアシス周辺のような砂漠とは違い、岩石地帯なために地中に魔物が潜んでいる可能性も少ない。

「水源を見つけるというのは、かなり大変なのではないでしょうか？」

「錬金術で地層を読み取り、聴覚に秀でた三人がいれば探せる範囲はかなり広くなります。ある程度、潜ってしまえば、山一つくらいはあっという間に調査できます」

錬金術師がいれば、鉱脈の探査だけでなく水源の探査も楽ちんだ。

「だったら水源調査に向かいましょう！　水源がなかったらその時はその時よ！」

レギナの言葉に俺とメルシアは頷いた。

「私も同行いたします。洞窟内での戦闘力は落ちますが、地形が分かる範囲までなら力になれるはずです」

山の内部がどうなっているか分からない以上、ティーゼの提案は非常に助かるものだった。

「ありがとうございます。では、水源の調査に向かいましょう」

「ええ」

そんなわけで俺たちは集落の北側にある山に向かうことにした。

29話　錬金術師は水源を調査する

水源の調査に向かった俺たちはティーゼの案内により、集落の北にある山の麓に辿り着いた。

移動法としてはティーゼに空を飛んで先導してもらいながら、俺、メルシア、レギナがゴーレム馬に乗って追いかけた形だ。

「イサギさんの魔道具はすごいですね。まさか、地上をこんなにも早く移動できるとは……」

「結構な速度を出しましたけど、それでもティーゼさんの速さには敵いませんでした」

移動中、ティーゼを追い抜こうとできる限り速度を上げてみたが、追い抜くことはできなかった。

砂漠地帯であればゴーレム馬の能力を活かせなかったと言い訳もできるが、集落まで山は岩石地帯であり十全に能力を発揮することができたので言い訳もできないほどに完敗だった。

「地上での速度は他の種族の方に劣りますが、空であれば負けません」

悔しがる俺の様子を見て、ティーゼがクスリと笑った。

物腰が低く、控え目なティーゼがこれだけ堂々と言うということは、それだけ空を飛ぶことに自信と誇りがあるのだろうな。

今はまだ構想段階で実現の目途も立っていないが、いつかは空を飛べるような魔道具を開発してみたいものだ。

なんてことを想いながら俺は視線を前に向けた。

大きな山がそびえ立っている。

仰け反るようにして見上げてみると薄い雲が頂上部を覆っており、頂上がどのようになっているかは分からない。

山肌には一切の植物は生えておらず、傾斜と凹凸が非常に激しい。歩いて登ることは不可能ではないが、ゴーレム馬で駆け上がるというのは難しそうだ。

「ここからは徒歩で向かった方がよさそうだね」

「それでしたら私が運んで差し上げますよ。空を飛べば、洞窟の入り口まですぐですから」

空を飛んで移動すれば障害物などないというに等しい。麓から入り口まで直線距離で進むことができるので大幅に時間を削減できるだろう。

「ありがとうございます。では、順番に……」

「三人一気にで構いません」

「え？　三人となると、さすがに重――」

言葉を言い切ろうとしたところでレギナやメルシアから強い圧が飛んできて、慌てて俺は口を閉じた。

理屈では正しい会話だったとはいえ、さすがに女性への配慮ができていなかったかもしれない。

「このくらいの距離であれば可能です」

失言をしてしまった俺を見て、ティーゼが苦笑する。

「なるほど。では、運びやすいようにしますね」

三人で縄に掴まろうものならば、揺れた拍子に空中で俺たちの身体がぶつかり合うことだろう。

それを避けるためにも運びやすくする道具が必要だ。

俺は錬金術を発動させると、土を変化させて大きな土の箱を作り、上の部分だけを空けて窪みを作る。

あとは縁に穴を空けてティーゼが持ち運びしやすいように縄を二本通せば完成だ。

「ここに俺たちが入れば一度で安全に運べるかと思いまして」

「バスケットのようで面白いですね。やってみましょう」

ティーゼの足に縄を結ばせてもらうと、俺、メルシア、レギナはバスケットの中へと入った。

「では、いきます！」

三人が乗り込むと、ティーゼは勢いよく翼を羽ばたかせて宙に上がった。

それに伴い俺たちのバスケットも地上を離れて宙へと上がる。

「わあ、すごいわ！　ちゃんと飛んでるわ！」

「周囲もよく見えます」

バスケットから身を乗り出すようにしてレギナとメルシアが周囲の景色を眺める。

縄にぶら下がって飛ぶ方法も悪くはなかったが腕の筋肉を使うし、安定感に少し欠けている。

遊覧飛行を楽しむのであれば、これくらい安定している方がいいだろう。

「大樹でもこのバスケットを使えば、階層の移動が随分楽になりそうだね」

景色を眺めながらレギナがしみじみと呟く。

「確かに大樹は中の構造が複雑で階段が長いからね。どうせなら大樹だけじゃなくて街の中で試してみるのはどうかな？」

「街の中？」

「ちょっとした移動手段に使うのもいいし、観光名所なんかを空から回ってみるのもいい。あとは俺みたいな戦闘に自信がない人でも外に連れていってもらって採取に向かうなんてこともできると思うんだ」

　空ならば地上と違って混雑することもない。

　直線距離なので実際に道を進むよりも早く目的地に着くことだってできる。今回のように。

「いいわね、それ！」

「とても素敵なアイディアなのですが、鳥人族の中には空を飛ぶことに誇りを持っている方もいらっしゃるので注意が必要になるかと」

　レギナが目を輝かせて強い食いつきをみせる中、飛んでいるティーゼが冷静に言った。

「あー、そういえばそうだったわね」

　俺はそれぞれの種族の性格や価値観まで把握していないが、レギナの様子を見る限りそういった人もいるようだ。

　確かに便利に使われれば、面白く思わない鳥人族がいるのも納得だ。

「少し軽率な考えでしたかね？」

「いえ、すべての鳥人族がそうというわけではなく、あくまで一部ですから。私のように誰かを運んであげることが大好きな方もいらっしゃいますので慎重に性格を見極めれば問題ないかと。私としてはこの輸送方法には鳥人族にとって大きな可能性があると考えているので賛成です」

　よかった。鳥人族の大多数がそういった考えをしているわけでもないようだ。

「ありがとう。その辺りも注意して父さんに相談してみるわ」

移動を楽にするための思いつきだったが、思いもよらない規模に発展しそうだ。

もし、獣王国でこの移動方法が実現するのであれば、ぜひとも体験したいものだ。

「洞窟が見えました。入り口で下ろしますね」

なんて話をしていると、いつの間にか目的地に到着したらしい。

空から直線距離で向かってしまえばあっという間だ。

到着すると俺たちはバスケットから降りる。

「バスケットの方は問題なかったですか？」

「とてもお運びしやすかったです」

即興で作り上げたものだが、ティーゼに負担はなかったようだ。

細かい感想をティーゼから聞き取ると、バスケットをマジックバッグへと収納。

目の前にはぽっかりと大きな穴が見えている。

高さは三メートルあり、横幅も五メートルほどあるので人間が通るには十分な広さだ。

「さて、水源があるか調査するわよ！」

「待って。その前に灯りを出すから」

レギナは一瞬怪訝(けげん)な顔をしたものの、俺が夜目が利かないことを思い出したのか納得した顔になった。

マジックバッグから灯りの魔道具を取り出す。

一般的なカンテラタイプであり、内部に光魔石が入っている。

火を使っていないので洞窟内でもガスに引火することもなく安全だ。

「イサギの魔道具にしては普通ね？」

「奇抜な魔道具ばかり作ってるわけじゃないから」

レギナの率直な感想に苦笑してしまう。

とはいえ、錬金術で農業という変わった使い方をしているだけに強くは言えなかった。

「行こうか」

魔道具を用意して中に入っていくと、すぐに太陽の光が差し込まなくなってしまい闇に包まれる。

坑道などと違って定期的に人が出入りするわけではないので、当然壁に魔道具が設置されているわけもない。

魔道具を点灯させると白い光が周囲を照らし、俺の視界でも洞窟内の様子がしっかりと視認できるようになった。

片手がふさがってしまうのは痛いが、これがないと前が見えないのだから仕方がない。

「イサギ様は水源の探索に集中してください。周囲の警戒は私たちが行いますので」

「分かった。任せるよ」

周囲のことは三人に任せ、俺は壁や床に手を触れながら水脈があるかどうかを探りつつ移動。

錬金術師としての能力で山の構造を読み取っていく。

「魔物です」

水脈を探りながら進んでいると、前を歩いているティーゼが小さく声をあげた。

探索を中断して魔道具を前に向けると、灰色の体表をした大きな蜘蛛が三体いた。

スコルピオの大きさを遥かに超えており、子供くらいの大きさはあるな。

「ビッグスパイダーね！」

洞窟内に出没する魔物についてはティーゼから粗方聞いている。

慌てることなく俺たちは戦闘態勢へ移行。

先に動いたのはビッグスパイダーだ。

グッと体を沈めたかと思うと、勢いよくこちらに飛び込んできた。

レギナは前に出ると、襲いかかってきたビッグスパイダーに合わせて大剣を振るった。

ビッグスパイダーの体が半分に割かれ、緑色の体液を撒き散らして地面に落ちた。

続けて二体目、三体目のビッグスパイダーが地面を這うようにして接近してくるが、二体目はレギナの一振りで、三体目はティーゼの射出した極彩色の羽根によって崩れ落ちた。

「さすがですね、レギナ様。まさか一撃とは驚きました」

「ティーゼこそ洞窟内で戦えないなんて嘘じゃない」

「戦闘力が落ちるだけで、戦えないわけじゃないですから」

不敵な笑みを浮かべ合うレギナとティーゼ。

ティーゼに倒されたビッグスパイダーを確認すると、極彩色の羽根がいくつもの急所に正確に刺さっていた。

戦闘力が落ちた状態のティーゼにも俺は敵う気がしないな。

もし、戦うことになったら近づく前に極彩色の羽に刺され、針鼠のようになってしまうことだろうな。

30話　錬金術師は稀少資源を見つける

レギナ、ティーゼ、メルシアに魔物を蹴散らしてもらいながら進んでいく。

「イサギさん、水源はどうでしょうか？　見つかりましたか？」

体感として二時間くらい経過した頃だろうか。ティーゼが尋ねてきた。

「……この辺りにはないですね。全体を調査するにはもう少し奥に進む必要があります」

「私が自信を持って案内できるのはこの辺りまでとなります」

なるほど。それで俺に尋ねてきたのか。

今まではティーゼの案内で迅速に魔物が少ないルートを辿ってきたが、ここから先はそうはいかないということだ。

「大丈夫よ。そのためにあたしたちがいるんだもの」

レギナの言葉に同意するように俺とメルシアは頷く。

元よりティーゼの案内がなくてもやるつもりだったんだ。今更ここで中断するつもりはなかった。

彩鳥族の生活を向上させるために、できるだけ最上の選択をしたいからね。

俺たちの覚悟を聞いて、ティーゼは嬉しそうに笑った。

「分かりました。では、行きましょう」

俺たちは水源を探すために、さらに奥へと進んでいく。

洞窟の内部は相変わらず真っ暗で道はいくつも枝分かれしている。

灯りで周囲を照らしてみるが、ほとんど同じ光景だ。少し視線の向きを変えただけでどこからやってきたか分からなくなってくる。

こんな状態でもしっかりと見える獣人がいるからこそ迷いなく進めるわけで、人間族だけだと間違いなく迷子だろうな。

「あっ」

なんて思いながら進んでいると、錬金術による探査に引っかかるものがあった。

獣人族の三人は微かな呟きすら見逃さない。耳をピクリと反応させて、三人が一斉にこちらを向く。

「……もしかして、水源を見つけたの？」

「ごめん。水源を見つけたわけじゃないんだ」

「なんだぁ」

苦笑しながら答えると、期待を露わにしていたレギナが肩を落とした。

ややこしい反応をしてしまって本当に申し訳ない。

「イサギさんは何を見つけられたのです？」

「マナタイトの鉱脈を発見したんです」

「えっ！　マナタイト!?　それ本当!?」

「ええ」

レギナを落ち着かせると、俺は錬金術を使用した。

土壁に魔力が流れ、ひとりでに砕けていく。

土塊が出てくる中に混じってゴロゴロと銀色に輝くマナタイトの塊が出てきた。

「本物のマナタイトだわ！」

マナタイトを渡してやると、レギナの表情が驚愕へと変わった。

「マナタイトの鉱脈があるだけで、大きな一つの産業になるわ！」

マナタイトとは魔力を含んでいる鉱石だ。武器や防具などの素材に使い、魔力を込めて馴染ませることで切れ味が鋭くなったり、防御力が増加したりといった効果からかなり稀少な素材であり、その鉱脈を発見したとなれば、恩恵に預かる国や街は大いに潤うことになる。

「とはいっても、ここにある鉱脈は大きなものじゃないから保障はできないよ。仮にそれほど大きな鉱脈があったとしても、食料がなければ意味がない」

大きな鉱脈があれば採掘をするために人が集まり、人が住むための建物ができ、物を売買するために商人が集まる。といった具合に発展していくものだが、これだけ過酷な環境な上に慢性的な食料不足とくれば人が集まるはずもなかった。何をするにしろ生活の基盤となる農業を整えるのが大事だ。

「マナタイトの鉱脈を前にしてスルーするのは惜しいけど、イサギの言う通りね。今は水源の調査を優先させましょう」

惜しそうな顔をしていたレギナだが、すぐに気持ちを切り替えたようでスッと前を歩き出した。

さすがは第一王女。目の前で優先させるべきものが何か分かっているようだ。

そんなレギナの後ろ姿を、メルシアは何故か白い目で見ている。

「レギナ様、ポケットに入れたマナタイトはイサギ様のものなので返却をお願いします」

「ああっ！」

あまりにも自然な動きでマナタイトをポケットにしまったので、何も違和感を抱いてなかった。

よく考えるまでもなく、そのマナタイトは俺のじゃないか。

「獣王国の資源はすべてあたしのもの――なんて冗談よ！　ちゃんと返すつもりだったからそんな目はしないでよ！」

三人で白い目を向けると、レギナは慌ててポケットにしまったマナタイトを返してくれた。

なんてやり取りをしながら進んでいくと、三叉路にぶつかった。

どちらの通路も先は長いようで灯りを照らしてみても奥の様子は分からない。

「どっちに行けばいいかしら？」

「……判断しかねます」

ティーゼとレギナの視力を持ってしても奥まで見通すことはできないようだ。

「メルシアは何か分かる？」

何げなく尋ねると、彼女はスタスタと歩いて拾った小石を放り投げた。

コーンコーンとそれぞれの通路で石が反響する音が響き渡る。

「……右の通路は行き止まりで、左が先に進める通路かと」

「どうして分かったんだい？」

「音の反響具合でおおよその構造が分かります」

メルシアによると、音のぶつかり具合によってどれだけ空間の広さがあるのか、どこに障害物があるのか大まかに分かるらしい。

試しに自分で石を放り投げて音を聞いてみるがまったく分からない。

「レギナはできる？」

「あたしはこういうのは苦手だから」

尋ねてみると、レギナはスッと視線を逸らした。

「種族特性を含めてメルシアさんの耳が特別にいいというのもありますが、真に賞賛するべき部分は実際に音をキャッチして地形を把握する技能と経験でしょうか」

「恐縮です」

ティーゼに賞賛されて、メルシアがやや照れくさそうな顔になる。

どうやら獣人だからといってすべての人ができるわけではないようだ。

メルシアは帝城では夜の警備もしていたと聞く。その経験もあってメルシアは周囲の気配を探るのが得意なのだろうな。

「だとすると、メルシアを先頭にする方がいいわね」

「お任せください」

先頭と最後尾を入れ替えると、俺たちはメルシアの指し示してくれた左の通路へ進むことに。

コツコツと進んでいくと、メルシアの言う通り行き止まりの気配はなかった。

こんな風にメルシアが索敵してくれるのであれば、最小限のリスクで潜っていけそうだなと考えていると、前を歩いているメルシアの足がピクリと止まった。

「この先の天井に小さな気配がたくさんあります」

「恐らくスパイダー種の魔物が待ち伏せをしているかと思われます」

スパイダー種の魔物が得意とするのは天井や壁に張り付いての奇襲だ。いくら戦闘力の高い三人がいても苦戦は免れないだろう。

何せ相手は毒を持っている可能性が高く、ちょっとした負傷が命取りになりかねない。

「迂回(うかい)はできない？」

「道をまた戻って探すという案もありますが、大きく時間がかかる上に迂回路がある保証もありません」

逆を言えば、この先が確実に下に続くルートかも保証はないのだが、そこを考えるとキリがないだろう。

「ちょっとアイテムを使ってみてもいいかな？　その効果次第では楽に倒して進むことができるかもしれないんだ。失敗したら正面からの戦闘になるかもだけど……」

「いいわ。迂回を探すのは性に合わないと思っていたしこの面子なら何とかなるわよ」

提案してみると、レギナだけでなくティーゼとメルシアも同意するように頷いてくれた。

「ありがとう」

俺は礼を告げると、メルシアの真後ろに移動して魔物のいるところまで案内してもらう。

歩いて進んでいくと、天井には複眼による赤い光が無数に見えていた。

光で照らしてみると体長六十センチほどの土色の蜘蛛が、びっしりと天井に張り付いていた。

31話　錬金術師は手がかりを見つける

灯りを照らしたことで土色の蜘蛛たちが一斉にこちらに飛びかかってきた。

「サンドスパイダーです！」

「くるわよ、イサギ！」

「任せて！」

生理的嫌悪感が半端ではなく、悲鳴をあげたくなるがそれをグッと堪えて錬金術を発動。

物質変化によって土壁を生成し、目の前を封鎖。それだけでなく奥にも壁を生成し、一本道となった通路を封鎖してしまう。

サンドスパイダーたちがボトボトと壁に直撃する音を聞きながら、俺は土壁に空けた小さな隙間からボールを投げ込んだ。

投げ込まれたボールが封鎖された通路の床で破裂し、白い煙幕が広がった。

アイテムがしっかりと作動したのを確認すると、煙が逃げないように土壁の覗き穴を錬金術で閉じた。

「壁の向こうでサンドスパイダーの悲痛な声が聞こえますね」

「お、ということはアイテムに効果があるっていうことかな？」

俺の耳では壁の奥の声は拾えないが、ティーゼたちにはしっかりと声が拾えているらしい。

「さっきの投げ込んだ白いボールはなんなの？」

「簡単に言うと殺虫玉さ。シロバナっていう花の子房には昆虫や節足動物が苦手とする成分が含まれているんだ」

殺虫玉の説明をすると、レギナとティーゼが感心するような顔になった。

身近にある生活道具の活用法に驚いているようだ。

「アイテムの効果はあるようです。壁の中でサンドスパイダーの気配が消えていきます」

「では完全に消えるまで待とうか」

アイテムの効果でサンドスパイダーは弱っているだろうが、わざわざリスクを背負って戦う必要はない。楽して安全に勝てるのであればそれが一番なのだから。

「気配が完全になくなりました」

そのまま五分ほど待機していると、気配を探っていたメルシアが静かに告げた。

どうやら通路にいるサンドスパイダーのすべてが息絶えたらしい。

「殺虫玉の成分は俺たちには無害だけど、独特な匂いがするかもだから気をつけて」

人体には無害であることを告げると、俺は錬金術で生成した土壁を崩した。

通路には白い煙が残っている。煙が充満するようにしたのだから当然だ。

「確かに独特な匂いがしますね」

「あたし、この匂い苦手かも」

強い薬物的な匂いを嗅いで、ティーゼとレギナが眉をひそめた。

錬金術師にとっては嗅ぎなれた薬品の臭いだ。

苦手というより、嗅ぎ慣れた匂いに落ち着くといっていいだろう。

メルシアも俺の補助をしているのでこの匂いには慣れており、二人とは違って涼しい顔をしている。

とはいえ、慣れていない二人にとっては不快に違いない。

「煙を払います」

ティーゼが翼に魔力を纏わせ、大きくはためかせる。

それによって風が巻き起こり、通路に漂っていた白い煙はすっかりとなくなった。

強い薬品の臭いが薄れていく。

「風魔法が使えるんですね」

獣人は身体能力が高い代わりに魔法適性が低く魔力も少なめなのだが、ティーゼが発動した風魔法は実にスムーズであり、効果も大きかった。

「ええ、他の属性魔法はからっきしですが風魔法だけは得意なのです」

やや照れくさそうに答えるティーゼ。

どうやら彩鳥族の種族特性として風属性に親和性があるようだ。

魔法が苦手な獣人とはいえ、そういった例外もあるらしい。

クリアになった視界で通路の様子を確認すると、大量のサンドスパイダーの遺骸が転がっている。

ほとんどの個体がひっくり返って脚を天井に向けていた。中にはピクピクと脚を震わせる個体もいるが、痙攣（けいれん）していてまともに動くことはできないようだ。

「全滅ですね」

「いくら殺虫玉っていっても、魔物を倒せるほどの効果を持つものなの？」

「錬金術で成分を抽出し、濃縮。さらに他の素材と組み合わせることで殺虫成分を何倍にも引き上げているからね」

「そ、そう……」

俺の解説を聞いて、ちょっとビックリといった様子のレギナ。

錬金術も使い方次第では、こういったアイテムでさえも作り出せてしまえるというわけだ。

「素材を回収するよ」

俺はマジックバッグを広げて、片っ端からサンドスパイダーを回収した。

わざわざ解体し、素材を厳選して採取しなくてもいいので助かる。

「これさえあれば洞窟に巣食うスパイダー種を一掃できるんじゃない？」

「確かにそうですね！」

「数には限りがあるし、すべてのスパイダー種に効くとは限らないから」

殺虫玉の残りは十九個。

仮にすべてのスパイダー種に絶大な効果があっても、さすがに殲滅できるとは思えなかった。

「とはいえ、抜群な効果を見る限り、耐性を持った魔物でも相応の期待ができそうです」

「そうだね。惜しみなく使うつもりだよ」

アイテムをケチって大きな怪我を負いたくはないからね。

「イサギのお陰で楽ができたわ。この調子で何かあればお願い」

「うん、任せて」

直接戦闘では三人に劣るが、こういった部分での活躍なら得意だ。

倒したサンドスパイダーの素材回収が終わると、俺たちは通路を抜けて先へと進んでいく。

途中でサンドスパイダーと遭遇したが、少数だったためにレギナ、ティーゼ、メルシアの活躍であっという間に殲滅。

そうやってしばらく進んでいると、俺の調査に確かな反応があった。

「……多分、近くに水脈がある」

「本当ですか⁉」

ポツリと呟いた俺の言葉にティーゼが嬉しそうな声をあげた。

錬金術による魔力浸透では明らかに土、鉱石、宝石とは違った水らしき流動的な反応があった。

ここに水源があるのは間違いない。

「で、どこにあるの？」

「もうちょっと下に降りたところにあるはず」

「では、向かいましょう！」

ティーゼが弾んだ声で言う。

水源があるとは思っていなかった場所にあったのだ。嬉しくなってしまうのも当然だろう。

実際、俺たちも嬉しい。この山に水源があるとしたら集落まで水を引っ張ってくることができる。

水を引っ張ってくることができれば生活が便利になるだけでなく、農業だって楽にできる。

このラオス砂漠で農業をするための大きな一歩だと言えるだろう。

水源のある場所まで一直線に走りたくなるが、それをグッと堪えて慎重に進んでいく。

真っすぐに伸びた通路から緩やかな下り坂へと変化した。

魔道具で足元を照らしながら下っていくと、前を歩いていたメルシアの足がピタリと止まった。

「……この先に大きな広間があり、そこに魔物がいます」

水場のあるところには生物がいるのは基本だ。何かしらの魔物がいるとは思っていた。

「数は？」

「一体です。が、かなりの大きさです。ビッグスパイダーの大きさを遥かに超えています」

ビッグスパイダーは全長三メートルを超える大きな蜘蛛だ。

それよりも遥かに大きいと言われると、想像するのが怖くなってしまう。

「もしかすると、キングスパイダーかもしれません」

キングの名を冠する魔物は軒並み強敵だ。対峙するとなると気が重いな。

「倒しにいこうか」

「あら、イサギにしては積極的じゃない？」

これまでの道程はできるだけ安全に動いていた。レギナがそう言うのも無理はない。

「ここで農業をするには水源の確保は必須だからね」

無用なリスクは回避するが、リスクを犯してでも勝ち取る必要があるのなら遠慮なくやる。

「そうですね。集落のためにも危険な魔物の存在は見過ごせません」

「私はイサギ様が行くところであればどこまでも」

「レギナは？」

「もちろん、行くに決まってるじゃない。そろそろ広々としたところで暴れたかったのよね」

獰猛な笑みを浮かべながら背中にある大剣に手をかけるレギナ。

ずっと狭い通路なせいか彼女は大剣をコンパクトに振って対処していた。しかし、大きな広間となれば、レギナも遠慮なく戦うことができる。

ティーゼ、メルシア、レギナがいるのであれば、たとえ上位個体であろうとも倒せる確率が高い。仮に敵わないとして俺の錬金術やアイテム、魔道具を総動員すれば、撤退することだってできるはずだからね。

「よし、行こう！」

俺たちは斜面を一気に駆け下りると、そのまま魔物がいる大広間に入った。

32話　錬金術師は巨大蜘蛛と対峙する

まずは視界の確保が優先だ。

他の三人は暗闇の状態でも昼間のように見えるが、俺にとってはそうではない。さすがに手強そうな魔物を相手に片手で立ち回るのは危険だ。

俺は魔道具をマジックバッグに収納すると無属性魔法を発動し、大広間の上空に光源を打ち上げた。

白い輝きが灯り、大広間の中央に鎮座している魔物の正体が露わになる。

体長十メートルを超える巨大な蜘蛛だ。

脚の長さを合わせると、全長は倍近い大きさになるだろう。

黒光りした甲殻と毒々しい色合いの模様が特徴的だ。

「キングスパイダーです！」

「それにしてはデカいわね！」

「恐らく変異種のようなものかと！　気を付けてください！」

ティーゼの忠告を耳にして、俺たちは警戒をさらに引き上げた。

キングスパイダーってだけでも手強いのに、通常とは異なる進化をしている可能性があるらしい。

開始の一撃を放ったのはティーゼだ。

彼女は翼を広げると、自らの羽根を蜘蛛へと射出した。

極彩色の嵐が襲いかかるが、巨大な蜘蛛は避けることもせずにその身で受け止めた。

雨が終わったあとに蜘蛛を確認してみると、甲殻に浅い傷を作っただけで大きな傷らしいものはまるでなかった。

「なんて硬さなのでしょう……」

ティーゼの羽根は、サンドスパイダーやビッグスパイダーを容易に貫くほどの威力があった。

それなのにこの蜘蛛にはまるで効いていないことに驚きを隠せない。

ティーゼの攻撃に反応し、巨大な蜘蛛が突進してくる。

これだけの質量を持っていると、ただ突進してくるだけで必殺の一撃となる。

一塊になっていては纏めて餌食となるので俺たちは散開するように回避。

「くらいなさい！」

レギナがこちらに振り向こうとしている蜘蛛の足に大剣を斬り付けた。

硬質な音同士が擦れ合う音。

レギナの叩きつけた一撃は蜘蛛の前脚に浅くではあるが傷をつけた。

「浅っ！」

メルシアは太ももに巻き付けたベルトからナイフを引き抜くと、すかさずそこに投げつけた。

傷口を抉る追い打ちに蜘蛛から苦悶の低い声があがった。

今までは拳や蹴りを主体として戦うメルシアの姿しか見ていなかったが、あんな風に武器を扱った戦いもできるようだ。というか、あんなところに武器を隠していたんだ。

「私たちの一撃では決定打にはならないですね」

「レギナ様を主体とし、私たちは撹乱や追い打ちに徹するのがよさそうです」

「そうだね」

俺たちが攻撃を仕掛けても、堅牢な甲殻に弾かれてカウンターを喰らってしまう確率が高い。

だとすれば、確かな一撃を与えられるレギナを中心として戦いを組み立てる方がいいだろう。

「撹乱は任せてください」

方針を決めると、ティーゼが翼を動かして舞い上がった。

ティーゼは蜘蛛に近づくと上空から極彩色の羽根を浴びせたり、発達したかぎ爪で攻撃を仕掛ける。

一撃の威力こそ低いが、絶え間なく繰り出される攻撃を蜘蛛は嫌がっている。

堪らず長い脚を振り回し、口から白い糸を吐きだすがティーゼはひらりひらりと躱した。

大きく距離を取ったかと思えば、懐に入り込むような急潜行。

緩急のついた立体的な動きに蜘蛛はまるで付いていくことができない。

これまでは狭い洞窟内だったが故に飛ぶことはできなかったが、ここは空間にかなり余裕のある大広間。彩鳥族としての強みを存分に生かすことのできる展開となっていた。

ティーゼに注意が向かえば、他の仲間たちが動きやすくなる。

「足元がお留守よ！」

楽に距離を詰めることのできたレギナが大剣で脚を斬り付け、その傷をメルシアが短剣で抉っていく。

「下ばかり見ていていいのですか？」

蜘蛛の注意が足元に向かおうとすれば、ティーゼが上空からかぎ爪による一撃をお見舞い。

俺も錬金術を発動し、土の杭を生やすことで蜘蛛に攻撃をしつつ、動きを阻害する。

地上と上空からの波状攻撃がこんなにも強いなんて思わなかった。

キングを冠する魔物を相手にこんなにも一方的な展開になるとは驚きだ。

レギナの一撃によって脚だけでなく、甲殻も破壊されていく。そこにティーゼとメルシア、俺が傷を広げるように追撃をかけていくので蜘蛛の体はボロボロになっていた。

分厚い甲殻はボロボロになり、堅牢な脚も表皮を大きく抉られて肉繊維が露出している。

今なら殺虫玉を使えば、当てられるか？

殺虫玉を使えば、絶大な効果を与えられるかもしれないが、一度使ってしまえば大きく警戒されることになる。絶対に当てられるであろうタイミングで使うのが効果的だ。

攻撃を仕掛けながら考えたところで蜘蛛が上体を起こし威嚇するように脚を広げた。

複眼をギョロギョロと動かして怪しく明滅させている。

表情などまったくない蜘蛛だが、俺たちの好き勝手な攻撃に怒り狂っているというのは分かった。

先ほどとは違った挙動に警戒すると、蜘蛛がまったくの予備動作なく跳躍した。

プレスを仕掛けてくるのかと思ったが、蜘蛛が落ちてくる様子はない。

見上げると蜘蛛は天井に張り付いていた。

体を震わせて鳴き声のようなものをあげると、天井にある穴から次々とスパイダーが出てくる。

「ちょっ、どれだけ出てくるのよ!?」

「これはマズイですね……」

穴から出てくるスパイダーの数は既に百を超えている。それくらいで止まってくれると嬉しいのだが、穴からは絶え間ない数のスパイダーが湧いて出ている。

ヘタをするとこの洞窟にいるすべてのスパイダーが集まってきているのかもしれない。

数百や千であればいい方でヘタをすると万という数がいるかもしれない。

そうなればいくら俺たちでも多勢に無勢となって勝ち目はない。

「俺は穴を塞ぐので雑魚はお願いします！」

俺は即座に地面に手をついて錬金術を発動。

大広間に魔力を浸透させ、スパイダーが湧き出てくる穴を塞いだ。

「よくやったわ、イサギ！」

「助かります！」

穴を防ぐことで増援を食い止めることはできたが、スパイダーたちが壁を破ろうと攻撃をしたり、土を掘って別の入り口を作ろうとしている。

俺は錬金術で壁を補強、維持し、新たに作りだそうとする穴を塞ぐことに手一杯だった。

とはいえ、内部に入り込んだスパイダーの数も多かった。

レギナが大剣を振るい、ティーゼが羽根を射出し、メルシアが両手に短剣を持っているが、それでも数が多い。三人だけで支えるには辛い状況だ。

「ちょっと匂いますけど許してください！」

俺は大広間の穴を錬金術で塞ぎながら、マジックバッグから取り出した殺虫玉を周囲にばら撒いた。

殺虫玉が破裂し、白い煙が噴き出す。

「ティーゼさん、頼みます！」

俺の意図を汲み取ってくれたティーゼが風魔法を発動して、俺たちの視界を遮らないようにしながら煙を拡散させてくれる。

白い煙がスパイダーに吹き付けられると、あちこちで苦しげな声をあげてひっくり返っていく。

ただ先ほどの通路と違って密閉状態ではないせいか、効果が十分に発揮されず死に至っていない個体もいる。だが、殺虫玉の効果によって明らかに動きが悪くなっており、それらはレギナやメルシアが手早く処理をしてくれた。

殺虫玉をばら撒いたのが俺だと分かったのだろう。

天井に張り付いていた巨大な蜘蛛の複眼と目が合った。

あ、これ。襲いかかってくるやつだ。

そう認識した瞬間に蜘蛛が天井から勢いよく降下してくる。

大広間の穴を食い止めることに手一杯の俺は回避行動に移ることができない。

圧倒的な質量を伴った黒い塊がくるのを呆然と眺めていると、横合いから飛んできたメルシアが蜘蛛を吹っ飛ばした。

「イサギ様に手を出そうなど許しません」

「メルシア……ッ！」

勢いの乗ったメルシアの蹴りに、蜘蛛はお尻を大きく凹ませて壁に叩きつけられた。

さっきは武器を使っていたが、やっぱり一番得意とするのは体術のようだ。

あちこちにできた傷口から緑の体液を噴き出した蜘蛛は、脚を動かして何とか立ち上がろうとする。

が、既に脚にかなりのダメージを負っているせいか、スムーズに立ち上がることができない。

「動きを止めます！」

相手が止まっているのであれば、少しくらいは助力ができる。

俺は穴の維持の片手間として、錬金術を発動させて壁や地面を変質。蜘蛛の脚に絡みつくようにして動きを阻害する。

「とどめよ！」

そこにレギナが跳躍し、両手で振りかぶった大剣を思いっきり蜘蛛の頭へ叩きつける。

レギナの全力での一撃を急所に受けてはどうすることもできず、蜘蛛は緑の体液を撒き散らしながら地面に沈んだ。

「やったね！」

「イサギ様は少々お待ちを。私たちが残党を駆逐いたします」

「あっ、はい……」

喜びの声をあげていたのは俺だけで、メルシアとティーゼは広間に残ったスパイダーの処理をしている。レギナに至っては蜘蛛が並外れた生命力を持っていると睨んで、頭以外の場所に何度か大剣を突き刺して確実に命を奪っていた。

適切な処理によって生命活動を停止するのを確認。

「イサギ、他のスパイダーたちはどうなった？」

レギナに問われて地中や壁中を探査してみると、既にスパイダーたちはいなくなっていた。

増援がこないのであれば穴を維持する必要はない。

「……キングスパイダーが討伐されて逃げていったみたい」

俺の言葉を聞いて、レギナはホッとしたように息を吐いた。

俺は錬金術を解除。

周囲を見渡してみると、大広間には巨大な蜘蛛と小さな蜘蛛の亡骸で溢れ返っていた。

「増援を呼ばれた時はどうなるかと思いましたね」

「ですが、イサギ様のお陰で助かりました」

「いやいや、皆が支えてくれたからだよ」

これほど強力な魔物を倒すことができたのは皆のお陰だ。誰か一人のお陰などではない。

皆の勝利と言えるだろう。

「これも回収するの？」

「牙、爪、刺、毒腺、糸袋……使えるべき素材はたくさんあるからね」

解毒ポーション、毒、アイテム、魔道具、武具への加工。

使い道はたくさんある。たくさん回収しておいて損はない。

俺はキングスパイダーやスパイダーの亡骸をマジックバッグに回収していく。

「あ、もちろん。最終的な利益はティーゼさんたちにもお裾分けします」

キングスパイダーの討伐はもちろん、スパイダーなどの討伐にティーゼも大きく貢献してくれている。マジックバッグで回収しているからといって、利益を独り占めするつもりはない。

「でしたら、ここでは手に入らない品物でいただけますと嬉しいです」

ワンダフル商会で売却できる値段を推測して金銭を渡す方法もあるが、このような土地では金銭はあまり役に立たない。ティーゼが直接品物を欲しがるのも当然と言えた。

「分かりました。集落に戻りましたら品物をお渡しします」

「助かります」

「さて、水脈を見にいこうか」

会話が一段落ついたところで水脈の調査だ。

大広間を抜けて奥の通路へ進んでいく。

すると、俺の耳でも感じ取れるほどに水の音が聞こえてきた。

そのまま進んで通路を抜けると、広大な空間に出て、中央には湖が鎮座していた。

水面の輝きが天井の岩に反射して波打っている様子は幻想的だ。

「大きな湖！」

レギナの感嘆の声が洞内に響き渡った。

周囲に魔物の気配はない。湖の傍にいる生物は俺たちだけのよう。

まあ、傍にあんな巨大な蜘蛛が巣を作っていたんだ。

他の魔物がいたとしても近寄ることはないだろう。

「まさかここに本当に水があるなんて……」

ティーゼが湖を見つめながら呆然と呟いた。

突如として集落の近くで発見された水源にやや現実味がないのかもしれない。

しかし、目の前に広がっている光景は本物だ。

「ねえ、これって飲めるの？」

「問題なく飲めるよ」

水質については確かめている。汚染物質などは含まれていないので、このまま飲むことも可能だ。

問題ないことを告げると、レギナとティーゼが水をすくって飲んだ。

「はぁー、美味しい！」

「はい。とても美味しいです」

俺も飲んでみると水はちょうどいいくらいに冷えており、喉の奥へとスルリと通っていった。

乾いていた喉に水が染み渡る。

「これほど豊富な水源なら集落まで問題なく引っ張れそうだね」

「どうやって集落まで引っ張るの？」

「錬金術で掘削して傾斜に沿って流していくよ」

「……集落まで結構な距離があったけど大丈夫なの？」

「多めに見積もって三日かな」

「そ、そんなに早く済むの？」

「イサギ様だからできることです」

メルシアの返答を聞いて、レギナとティーゼが納得したように頷いた。

「そうかな？　宮廷錬金術師なら誰でもできることだと思うけど……」

大袈裟な表現だったので訂正してみると、メルシアが残念なものを見るような目を向けてきた。

ええ？　帝国の宮廷錬金術師だった皆これくらいできたよね？　具体的にそういった作業や魔力量を見たわけではないが、宮廷錬金術師になれたのならそれくらいの魔力量はあるってガリウスにも言われたし。

「とにかく水源が見つかったことだし、これで農業の水問題については問題ないわね？」

「うん、これで盤石な体制で農業ができると思う」

魔道具だけでは心許ない砂漠の農業だが、これだけ広い水源があるのであれば問題ないだろう。

俺たちは湖までの道のりを丁寧にマーキングしながら集落まで戻ることにした。

33話　錬金術師は砂漠料理を堪能する

ティーゼが洞窟に水源があったことを告げると、集落はかつてないほどの賑やかさに包まれた。

他の者に伝えようと飛び立ったり、その場で興奮の声をあげたり、不思議な踊りを披露して喜びを表現する者もいた。

最初にやってきた時は物静かな集落といったイメージだったので、活気に包まれた景色とのギャップに思わず驚いてしまった。

「新しい水源が見つかったこととレギナ様たちの歓迎を合わせて、ささやかながら宴を開きたいと思うのですがよろしいでしょうか？」

「宴は好きだから大歓迎よ」

「ぜひ、お願いします」

この集落には長い間滞在することになる。ティーゼ以外の住民との交流を深めるいい機会だ。

俺たちが頷くと、ティーゼは「ありがとうございます」と礼を言い、リードやインゴをはじめとする集落の者たちに指示をして宴の準備を始めた。

「手伝ってまいります」

「あたしも暇だし」

メルシアとレギナは準備を手伝うことにしたらしい。メルシアはこういう時にジッとしているのが性に合わず、レギナは単純に体力が有り余っているのだろう。

俺は自身の体力の身のほどというものを知っているのでお手伝いは辞退する。

それにこれからやることもあるしね。

「ティーゼさん」

「何でしょう？」

「錬金術で工房を作ろうと思うのですが、建てちゃいけない場所などありますか？」

「工房ですか？　私の家であれば部屋はたくさん余っていますが……」

「寝室などはお借りしたいのですが、錬金術で調合をする時には薬品を使う時もありますので専用の工房を用意する必要があるのです」

気合いを入れて調合や品種改良を施すにはきちんとした設備が必要になる。万が一の危険や匂いなどを考えると、きちんとした工房は別に作っておきたい。

そう説明すると、ティーゼは納得したように頷いてから口を開いた。

「でしたら、私の家の付近であれば自由に使ってくれて構いません」

「ありがとうございます」

許可を貰えたところで俺は一人でティーゼの家の前へ戻る。

族長だからだろう。ティーゼの家の付近にはあまり民家が密集していないみたいなので、俺はほどよく距離が離れた岩石地帯に移動する。

「この辺りでいいかな」

せっかくの岩石地帯だ。これを利用した工房にしてしまおう。

俺は錬金術を発動して、岩石地帯の岩を掘削してくり抜いて工房を作った。

玄関を開けて中に入ると、長い洞窟のような廊下が広がり、そこから枝分かれしていくように部屋があり、素材の保管庫、作業部屋といったものがある。

奥に行くにつれて内部の部屋が広くなっていく仕様でティーゼの家の内装を参考にさせてもらった。

プルメニア村よりも内装や家具も簡素だが、寝泊まりについてはティーゼの家でお世話になるつもりなのでこれくらいでいい。そのお陰で、短時間で工房が出来上がったしね。

あとは内部が壊れないように錬金術で地面、壁、天井などを補強し、呼吸がしっかりできるように空気穴も作ると完成だ。

「うんうん、いいんじゃないかな？　秘密の工房って感じでちょっとワクワクするや」

微妙に薄暗く、どこか洞窟を連想させる工房が俺の心の琴線に響いた。

簡易拠点の際に使用した家具を設置していくと完璧だ。

工房作りが終わったので外に出て、広場を確認してみると人が集まり、長テーブルやイスが並べられていた。外からは彩鳥族の男が狩ったと思われる砂漠の魔物が運び込まれており、何人かで解体しているところ。

まだ宴が始まるには早いようだ。かといって体力的に手伝う余力はない。

休憩しようとソファーに腰かけると、ふと自分の身体の臭いが気になった。

一日中、洞窟を調査していたせいかどこか汗臭い。

自分ですらそう感じるのだから、獣人たちはもっと強い汗臭さを感じるだろう。

「お風呂に入るか……」

水が貴重な場所で風呂なんて贅沢のように思えるかもしれないが、俺は水魔法が使えるし魔道具だって使える。オアシスの水を使っているわけでもないし、自分で使うくらいいいだろう。

俺は錬金術を発動し、空き部屋に岩の湯船を作る。

そこに水と火の複合魔法を使い、湯船いっぱいに湯を注いだ。

あっという間に浴場内が湯気に包まれる。

俺は纏っていた衣服を脱ぎ捨てると、速やかに身体を洗って湯船の中に飛び込んだ。

「ふうー、気持ちいい」

温かな湯が全身を包み込む。

調査で歩き回り、むくんだ足の筋肉がゆっくりとほぐれていくようだ。

気温の高いラオス砂漠にいても、温かい湯に浸かるというのは心地いいものなんだな。

ただ長時間浸かっているとやっぱり暑く感じるので、湯の温度を下げて水風呂にすると、とても快適だった。

火照った身体から熱が奪われるのが気持ちいい。

とはいえ、あまり長時間浸かっていると風邪を引いてしまいそうだ。

ちょうどいいところで水風呂を切り上げると、タオルで水分を拭って予備の衣服とローブを纏った。

風呂を堪能し終わる頃には、広場も賑やかになっており、テーブルなどには料理が並び始めていた。

そろそろ向かっておくべきだろうと考えて玄関を開けると、そこにはメルシアとレギナがいた。

恐らく、ティーゼから話を聞いたか、匂いの残り香を辿ってここまで来たのだろう。

「呼びにきてくれたのかな？」

声をかけるとレギナがスンスンと鼻を鳴らして、俺の臭いを嗅いできた。

「いい匂いがするわね？」

皮肉のような言葉にメルシアのほうに視線を逸らすと、彼女はどこか羨ましそうな視線をジーッと向けてくる。

二人が求めていることは言うまでもないだろう。

「どうぞ。入ってください」

●

レギナとメルシアが風呂に入ってサッパリしたところで、俺たちは宴の会場である広場にやってきた。

広場では多くの長テーブルが設置されている。その上には見たことのない砂漠料理が並んでおり、かぐわしい香りが俺たちの胃袋を刺激した。中には食べられるのかも分からない植物や不気味なものもあったが、それも異国の情緒があって実に興味がそそられる。

あちこちで篝火（かがりび）が焚かれているのは、単純に薄暗くなってきたからだけというわけでもなく、寒暖差の激しい夜の気温に備えたものなのだろう。いつもなら少し肌寒い時間帯だが、篝火のお陰で温かい。

「さあ、こちらに座ってください」

ティーゼに手招きされて、俺たちはイスへと座った。

「今日、見つかった水源はライオネル陛下の命によってやってきた第一王女レギナ様、錬金術師のイサギさん、メイドのメルシアさんの活躍のお陰です。新たなる水源発見の感謝と、御三方の来訪を心から祝して乾杯！」

「「乾杯！」」

ティーゼが族長としての口上を述べると、広場に集った彩鳥族が応答するように声をあげた。

それが宴開催の合図らしく、そこからは各々が好きに目の前の食事に取りかかり始めた。

俺たちもそれにならって食事に手をつけることにした。

テーブルの上には見たことのない料理が数多く並んでいる。

見たことがあるのはスコルピオの塩茹でくらいなものだ。

「この緑色の分厚い葉っぱのようなものはなんでしょう？」

ドドンと目の前に置かれているだけあって、俺もそれが気になっていた。

「ウチワサボテンです」

「サボテンって砂漠に生えていたあのトゲトゲの奴よね？」

「はい。そうです」

驚くレギナの言葉にティーゼはこくりと頷いた。

遠目に生えているのを何度も目にしていたが食べられるんだな。

刺々（とげとげ）しい見た目から食べようとは思わなかったが、ここではご馳走の類に入るらしい。

表面に刺のようなものは一切なく、こんがりと焼かれている。

塩、胡椒、バターなどで炒められているのか、とてもいい香りだ。

ナイフで食べやすいように切り分けて食べてみる。

「美味しい！」

見た目はいかにも苦そうなものであったが、食べてみると口の中で強い酸味と甘みが広がった。

決して嫌な酸っぱさではなく、ほどよい酸味。たとえるならピクルスのような味だろうか。それに微かに粘り気のようなものがある。

「ほどよい甘みと酸味がいいですね」

「不思議な味！　意外と食べ応えがあって悪くないわね！」

メルシアとレギナもサボテンステーキを気に入ったようで、次々と切り分けてはパクパクと口に運んでいた。このコリコリとした独特な食感が癖になるんだよな。

サボテンステーキを食べ終わると、次に気になったのが皿に積み上げられた大きな肉たちだ。

香辛料で味付けがされているのか、どれもスパイシーな香りが漂っている。

「これは何の肉かしら？」

「砂蜥蜴（すなとかげ）と砂牛（すなうし）のお肉です」

どうやらその二種類の生き物がこの周辺で主に狩れる動物になるらしい。

まずは砂蜥蜴の脚肉を手に取ってみる。

縞模様の皮がついており、ちょっと見た目が生々しいが宴として出されている料理だ。臆することなく口にする。

齧ってみると中のお肉は綺麗なピンク色で身はとても柔らかい。

「あっ、鶏肉みたいで美味しい」

塩、胡椒でしっかりと味付けされており、あっさりとした砂蜥蜴の旨みとよく合う。

砂蜥蜴の肉を食べると、次は砂牛と呼ばれる赤身肉だ。

こちらは砂蜥蜴とは違い、数々の香辛料で味付けされているようで、先ほどからスパイシーな香りを放っている。嗅いでいるだけで胃袋を刺激するようだ。

おずおずとフォークを伸ばして食べてみると、舌を刺すような辛みが口内を満たした。

「辛っ！」

あまりの辛さに咽せていると、ティーゼがサッと水の入ったコップを差し出してくれた。

「イサギさん、お水をどうぞ」

遠慮なくコップを貰うと、俺は一気に水を飲みほした。

「ありがとうございます、ティーゼさん」

「いえ、お礼を言うのはこちらです。イサギさんたちのお陰でこういった時に気軽に水を差し出せるようになったのですから」

そうか。北の山に水源が見つかるまでは、少し離れたところにあるオアシスが唯一の水源だったからな。できるだけ水を消費しないように節約に努めていたのだろう。

しかし、近くに第二の水源ができたこともあり、今までのように切り詰める必要がなくなった。

周囲にいる他の彩鳥族も実に楽しそうだ。飲んでいるのはエールやワインといった酒ではない。

ただの水だ。だけど、そのただの水を遠慮なく飲めるというのが嬉しいのだろう。

楽しそうにする彩鳥族を目にしながら俺はもう一度砂牛を食べる。

「大丈夫ですか？」

先ほど、辛さで咽せたからだろう。ティーゼが心配の声をかけてくれる。

「もう大丈夫です」

刺すような辛みが口内を蹂躙したあとに強い旨みが溢れた。

力強い砂牛の肉の旨みと香辛料の味付けが非常に合っている。

辛い。だけど、もっと食べたいという気持ちが止まらない。

「これイケるわね！」

レギナは砂蜥蜴の肉よりもこっちが気に入ったようですごい勢いで食べている。

「私は砂蜥蜴の方が好みです」

反対にメルシアは砂蜥蜴の肉が気に入ったらしく、小さな口を動かして上品に食べていた。

二人とも食の好みが分かりやすい。

砂漠を横断してきたけど、俺たちがまだまだ遭遇していない生き物がたくさんいるんだな。

帝城にいれば、大抵の素材は集めることができたけど、実際に外に足を運んでみるとまだまだ知らない素材がたくさんある。世界には俺の知らないことばかりだ。

「次は豊かな食料で皆を笑顔にしてやりたいな」

「イサギ様ならきっとできます」

「そのためにも明日からまた頑張ろうか」

夜の厳しい寒さに耐えきれなくなるまで、その日の宴は続いたのだった。

34話　錬金術師のいない帝国4

イサギたちがラオス砂漠にて祝宴を上げている頃。

帝国では獣王国へ進軍するための準備が着々と進められていた。

侵略するにはとにかく物資がいる。

その物資を効率よく運ぶ役目を持っているのはマジックバッグだった。

何せ一切の手荷物になることなく、見た目以上の物を詰め込むことができる便利なバッグだ。

荷物が少なくなれば兵士の負担は軽くなり、重量が減れば馬の疲弊も軽減することができる。

結果として兵士たちの進軍速度も上がるというわけだ。

そのため錬金術師課統括長であるガリウスは宮廷錬金術師たちの作ったマジックバッグの進捗の確認に向かっていた。

「ガリウス様！　お疲れ様です！」

ガリウスが錬金術師の作業室に入ると、宮廷錬金術師たちが作業の手を止めて一斉に頭を下げた。

「そういうのはいい。で、マジックバッグの生産状況はどうだ？」

「こちらになります」

ガリウスの問いかけに眼鏡をかけた金髪の宮廷錬金術師長が歩み寄り、成果物となるマジックバッグを積んでいるテーブルに案内した。

「おい、どうなっている？　マジックバッグの数がまったく足りていないぞ？　俺が作れと指示をした数は二百だ。これではその半分にも達していないではないか」

テーブルの上に載せられたマジックバッグの数は三十ほど。宮廷錬金術師が総動員で取り掛かった結果がそれである。

「申し訳ありません。何ぶん、軍用魔道具の生産に時間を取られており作業時間が確保できないもので」

「何を言っているのだ？　前回の侵略では私の要求したノルマを揃えてみせたではないか！　私をからかっているのか⁉」

「あれはイサギが一人で作ったものです」

ガリウスがドンッとテーブルに拳を打ち付ける中、錬金術師長はきっぱりと告げた。

「バカを言うな。たった一人で作れるわけがないだろう」

「本人によるとポーションを使用し、一週間睡眠を摂ることなく作ったそうです」

「だったらお前たちもそれをしろ。イサギ程度でできるのであれば、お前たちなら余裕でできるだろう？」

「無理です。私たちは不眠不休でいられるポーションの作り方なんて知りませんから」

仮に作れたとしてもここにいる錬金術師たちはやらないだろう。不眠でいられるポーションを服用したとしてもそれは身体を誤魔化しているだけに過ぎない。それだけ身体を酷使したツケはあとになって必ず本人に返ってくる。いくら宮廷錬金術師といえ、そこまで準ずる覚悟の者はいなかった。

「だったら睡眠時間を削って生産数を増やせ！」

「仮に私たちの仕事時間を増やしたとしても課せられた数を増やすのは物理的に無理ですよ」

「なぜだ？」

「マジックバッグは錬金術による高度な空間拡張によって出来上がり、一つ作成するだけでとんでもない魔力が必要になるので大量に作ることが無理なんです」

「イサギは一人でやってみせたではないか？　なぜ貴様たちが束になってもできない？」

「……あいつは卑しい平民ですが魔力量が多く、さらに魔力回復速度もずば抜けていました。本当にムカつくことですが、私たちが束になっても奴の魔力総量には敵いません」

ガリウスの問いかけに錬金術師長は深いため息を吐きながら真実を吐露した。

イサギ、イサギ、イサギ……どこに行っても奴のせいで綻びが出る。

解雇してやったというのに、その名前を耳にしない日はなくガリウスの心は日に日に荒んでいくばかりだ。あいつの名前を聞くだけで心がざわついて不愉快な気持ちになる。

「ガリウス様が連れてきた錬金術師たちも軍用魔道具しか作ることができませんし、以前のような生産数は無理です。生産数を下げることを提案いたします」

「黙れ！　これはウェイス王子の命令なのだ！　これは絶対に変えることはできない！　用意できなければお前たちの首はないものと思え！」

本当のところは追い詰められたガリウスがウェイスに対して安請け合いしたにすぎないのだが、ここにいるガリウス以外の者がそれを確かめる術はない。

「……はい」

ウェイス王子の命令と言われてしまえば、いくら貴族である宮廷錬金術師たちといえど断ることはできない。

首を横に振ってしまえば、自身の職だけでなく実家にまで影響が出る恐れがあるからだ。

「三日後にまた様子を見にくる。必ず生産数を上げておけ」

こくりと頷く錬金術師長を確認したガリウスは苛立たしげに扉を開けて、作業室を出ていった。

「錬金術師長、どうします？」

「あんなこと言われましたけど無理ですよね？」

完全にガリウスの気配がなくなったところで、宮廷錬金術師たちは集まり口々に不安を吐露する。

「……マジックバッグの容量を減らせばいい」

「え？　でも、そんなことしていいんですか⁉」

「俺たちが命令されたのは規定数のマジックバッグを作ること。収納容量まで具体的に指示されてはいない。そうだろう？」

錬金術師長の言葉に誰も反論する者はいなかった。

そうでなければ、指示された数を生産することなど物理的に無理な話なのだから。

35話　錬金術師は掘削する

翌日。俺たちは再び洞窟にある湖にやってきた。

彩鳥族の集落で農業をするためには、ここにある水を引っ張ってくるのが必須だ。

そのために水を集落まで引っ張る必要があるのである。

湖が平地であるなら多大な労力がかかるのだが、ここにはかなりの傾斜がある。

錬金術で地面を掘削してやれば、掘削された地面へ湖の水が流れ込んでくれるはず。

俺は地面に手をついて錬金術を発動する。

物質操作は錬金術の得意分野だ。とくに砂や土、金属などは物質の特性も素直なので楽だ。

魔力によって土が掘削されて、ドンドンと深い穴ができる。

それと同時に湖に溜まっていた水が、掘削された穴へと流れ込んできた。

しっかりと水が流れ込んでくれることを確認すると、湖から流れ込んでくる水を錬金術でせき止める。そうしないと湖から水道にずっと水が流れ続けることになるからだ。

掘削作業よりも流れ込む水の量が多くなってしまうと万が一のことがあるかもしれない。

足元が濡れて見えなくなるよりも、この方がよっぽど快適で安全なのでいいだろう。

あとは掘削をひたすらに繰り返すだけだ。

「すごい勢いで進んでいるのは分かるけど地味ね」

「錬金術なんてものは地味な作業や試行錯誤ばかりだからね」

錬金術を発動して、瞬時に武具を作ったり、ポーションを作ったりするのが一般的なイメージかもしれないが、それらは入念な準備と裏打ちされた経験があってこそだ。どれだけ派手に見えたとしても、錬金術師の技なんて地味な作業の積み重ねでしかない。

「そんな風に掘って、洞窟が崩れたりしないものなのでしょうか？」

「崩れないように調整してやっているからその心配もないよ」

「そうでしたか。ならば安心です」

洞窟にある湖から集落まで無軌道に掘削してしまえば、地盤が崩落してしまう可能性が高い。そうならないように事前に錬金術で岩盤の硬度などを調査し、適切なルートを計算しているのでティーゼの心配しているような事態にはならない。

さらに掘削するだけでなく、土や石を圧縮して硬度を増幅させているのでちょっとやそっとの災害ではビクともしないだろう。

「俺は作業に集中するから周囲の警戒は任せるよ」

キングスパイダーを討伐したとはいえ、洞窟の中にはたくさんの魔物がいる。

掘削作業中に襲われてしまっては困るので魔物への対処は任せることにした。

「そのために付いてきたんだしね」

「イサギさんのお手を止めることのないように尽力いたします」

レギナがこくりと頷き、ティーゼから期待に満ちた眼差しが向けられる。

俺の作業の進み次第で集落に水が届くであろう日数が変わるのだ。気合いの入りは一番だった。

やや重い期待の視線から逃げるように俺はメルシアに顔を向けた。

「それじゃあ、メルシアは付いてきて」

「はい」

事前にルートを計算しているとはいえ、掘削した穴の中は暗い上に何があるか分からない。

掘った先に魔物の巣があるなんてこともあり得るので、メルシアにも付いてきてもらうことにした。

掘削した穴に入り込むと、遅れてメルシアがサッと降りてくる。

メルシアは音もなく着地をすると、光魔道具を掲げて掘削した穴、もとい水道内を照らしてくれた。

「じゃあ、進んでいくよ」

メルシアが頷くのを確認し、俺は錬金術で掘削して水道を掘り続けることにした。

●

錬金術で土を掘り進めていく。真下ではなく斜面に沿うように斜め下へ。

事前に地図に記したデータを元に掘り進める。

何時間、掘り進めたことだろう。僅かな光源だけを頼りに進んでいると、時間間隔が分からなくなってくる。

「掘り進めてから何時間くらい経った？」

「六時間ほどになります」

振り返って尋ねると、メルシアから冷静な返答がきた。

「……山の麓近くまで掘り進めているわけだし順調だね」

錬金術で地質を調査すると、それくらいの位置まで掘り進めていることが分かった。

「痛っ」

身体をほぐそうと伸びをしていると、不意に頭痛が走った。

魔力欠乏症による初期症状だ。より魔力を消耗して、症状が進むと倦怠感、頭痛などが酷くなり、眩暈(めまい)や吐き気なんかもプラスされる。

魔力量には自信がある方だけど、六時間ぶっ続けで掘削をし、周囲の土を圧縮して硬化するのは魔力の消費が大きいな。

「イサギ様、大丈夫ですか？」

後ろから前を照らしてくれているメルシアが心配げな声をあげる。

「大丈夫。ちょっと魔力が減ってきただけだから。ポーションを飲めば回復するよ」

そう言ってマジックバッグから魔力回復ポーションを取り出した。

真っ青な液体を飲むと爽やかな甘みが口内に広がり、身体の内側にある魔力がじんわりと回復していくのが感じられた。

「よし、これでいける」

さっきのようなハイペースは無理だが、これだけ魔力が回復すれば掘り進めることができる。

「イサギ様、作業を中断いたしましょう」

作業を再開しようとした俺だが、メルシアに止められた。

「ええ？　魔力も回復したから問題ないよ？」

「もう三度目ですよ？　こんな方法を続けていれば、イサギ様の身体が持ちません」

「でも――」

「でもじゃありません。イサギ様のお体の方が大事ですので」

なおも作業を続けようとした俺だが、かなり真剣な顔をしているメルシアに言われて中断することにした。

これは本気で怒っている時のメルシアだ。

帝城で何度も徹夜をしていた時もこんな風に怒られたっけ。

思えば、今すぐに集落に水を引かないと誰かが死ぬというわけでもない。

メルシアの言う通り、俺がそこまで身を削る必要はなかった。

「分かった。少し休憩して元気になったら作業を再開することにするよ。それで魔力が少なくなったら今日の作業は終わりにする」

「……それならよろしいかと」

俺の言い分に満足したのか、メルシアは表情を緩めた。

俺がその場で腰を下ろすと、メルシアもゆっくりと隣に腰を下ろした。

「イサギ様、魔道具の魔石交換をお願いできますか？」

言われて視線を向けると、彼女が手にしている魔道具の灯りが弱まっていた。

どうやら中にある光魔石の魔力が少なくなってきているようだ。

「待ってて。今、光魔石を取り出すから――」

マジックバッグに手を入れたところで、急に周囲が暗くなった。

「わっ、暗くなった」

「……申し訳ありません。もっと早くお声がけするべきでした」

「いや、メルシアは悪くないよ。夢中になっていた俺が悪いだけだし」

メルシアは集中している俺に気を遣ってくれただけだ。彼女は悪くない。

「にしても、本当に真っ暗だ」

「私はイサギ様の姿がよく見えますけどね」

「こんな闇でも視界がハッキリ見えるってすごいや」

自分一人だと確実にパニックになっていただろうな。メルシアに付いてきてもらって本当によかった。闇の中でも平気で動ける仲間がいるだけで随分と心強い。

「とりあえず、光魔石を交換するよ」

マジックバッグから光魔石を取り出し、動力の切れてしまった魔道具へと手を伸ばした。

「ふにゃっ⁉」

「あれ？　なんか取っ手が柔らかい？」

俺の作ったランタンの取っ手にしてはえらく柔らかい。上質な絹のような手触りだ。

なんだこれ。ずっと触っていたいくらいに手触りがいい。

「い、イサギ様、それは魔道具ではなく、私の尻尾です……ッ！」

あまりの手触りのよさに夢中になって触っていると、メルシアからそのような申告が上がった。

どうやら俺は魔道具と間違えて、メルシアの尻尾を握っていたらしい。

「えっ？　ああっ！　ごめん！」

慌てて手を離す頃には暗闇に少し目が慣れてきたのか、魔道具らしいシルエットがぼんやりと見えた。

自分で作った魔道具だけあって、俺は暗闇の中でもスムーズに光魔石を交換。

魔石が交換されて強い光が放射されると、腰を抜かした様子のメルシアがいた。

普段のクールな表情とは一転し、頬を赤く染めて荒い呼吸をしている。

暗闇の中でメルシアが色っぽい表情をしているせいか、いけないことをしてしまった気分。

なんだか知らないけど、猛烈に謝るべきだという気持ちが湧いてきた。

「あの、本当にごめん。暗くて何も見えなくて……」

「……イサギ様に悪気がないのは分かっています。でも――」

「でも？」

「そういうのはまだダメです……」

「は、はい……」

獣人の女性の尻尾を男が触るってどのような意味があるんだろう。

そんなことを今正面から尋ねるわけにはいかない。

俺はそれ以上の追及は控えることにした。

アクシデントがありつつも、掘削作業を続けること三日。

俺たちは北の山の洞窟にある湖から彩鳥族の集落へと水を引くことに成功した。

36話　錬金術師は砂漠で素材を採取する

集落に水を引くことができた翌朝。俺たちはティーゼの家に集まっていた。

「集落に水を引くことができたけど、次はどうするの？」

朝食を食べ終わるなりレギナが尋ねてきた。

「砂漠の素材採取だね！」

「砂漠にある素材とは具体的に何を示すのでしょう？」

「何でもですよ。植物、動物、魔物……あらゆる生物から素材を集めるんです」

農業の基盤となる水源の確保ができた以上、あとは土壌と育てるべき作物の品種改良を行うのみだ。

通常なら土を耕して作物を植えるところだが、それでは育たないのがラオス砂漠という過酷な環境。この環境に適した改良を施してやらないといけない。そのためにはこの砂漠にある素材が必要だった。

「分かったわ。それでは、砂漠へ向かいましょう！」

これからの方針が決まったところで俺たちは準備を進めることにした。

砂漠まではティーゼがバスケットで運んでくれるとのことなので、俺たちはバスケットに乗り込んで移動をする。

ティーゼの家の前から出発し、そのまま集落を超えて、ラオス砂漠へ。

集落の周りは岩石地帯だったが、小一時間もしないうちに周囲の景色は砂漠へと変わった。

「この辺りから歩いて調査しよう」

そう言うと、ティーゼはこくりと頷いてバスケットを地上へと下ろしてくれた。

メルシアがロープを解くと、バスケットをマジックバッグへと収納した。

「おっ、サボテンだ！」

ふと視線を向けると、目の前には大きなサボテンが直立していた。

俺はサボテンに近づくと、ピンセットを用意して生えている棘の一つ一つを丁寧に採取していく。

針の採取が終わると、枝分かれした果肉にナイフを差し込んで切り落とす。これも採取だ。

「こちらのサボテンは食べられるのでしょうか？」

「一応食べられますが、ウチワサボテンほど美味しくはありません。苦みが強いので」

後ろでは首を傾げるメルシアにティーゼが答えている。

どうやらサボテンだからといって何でも食べられるわけではないようだ。種類によって味の善し悪しがあるらしい。

「素材採取って本当に何でもいいのね」

サボテンの素材を夢中になって採取していると、レギナがちょっと呆れた顔で言う。

砂漠の素材採取に来たのに、いきなりありふれたサボテンを採取しているものだから気が抜けたのだろう。

気持ちは分かるが、レギナは俺の品種改良にとってどれだけ現地での素材採取が重要か分かっていないようだ。

「サボテンだって貴重なサンプルなんだよ？」

「どうして？　砂漠ならどこにでも生えているものじゃないの？」

「極度に雨量が少なく、乾燥しており、寒暖差の激しいラオス砂漠。こんな厳しい場所でどこにでも生えているっていうことが実はすごいことなんだよ？」

「確かに！　通常の植物であれば、この灼熱のような気温で枯れ果てているところです！」

俺の言っていることの意味が分かったのか、ティーゼがハッとした顔になって言った。

「えっと、つまりどういうこと？」

ティーゼはすぐに理解したが、レギナはまだちょっと理解が及んでいないようだ。

「このサボテンはここで生き抜くための何かしらの性質を宿しているんだ。そうでないとここでは生き抜くことができないからね。寒暖差に強かったり、少ない水を長期間貯蓄する術を持っていたり。それらの性質はここで農業をする作物の糧になると思うんだ」

「……なるほど。イサギの言っている意味がようやく分かったわ。確かに言われると、このサボテンっていう植物はすごいわね」

細かく説明すると、レギナはようやくサボテンという素材がどれほど有益かを理解できたようだ。

レギナの目つきが真剣なものになる。

通常の植物であれば、ラオス砂漠では生き抜くことはまずできない。しかし、サボテンはこのような環境でも絶滅することなく、ありふれた植物として根付き、生存している。

それがどれだけすごいことか。

当然、それはサボテンだけでなく、他に棲息しているスコルピオ、スパイダーといった魔物も同じことだ。

彼らはこの厳しい環境に適応することによって生き抜いている。

それらの因子はここで育てるための品種改良にきっと役立つ。俺はそう睨んでいた。

だからこそこの砂漠にある素材はできるだけ採取しておきたい。

「だったら、あっちにあるサボテンも採取しましょう！」

レギナが駆け出した先には、真っ赤な体表をしたサボテンが生えている。

こちらにあるサボテンとは色も形も違うので、まったく違う種類のものだと分かった。

が、錬金術師としての眼力で素材の構成を読み取っていくと、そのサボテンが危険であることが分かった。

「レギナ様、危険です！」

ティーゼが警告の声をあげた。

それによりレギナは足を止めるが、既に赤サボテンの攻撃範囲に入っていたらしい。

赤サボテンは身を震わせると、その身に生やしている棘を全方位に射出した。

赤サボテンの特性を読み取っていた俺は、即座に錬金術を発動して周囲にある砂を操作。

赤サボテンを覆ってやると、射出された刺はすべて砂に吸収された。

やがて錬金術を解除すると砂と共に針も地面に落ちた。

「ビックリしたー。近づくだけで無差別に棘を撒き散らすだなんて」

などと呑気に呟くレギナは俺たちよりも遥かに後方にいた。

どうやら赤サボテンが棘を射出するまでの一瞬で、あそこまで退くことができたようだ。

「気を付けてください。肝が冷えます」

「ごめんごめん。ちょっと採取することに意識がいき過ぎちゃったわ」

たははと苦笑するレギナを見て、ティーゼがしょうがないとばかりにため息を吐いた。

「にしても、おっかないサボテンだ」

「そちらは炸裂ニードルといいまして外敵が近寄ってくると、棘を無差別に撒き散らす習性があるんです」

「また近づいたら棘を発射してくるのでしょうか？」

「いえ、棘が生えてくる小一時間くらいは無防備になります」

メルシアが尋ねると、ティーゼが首を横に振った。

「なら今のうちに採取しちゃおうか」

一度、棘を放出すると無害になるのであれば恐れる必要はない。

俺たちは遠慮なく炸裂ニードルに近づいて、先ほどのサボテンと同じように素材を採取した。

炸裂ニードルを採取すると、周囲に採取する素材がなくなったので俺たちは素材を求めて歩いていく。しかし、辺り一面は砂景色のみで生き物らしい姿はまるで見つからない。

「……生物がいないわね」

「だだっ広い砂漠ですから」

これだけ広大な砂漠なんだ。集落からちょっと移動したところに魔物がわんさかいるはずもないだろう。

「私が上空から索敵してみます」

ゴーレム馬にでも乗って採取する場所を変えようかなと思っていたところで、ティーゼが空に飛び上がった。

洞窟内は狭かったが故に大広間以外ではほぼ飛ぶことはなかったが、空間に制限のない砂漠であればティーゼは思う存分に翼を活かせる。

宙に上がったティーゼは円を描くように旋回。

しばらく、周囲を索敵していたティーゼが下降してきながら言った。

「七百メートル先にある砂丘を越えたところにデザートウルフの群れがいます」

俺たちの位置からは砂丘の傾斜によって何も見えないが、上空からはデザートウルフと呼ばれる魔物が目視できたらしい。

「行きましょう！　倒してデザートウルフの素材を手に入れるのよ！」

などとそれらしいことを言っているレギナだが、ただ身体を動かしたいだけというのは明白だった。

分かりやすいレギナに苦笑しながらも俺たちはティーゼに先導してもらって前に進むことに。

小高い砂丘を登った先はちょっとした岩場となっており、砂に同化するかのような黄土色の分厚い毛皮を纏ったオオカミたちが寝転んでいた。

数は十体。岩にできた影によって猛暑を凌いでいるようだ。

砂漠に順応しているように見える魔物でも暑いものは暑いらしい。

「こちらにはまだ気付いていないようですね」

メルシアが僅かに顔を出しながら呟く。

砂丘がちょうどいい具合に俺たちの姿を隠しており、風が吹いていないお陰で匂いも流れていないからだろう。

風が吹き、こちらが風下になってしまえば瞬時にバレる可能性がある。

「俺が砂を操ってデザートウルフを拘束するよ」

優位が台無しにならない今のうちに仕掛けるべき。

瞬時に判断した俺は錬金術を発動して、デザートウルフたちを拘束した。

砂丘から宙に舞い上がったティーゼが極彩色の羽根の雨を降らせる。

異常事態を察知したデザートウルフたちは砂から抜け出そうとするが、魔力によって圧縮された砂の塊の拘束は容易に抜け出すことはできず、半数以上が羽根を生やして沈んだ。

残りの三体は運よく砂の拘束を逃れたものや、岩が遮蔽(しゃへい)物となって難を逃れることができたものだ。

三体のデザートウルフは分厚い毛皮をなびかせながら猛スピードで砂丘を駆け上がってくる。

レギナとメルシアは砂丘を駆け下りて交錯したかと思うと、三体のデザートウルフが血を流して倒れた。

「周囲に魔物の気配はありません」

空から周囲を見渡しながらのティーゼの言葉。

「討伐完了だね」

「さすがはイサギ様です」

「イサギの錬金術ってつくづく反則ね」

「大抵の相手に先手を取ることができますからね。私のように空を飛ぶことができれば別ですが……」

「周囲にある砂が錬金術で容易に操作できるからね。砂漠じゃなかったら、こんなに自由に動かすことはできないよ」

さらさらとした細かい砂の粒だからこそ、このように流動性がある操作ができるのだ。

プルメニア村のような粘着質の土壌では、自由自在とはいかないだろう。

他にデザートウルフが隠れていないことを確かめると、俺は意気揚々と素材の確認をする。

「なるほど。この長い体毛で身体が砂に入るのを防ぎ、体温を調節しているのか……」

ウルフの魔物にしてはやけに体毛が長いと思っていたが、そのような役割があるようだ。

やっぱり過酷な砂漠を生き抜いているだけあって、ここに棲息している魔物はいいサンプルになる。

毛皮の特性を確かめると、俺はデザートウルフたちをマジックバッグへ収納した。

振り返るとメルシアが岩場を覗いている。

「何か見つけたのかい？　メルシア？」

「苺(いちご)らしきものを見つけました」

近寄ってみると岩の傍に植物が生えており、苺のようなものが自生している。

「砂漠苺です。美味しそうな見た目をしていますが毒を持っています」

遅れてティーゼがやってきて言う。

確かに構成を読み取ってみると、強い毒が含まれているようだ。

俺は砂漠苺を摘み取ると、そのままひょいと口に入れる。

そんな俺の姿を見て、レギナとティーゼがギョッとする。

「何してるんですか⁉」

「ちょっ！　ティーゼが毒って言ってたのに聞いてなかったの⁉」

「大丈夫！　錬金術で毒は抜いてるから！」

二人が吐かせようとしてくるので俺は慌てて説明する。

口に入れる前に錬金術で砂漠苺に干渉し、内部にある毒素だけを抽出したのだ。

毒素がなくなれば、ただの苺も同然。

「それならそうと早く言ってよ」

「ごめん。つい癖で」

「イサギ様、砂漠苺のお味はいかがです？」

二人とは違い、メルシアはこんな光景にも慣れているのか特に慌てたりする様子はない。

冷静に味の感想を尋ねている。

「すごく美味しいね。厳しい環境で育っただけあって栄養を蓄える術を持っているんだろうね」

「私も一ついただいてもよろしいでしょうか？」

「いいよ」

錬金術で毒素を抜いた砂漠苺を渡すと、メルシアは小さな口を開けて頬張った。

「美味しいです。砂漠苺の濃厚な甘さと強い酸味がとてもいいです」

砂漠苺を食べて頬を緩ませるメルシア。

そんな彼女の様子を見て、レギナとティーゼがごくりと喉を鳴らした。

「……本当に毒は抜けているのよね？」

「抜けてるよ。仮に残っていたとしても、この程度なら既存の解毒ポーションで解毒できるよ」

猛毒や複合毒であれば、既存のポーションでは対応できないが幸いにして砂漠苺は弱毒性だしね。

「じゃあ、少し貰ってもいい？」

「……私もお願いします」

丁寧に説明すると、レギナとティーゼがおずおずと手の平を差し出してきた。

手の平に砂漠苺を載せると、二人は顔を見合わせてからおっかなビックリといった様子で口にした。

「美味しい！」

「まさか砂漠苺がこんなに美味しいなんて……」

砂漠苺の美味しさに驚きの表情を浮かべる二人。

「ですが、イサギさんがいないと食べることはできないんですよね……」

砂漠では甘味は貴重だ。ティーゼが残念に思う気持ちも分かる。

「俺が集落にいる間は解毒してあげますので採取したら持ってきてください」

「ありがとうございます！　集落の皆のためにたくさん摘んでいかないと！」

ティーゼが嬉しそうに笑って、自生している砂漠苺を採取する。

自分が食べるためでなく、集落の皆に食べさせてあげたいと思うところが彼女らしいと思った。

37話　錬金術師は赤牛族と出会う

素材を採取しながら砂漠を移動していると遠目に緑地らしきものが見えてきた。

「小さいオアシスね」

「本当だ」

ティーゼの集落の傍にあるものに比べると、かなり小さいがしっかりと綺麗な水が溜まっている。

周囲には草木の他に木々が生えている。

「随分と背丈の高い木だね？」

特に気になったのは生えている木々の中で、ひと際高さのある木だ。

樹高二十メートルくらいあり、たくさんの羽根状の葉と楕円形の黄色い実をぶら下げている。

「ナツメヤシという木ですね。ぶら下がっている木の実はデーツといいます」

ナツメヤシを見上げながらティーゼが詳しく教えてくれる。

このデーツとやらは、そのまま食べてもよし、乾燥させて保存食にしてよし、酒、シロップ、食酢などに加工してもよしという万能の調味食材でもあり、この砂漠で安全に手に入れられる貴重な甘味であるらしい。

「へー、それだけ便利なら農業ができた際は積極的に育ててもいいかもしれないね」

元からラオス砂漠で自生している木だけあって、乾燥した空気や暑さには耐性があるのだろう。

使い道も多く、保存食にもなるために増やして損になる食材ではなさそうだ。

「ぜひ、そうしていただけますと嬉しいです！」

「とはいっても、品種改良が上手くいけばですけど……」

ナツメヤシであれば、そのまま植えても育ってくれそうだが品種改良が上手くいく保障はない。

そのために今は少しでもサンプルになりそうな素材を集めるとしよう。

「申し訳ありませんが採取を手伝ってもらってもいいですか？　普段、この辺りまでは足を運ぶことは少ないもので……」

「そうなの？　ティーゼの翼があれば、集落からそこまで遠いってわけでもないと思うけど？」

空を飛ぶことのできる彩鳥族であれば、それほど時間もかからないだろうし、滅多に足を運ばないという言葉が少し不思議だった。

「この辺りは赤牛族の縄張りとの境界線になります。無用な諍いを起こさないために、ここ最近は近寄らないようにしているのです」

「そういうわけだから、ずっと近寄らないでくれたらよかったんだがなぁー」

ティーゼの言葉に納得して頷こうとすると、突如として知らない男性の声が響いた。

声のする方へ振り返ると、そこには巨大なトマホークを手にした男が立っていた。

砂漠の魔物の革を利用した野性味のあるジャケットを羽織っている。

驚くべきは二メートル近くを誇る大きな体躯と、頭頂部から生えた牛のような角だろう。

後ろにいる同じような格好をした男たちも同様に牛のような角が生えている。

「キーガスですか……」

「よお、ティーゼ」

気安い男の口調にも驚いたが、それよりも驚いたのは誰に対しても丁寧な口調をしているティーゼが敬称を付けなかったことだ。男性を見る目もどこか嫌そうである。

「……誰？」

「彼はキーガス。赤牛族の族長です」

レギナの質問にティーゼがきっぱりと答えた。

どうやら彼らがラオス砂漠に住むもう一つの氏族。赤牛族のようだ。

ジャケットや革鎧などに赤の模様こそ入っているが、身体的特徴に赤い部分はない。

一体どういう特徴があって赤牛族という種族名が付いているのやら。

「何をしにきたのですか？」

「見ての通り、狩りが終わったからオアシスで休憩をしようと思ってな」

「でしたらそっちの方で休んでいてください」

ティーゼがきっぱりとキーガスとの距離を置く。

食料などの資源を巡り、何度も争いを起こしていることもあり、顔を合わせたくもないだろう。

「そうしたいところだが、今日はえらく珍しい仲間を引き連れているから気になってよ」

キーガスの視線が俺たちの方へと向く。

彩鳥族と赤牛族しかいないとされる砂漠に、まったく別の種族の獣人と人間族がいれば気になるのも当然か。

「まさか他所の種族と手を組んで資源を独り占めしようなんてことは考えてねえよな？」

「そんなことは考えていません」

「じゃあ、こんなところで何をコソコソしてやがる？」

「あたしたちが何しにやってきたのか気になっているようね！」

ティーゼとキーガスが睨み合う中、レギナが堂々と前に出る。

「……ライオネルの娘か」

「レギナよ。覚えておきなさい」

「で、何をしにきたっていうんだ？」

「イサギ、説明をお願い」

ええっ⁉　そこまで堂々と言っておきながら詳しい説明は俺任せなの⁉

まあ、レギナはこういった事情を纏めて話すのは苦手そうだし、別にいいんだけど……。

「錬金術師のイサギと申します。レギナ様に代わって、俺たちがここにやってきたワケを説明します」

俺は前に出ると、胡乱な視線を向けてくるキーガスに説明する。

ライオネルに頼まれ、資源争いをなくすために食料事情を改善しにきたことを。

「この砂漠に農園を作るだと？」

「はい」

こくりと頷いた瞬間、キーガスだけでなく後ろにいる男たちから嘲笑があがった。

「乾いた空気、降らない雨、日中は灼熱の空気が渦巻き、夜には凍てつく風が吹きすさぶ……こんな大地でできるわけねえだろ？」

砂漠で農業をするのが過酷なのは分かっている。

けど、こうも真正面から言われると、ちょっとだけイラついてしまう。

だけど、言い返すことはできない。なぜならばまだ実際に砂漠で育つ作物を作ったわけではないからだ。なんの確証もない中でできるなんて無責任なことは言えない。

キーガスのもっともな指摘に言い返すこともできずにいると、後ろから大きな声があがった。

「できます！　イサギ様であれば……ッ！」

「そうよ。イサギは父さんが認めた錬金術師なのよ？　できるに決まってるじゃない！」

だけど、確証もない中、胸を張って言い張るメルシアとレギナがいた。

「はぁ？　暑さで頭が狂っちまってんのか？　……おい、ティーゼ。お前は別に信じてねえんだろ？　王族の命令だから仕方なく道楽に付き合ってるんだよな？」

「私は信じておりますよ。イサギさんであればこの砂漠であっても作物を育てることが可能だと」

「はぁ？　お前までそんなことができるって思ってるのかよ？　信じられねえぜ」

ティーゼの揺るがぬ様子にキーガスは面白くなさそうな顔になる。

「でしたら結果で示してみせます。ラオス砂漠でも作物を育てるのが可能だということを」

キーガスと俺は初対面だ。俺が錬金術でどのようなことができるかも人柄も分からない。

だとしたら結果で示すしかない。

メルシア、レギナ、ティーゼが信じてくれているんだ。本人である俺が弱気でどうする。

確証がないなんて情けないことは言っていられない。

皆の生活を豊かにするためにやるんだ。

ライオネルに頼まれて長旅の果てにここにやってきたが、ようやく真の意味で覚悟が決まった気がする。

「ほお、面白いじゃねえか。そこまで言うならやってみろよ。まあ、無理だとは思うがな」

キーガスはニヤリと笑うと、くるりと背を向けて歩き出した。

それに続く形で他の赤牛族の男たちも付いていく。

「何よ、人のやろうとしていることをバカにしてムカつく奴等ね」

「イサギ様が品種改良に成功した暁には、彼らは私たちに泣きつく羽目になるのですから問題ありません」

キーガスたちの後ろ姿を見ながらレギナとメルシアが言った。

傍目にはメルシアの方が冷静なようには見えるが、付き合いの長い俺には彼女の腸が煮えくり返るほどの怒りを抱いていることが分かった。

俺もキーガスの物言いには多少イラっときたが、俺以上に怒ってくれている人がいると落ち着くものだ。

「まずはそのためにも成果を出さないとね」

「ええ。この先に色々な魔物が棲息している場所があるので案内しますね」

「お願いします」

オアシスで休憩を挟むと、俺たちは引き続きサンプルとなる砂漠素材を集め続けることにした。

38話　錬金術師は砂漠素材を研究する

砂漠素材をたくさん採取してきた俺たちは、集落にある工房へと戻ってきた。

目の前のテーブルにはウチワサボテン、炸裂ニードル、デザートウルフ、砂漠苺、ナツメヤシ、デーツ、砂牛、砂漠蝗（さばくばった）、ガゼル、砂蛙、砂蜥蜴、ジャッカロといったラオス砂漠に生息する動植物、魔物の素材が並べられていた。

「結構な数の素材が集まりましたね」

「うん。あとはこれらをひたすら解析して品種改良を試していくだけさ。まあ、それが気の遠い話なんだけどね」

「あたしたちに手伝えることはある？」

メルシアと俺は顔を見合わせて苦笑していると、レギナが尋ねてくる。

ここからの作業は錬金術によるものがほとんどだ。素材の下処理なども含めて、助手は一人で十分なのでレギナとティーゼがこの場で手伝える作業はない。しかし、二人にやってほしいことがないわけではなかった。

「レギナとティーゼには続けて砂漠の素材を集めてほしいかな。ここにあるのが砂漠の素材のすべてってわけじゃないだろうし」

それなりの数の素材が集まっているが、ここにある素材だけでは品種改良をするのに足りない可能性もある。他にも素材があるのであれば、ぜひともかき集めてきてもらいたい。

「分かりました。でしたら、私たちは引き続き素材を集めてきます」

そう頼むと、ティーゼとレギナはこくりと頷いて工房を出ていった。

今からもう一度砂漠に赴いて素材を採取してくれるようだ。

「イサギ様、こちらで育てる作物に目星はつけておりますか？」

「うん。ひとまずナツメヤシ、小麦、ブドウ、ジャガイモを栽培してみたいと思う」

本当ならばトマト、キュウリ、キャベツ、ナスといった野菜なんかも栽培してみたいが、元々自生している地域が違うためにラオス砂漠の気候に耐えることができない。

「ナツメヤシ、ジャガイモは理解できるのですが、小麦にブドウですか？」

「実は小麦とブドウのどちらも乾燥、暑さや寒さに強い食べ物なんだよね。小麦が栽培できれば主食の一つになるし、ブドウは乾燥させれば干しブドウにできるし、ワインだって作れる」

品種改良を施すのであれば、ナツメヤシのような既に砂漠で生息できている植物に調整を加えるか、ラオス砂漠の環境に強い作物を改良してやる方がいいだろう。そう考えての選定だった。

とはいえ、すべてが環境に適しているわけではないので改良は必須だ。ブドウなんかは水はけのよさが必要になるし、その辺りはきちんと調整する必要があるだろう。

あと個人的な事情を加えるとすれば、それらの食材が一番扱い慣れているからだったりする。

小麦とジャガイモは救荒作物的なところがあるので一番研究していたし、ブドウはとびっきり美味しいものをメルシアにプレゼントするために鬼のように研究したからね。扱い慣れたものであれば、新しい環境にも適合させやすいと思った。

「理解いたしました」

事情を説明すると、メルシアは納得したように頷いた。

「では、素材の下処理をしていきます」

「お願いするよ」

メルシアがウチワサボテンや炸裂ニードルを手にすると、タワシで擦って棘を回収しはじめた。

そんなメルシアの作業を横目に俺は砂牛、ガゼル、砂蜥蜴などの砂漠で出会った魔物や動物の解剖作業をし、それぞれの身体の仕組みなどを確認していく。

「うん、やっぱり面白い仕組みをしているなぁ」

「そうなのですか？」

「この砂牛の背中には不自然なほどに膨らんだコブがあるでしょ？　そこにはたくさんの脂肪が詰まっていてエネルギー源としているだけでなく、体温調整をする役割も担っているみたいだ」

他にもガゼルは尿を排出するに当たって、水分が含まれた尿を排出するのではなく、尿を濃縮して尿酸の塊へと変えて排出し、水分は一切体の外に出さない仕組みをしている。

これによって摂取した食べ物に含まれる微量な水分を無駄なく摂取しているのだろう。

砂蜥蜴の体表には円錐形の小さな刺が生えている。これは外敵から身を守るためだけでなく、結露によって生じた水滴を集め、口へ水が流れるような仕組みになっているようだ。

「厳しい環境の中で生きているだけあって、皆様々な進化をしているのですね」

「うん。そのお陰で他の土地で生きている動植物や魔物よりも遥かに因子が強いよ。これらの因子を抽出し、作物に上手く掛け合わせることができれば、ここで育てるのも不可能じゃないはずさ」

「ええ、イサギ様ならばきっとできます」

俺たちはラオス砂漠の新しい素材を間に夢中になって研究を進めるのだった。

●

「イサギ！　言われた通り、他の素材も採取してきたわよ！」

工房に夕日が差し込み、気温が下がってきた頃合い。

砂漠の採取を終えたらしい、レギナとティーゼが扉を開けて入ってきた。

「ありがとう。空いているテーブルに置いてくれると助かるよ」

「分かったわ」

指示をすると、レギナとティーゼが外からたくさんの素材を運び込んでくる。

見たこともない魔物の素材や植物の素材がいっぱいだ。朝、昼の時間を使ってかなりの素材を採取したつもりだったが、広大なラオス砂漠にはまだまだたくさんの素材があるようだ。

「……というか、かなり数が多いね？　どうやって狩ったの？」

ドンドンと魔物を中心とした素材が運び込まれていく。

広めに作ったはずの作業場が素材だけで埋まってしまいそうだ。どんな狩りのやり方をすれば、これほどの数の魔物を狩れるというのか。

「移動と索敵は全部ティーゼにやってもらって片っ端から魔物を狩っていったわ」

「……かなりのハイペースで私は付いていくので精一杯でした」

「お疲れ様です」

胸を張って答えるレギナとどこか引き攣った笑みを漏らしながらのティーゼ。

軽く話を聞いただけで中々に無茶な狩りをしていると分かった。それに付き合わされるティーゼが一番大変だろうな。

「ねえ、イサギ。この植物が何か分かる？」

レギナがテーブルの上にある素材の一つを手にして聞いてきた。

黄色い楕円形をした木の実。片手ほどの大きさがあり、木の実にしてはやや大振りだ。

「木の実っぽいんだけど殻が硬いのよね」

レギナが拳を当てると、黄色い木の実はコンコンという音を立てた。

皮というより、硬質な殻のようなものに覆われているようだ。

「私も初めて見るもので分からなく、イサギさんであれば何か分かると思いまして……」

ティーゼが初めて見る素材って一体どれほど遠い場所まで探索してきたのやら。

少し呆れを抱きつつも、新しい素材に興味を示した俺は木の実を調べてみる。

「これはカカオというそうです。殻の中に豆が入っており、加工することで独特な甘味が出来上がるそうです」

具体的に何ができるのかまでは分からないが、錬金術師として素材の構造を読み取った上でそう判断ができる。これは紛れもなく食料だ。

「へー、これって食べられるんだ！」

「これは大きなお手柄だよ。よく見つけてきてくれたね」

「そ、そう？　力になれたなら嬉しいわ」

現状、ナツメヤシ以外にこの地に自生していて育てられそうな植物はなかったが、カカオが加わることによって栽培できる可能性の高い作物が一つ増えたことになる。

「このカカオというのは、どのように加工すれば食べられるのでしょう⁉」

「すみません。すぐには分かりません。品種改良と並行しながら調べさせてください」

「そうですよね。すみません。新しい食材が増えたことが嬉しくてつい……」

「ティーゼは甘いものに目がないものね」

「確かにデーツもせっせと集めていましたし」

「お二人ともからかわないでください！」

ティーゼの拗ねたような顔を見て、俺たちは笑った。

「さて、少し休憩したらあたしたちはもう一度採取ね」

「休憩したら採取って、これからもう夜になりますよ？」

ラオス砂漠の夜は日中の暑さが幻なのではないかと思うほどに冷え込む。その上、夜は魔物が活性化する時間帯だ。そんな時に採取に出るなどリスクが大きすぎる。

「だからですよ。夜になると昼とはまた違った動物や魔物が姿を現しますから」

「あたしたちは品種改良を手伝うことはできないんだもの。やれることは全部やっておかないとね。良質な作物を育てるためにもサンプルは少しでも多い方がいいでしょ？」

心配する気持ちはあるが、二人にそこまでの覚悟があるのであれば止めるのは野暮だろう。

代わりに俺は感謝の言葉を述べて、マジックバッグから取り出した瓶を渡す。

「よかったらこれを持っていって」

「これは？」

「ホットポーションだよ。飲むと身体の中からじんわりと温かくなるよ」

俺が錬金術で作ったポーションだ。ショウガ、唐辛子、アカラの実などを調整し、体温を引き上げる効果がある。これを飲めば極寒の砂漠でも昼間のように動き回ることができるだろう。

「ありがとう。助かるわ」

「ありがとうございます」

「無理だけはしないように」

ホットポーションを手にして工房の外に出ていくレギナとティーゼを見送る。

「さて、俺たちも頑張りますか」

「はい！」

俺の呟きにメルシアが元気よく応えてくれた。

レギナとティーゼの頑張りに負けないようにしないと。

39話　錬金術師は耕し方を請われる

「ただいまー」

翌朝、ティーゼの家で朝食を食べていると、夜の素材採取に出ていた二人が帰ってきた。

「おかえり二人とも。採取はどうだった？」

「ごめん、あとでお願い。さすがに眠いから寝るわ」

「素材は工房の方に運んでありますのであとはよろしくお願いします」

採取のことを聞く間もなくレギナとティーゼがフラフラとした足取りで奥の寝室へと向かっていく。

ほぼ徹夜で採取していただけあって、さすがに疲労困憊のようだ。

「メルシア、俺の方はいいから二人のお世話をお願い」

「かしこまりました」

さすがにあの状態の二人を放置するのは心配だ。

食後の片付けなどは任せてもらって、二人の世話をメルシアに任せることにする。

一人での食事を終えると、食べ終わった皿を持って台所に移動する。

今日も俺は工房で品種改良だ。

昨日である程度の素材の特性は把握できた。

今日からは実際に育てる作物に因子を掛け合わせてチャレンジしていくことにしよう。

だけど、そのためには土も耕しておかないといけない。あと平行して頼まれていたカカオの食べ方も調べないといけないし、やるべきことがいっぱいだ。

台所で皿を洗いながらやるべきことを考えていると、不意に扉がノックされた。

返事をしながら扉を開けると、外にはリード、インゴをはじめとする彩鳥族たちがいた。

朝から押しかけてきた大所帯に驚く。

俺たちのやっていることに何か不満でもあるのだろうか？　水源を見つけて、集落まで引き込んだりと成果を上げているんだ。宴でも歓迎されていたし、文句はないと思う。

だとすると、要件はティーゼだろう。

「すみません。ティーゼさんは徹夜で採取に出かけていたので、今は眠っていまして――」

「いや、用があるのは族長ではなく、イサギに相談したいことがあってきたんだ」

「俺ですか？　何のご用でしょう？」

「……俺たちにも何かできることはないか？」

「というと、皆さんも作業を手伝ってくれるんですか？」

俺が問いかけるとリード、インゴだけでなく、後ろにいる彩鳥族たちも揃って頷いた。

「うちで作物を育てるために族長や王女様、果てには外からやってきた客人たちが頑張っているんだ。そこに暮らしている俺たちが何もしないわけにはいかないだろう？　ただでさえ、お前たちには新しい水源を見つけてもらったっていう恩があるからな」

「ここは俺たちの故郷だ。だから俺たちにもやれることがあったら手伝わせてくれ！」

リード、インゴだけでなく、後ろにいる彩鳥族たちからもそのような声が口々にあがった。

自らの意思で手伝いを申し出てくれる彩鳥族たちの言葉に俺は感激した。

「ありがとうございます、皆さん！　ちょうど手が足りなくて困っていたところなんです」

「だったらちょうどよかった。やることがあるなら指示をくれ」

「では、皆さんには土を耕してもらいたいので付いてきてください」

熱が冷めないうちに俺はすぐに家を出て移動を開始することにした。

が、てくてくと数歩歩いたところで俺の両肩がガッと何かに掴まれて宙に浮かぶことになる。

「わっ！」

見上げると、リードとインゴが脚で俺の肩を掴んで持ち上げて飛んでいた。

「徒歩で移動していたら時間がかかってしょうがない。耕してほしい場所を言ってくれ」

「北の山に向かう道すがらの岩石地帯です」

「分かった。そっちに向かう」

行きたい場所を伝えるとリードとインゴがスーッとスピードを上げて飛んでいく。

今まで脚にロープを繋いで運んでもらうことや、バスケットに入って運んでもらうことはあってもこのように直接掴んで飛んだのは初めてだ。まるで、親猫に首を咥（くわ）えられて移動させられる子猫の気分。なんとなく扱いが雑なような気もするが、いちいち降りて運び方を変えるのも面倒だ。

空では無力な俺は落ちないようにジッとしているのが賢明だね。

直線距離をハイスピードで進んだだけあって、あっという間に俺たちは目的地に到着。

地面に下ろしてもらった俺は耕してもらいたい範囲にロープを打ち付けた。

「ロープを引いた範囲の土を耕してください」

「結構な範囲だな」

「それだけ試行錯誤をする必要があるので。農具に関してはこちらを使ってください」

「おお、農具なんて家にないからな。助かる」

マジックバッグから大量の鍬を取り出すと、リード、インゴたちは次々と手に取っていく。

そのまま各々が散らばって土を耕してくれると思いきや、なぜかリードたちは物珍しそうに鍬を見つめたり、撫でたりするだけで作業を開始してくれない。

「どうしたんです？」

「これをどう使って土を耕すんだ？」

チャレンジしても成果が上がらないプルメニア村よりも酷い、挑戦することがバカバカしいと思えるほどの環境。彩鳥族の誰もが農業をやったことがないというのも不自然ではなかった。

「えっと、まずは鍬の使い方から教えますね」

「よろしく頼む！」

俺は大勢の彩鳥族に見られながら、実際に鍬を使って土の耕し方を教えるのだった。

●

土の耕し方を教えると、彩鳥族は持ち前の身体能力を活かしてザックザックと土を耕してくれる。

振り方こそややぎこちなさがあるが持ち前のパワーとスタミナがあるお陰で、人間族よりも遥かに早いスピードで耕すことができている。

プルメニア村で農業をした時も驚いたけど、やっぱり獣人族の秘める身体能力はすごいや。

リード、インゴたちの作業を横目に俺は錬金術を発動させた。

土を形質変化させて耕作範囲の畑を覆うように柱を立て、プラミノスという半透明素材を柱に通していってプラミノスハウスを作り上げた。

「イサギ、その透明な家のようなものはなんだ？」

プラミノスハウスを作ると、リードがおずおずと尋ねてきた。

耕しているところが急に変な素材で覆われたら疑問に思うのも仕方がない。

「プラミノスハウスです。こうやって畑を覆う家を作ってやることで温度管理がしやすくなり、砂嵐などから作物を守る役割があります」

「確かにここでは流砂が舞い、頻繁に砂嵐も発生する。か弱い植物であれば、すぐに吹き飛ばされてしまうだろう。さすが農業に慣れている者は違うな」

リードの尊敬の眼差しが少しこそばゆい。

俺は一般的な環境対策をしているだけで農業について深い知見を持っているわけではないからね。

プラミノスハウスでの栽培が上手くいかないかもしれないし、強度が足りなくて砂嵐で潰される可能性もある。知識が足りない分を試行錯誤で誤魔化しているだけに過ぎないのだから。

プラミノスハウスの設置が終わると、耕し作業はリードたちに任せて俺は家に戻ることにした。

俺には俺のやることがあるからね。

「お帰りなさいませ、イサギ様。どちらに行かれていたんです？」

「ちょっと他の彩鳥族に仕事をお願いしていたんだ」

今朝の顚末(てんまつ)を説明すると、メルシアはクスリと嬉しそうに笑った。

「どうしたの？」

「イサギ様が私の村で農業を始めた時に似ていると思いまして」

「ああ、確かに。俺の改良した作物で農業できると分かった時も、こんな風に多くの村人が押しかけてきて農業を教えることになったたね」

「あの時と同じように彩鳥族の皆さんにも希望が見えたからだと思います。集落がよい方向に変わっているんだという」

「そうだったら嬉しいな」

俺たちのお陰なんて己惚(うぬぼ)れるつもりはないけど、一歩ずつ前進している感触は確かにある。

このまま力を合わせて集落全体で明るい未来へ進めるといいなと心から思った。

40話　錬金術師はカカオの食べ方を見つける

「うわー、これはまた素材がたくさんあるね」

工房にやってくると、素材保管庫にはレギナとティーゼが夜の砂漠で持ち帰ってきた砂漠素材がたくさん積み上がっていた。

素材を扱う者としては、もう少し丁寧に仕分けしてくれると大変助かるのだけど、夜通し素材採取をして疲れ果てている二人に仕分けまでを要求するのは酷だろう。

無秩序な空間が苦手なメルシアは乱雑に置かれた素材にややイラッとしている様子だったが、二人の苦労を考えてか不満を漏らすことはなかった。

「……先に素材の仕分けをいたしましょう」

「うん、そうだね」

どんな素材があるか分からないために俺も一緒に素材の仕分けをすることにした。

錬金術師としての眼力で素材の特性を見極めながら、素材保管庫に運び込んだり、マジックバッグに収納したりする。

「うんうん、いいサンプルが多いね」

たとえば、ゾートカメレオン。

この魔物は体色を自由に変化させることができ、気温の高い昼間は体色を白くして光を反射し、冷え込む夜になると体表を黒くして熱を蓄え、体温調節を自在にすることで寒暖差を凌ぐという特性がある。

「寒暖差という大きな障害があるが故に、夜に活動する生き物はそれを克服した個体が多いようですね」

　また、ソフトツールという植物は幹に硬い材がなく、貯水性のある繊維質の柔らかい組織でできている。

　どちらの素材も間違いなくラオス砂漠以外では手に入れることができないだろう。

「植物に関しましては葉が小さく、茎などが太いものが多いですね」

「葉っぱが大きいと水分の蒸発量が多くなってしまうから葉を小さくしているんじゃないかな。茎が太いのは体内に水分を多く保持するためだと思う」

　他にも皮が硬いのは乾燥から身を守るためだったり、根が長いのは少ない水分を少しでもかき集めるためだと思う。

「ここにやってきて様々な素材を見てきましたが、総じて砂漠への適応力は植物の方が強い気がします」

　メルシアが仕分け作業をしながら呟く。

　それは俺も感じていたことだ。

　動物や魔物と違って、植物は棲息する場所を変えることはできない。それ故に必死に生き残るための術を模索し、進化を繰り返しているのかもしれないな。

「ふう、ようやく一区切りがついた」

「はい。綺麗になりました」

なんて会話をしながら仕分け作業をしていると、ようやくすべての素材の仕分けが終わった。

乱雑に積まれていた素材は綺麗にそれぞれの棚へと仕分けされている。

これには綺麗好きのメルシアも満足げな様子だ。

「んんー、気分転換にカカオの研究でもしようかな」

素材を確認して仕分けしただけなので体力的な疲労は少ないが、気合いを入れて素材の研究や品種改良を行うのはちょっと辛い。

こういう時はより興味のそそられる仕事をやるのがいいだろう。

俺はテーブルの上に置かれているカカオの実を手に取る。

ツルリとした黄色い殻に覆われている。拳で叩いてみても割れないいし、そのまま折ってみても割れる様子はない。当然、そのままでは食べることはできないだろう。

「中を開けてみよう」

ナイフを突き刺してみると、思いのほか軽い力で刺さった。

俺のナイフを拒むほどの硬度ではないようだ。

衝撃に対する耐性はあれど、刺突に対する耐性は少ないのかもしれない。

「手でも簡単に割れますね」

傍らではメルシアがカカオの殻を手で割っていた。

それは獣人だからできる芸当だと思う。少なくとも俺は手で割ることは不可能だ。

メルシアのことは気にせず、カカオを回してナイフをザクザク入れていく。

「へえ、中はこんな風になっているんだ」

殻を取り除くと、中には白い豆のようなものが詰まっていた。

「青っぽい匂いがします」

白い豆へと鼻を近づけてスンスンと匂いを嗅ぐメルシア。

同じように俺も鼻を近づけてみると、野菜のような青っぽい匂いがした。

「これが甘味になるのでしょうか？」

確かにこんな白っぽい豆が美味しい甘味になるのかと言われると疑問を抱いてしまう。

「一応、この豆を舐めてみると美味しいらしいよ？」

「本当ですか？」

メルシアが疑いの視線を向けてくる中、試しに白い果肉と豆を千切って口の中に入れてみる。

「あっ、普通に美味しいや」

「どんな味です？」

「なんて言ったらいいんだろう？　ブドウやマスカットに近い甘みかな」

ブドウに似ている味だと伝えたところメルシアが目の色を変えて、小さな粒を口に入れた。

すると、彼女の青い瞳が大きく見開かれた。

口の中で豆を転がしながらうっとりとしている。

「ブドウとは微妙に違いますが、確かにイサギ様のおっしゃる通りの美味しさです」

似ている食べ物の味として例に挙げただけで、ブドウとは違う味なのは確かだ。

「この味のまますべてが食べられるのであれば、大変素晴らしいのですが……」

「ここから大きく加工するとなると、その方向にはならないと思う」

そもそも甘い味がするのは僅かな白い果肉部分だけで、実のほとんどは豆だ。

多分、この豆がカカオの主役なんだろうな。

「とりあえず、一通りの変化を加えてみるよ」

メルシアが果肉と豆をケースに分けてくれたので、俺はそれぞれのケースの種に錬金術を発動してみる。

乾燥、加熱、湿気、分離、発酵、成分抽出、形状変化、粉砕といった様々な加工を施してみる。

その中で大きな反応を見せたのは発酵だった。

白い果肉が溶け、白っぽかった豆が茶色く変色した。

まるでアーモンドのようである。

「……これは発酵かな?」

「今のところ反応が一番大きいですね」

少なくとも食べ物に近づいていることは確かだろう。

加熱、湿気、抽出、形状変化などは反応がいま一つだ。

「発酵から始めるのが最適だと仮定して進めてみようか」

「分かりました」

これが正しいかは分からないが確かな手応えがあったのは事実なので、己の直感を信じることにする。

俺たちは発酵させたカカオ豆をケースに分けて、そこからさらに錬金術で変化を加えていくことにした。

「よ、ようやくできた……ッ！」

外の景色が茜色に染まる頃。

ようやく俺とメルシアはカカオを甘味らしき食べ物に変換することができた。

真っ白なカカオ豆を錬金術で加工していき、最終的に食べやすいようにできたのがこの茶色い液体だった。

「気品高く、ふくよかで、奥深く、大人っぽい……不思議な味わいです」

「うん。甘くて苦くて……とても美味しいよ」

自分の語彙力のなさを痛感する。

とにかく、加工したカカオ豆は今までに食べたことのない味だった。

甘いのに苦い。

反するような味わいなのだが、不思議とその二つは喧嘩（けんか）することなく共存している。

口にすると今までの疲労が吹き飛ぶほどの美味しさだ。

メルシアと俺が夢中になって加工したカカオ豆を食べていると、不意に工房の入り口が開く音がした。

「なんだかとてもいい香りがするわ！」

「甘くて苦い不思議な香りです」

鼻をスンスンと鳴らしながら工房に入ってくるレギナとティーゼ。

時刻は既に夕方だ。朝に就寝をした彼女たちがちょうど目を覚ます時間帯。

「ねえ、イサギ。その茶色いものは何？」

俺たちの傍にやってきたレギナが手元を覗き込みながら尋ねてくる。

「カカオを錬金術で加工して作ったものだよ」

「もうできたのですか⁉」

端的に答えると、ティーゼが驚きの声をあげる。

「いや、ちょっと気晴らしにやるつもりが意外と楽しくて」

もっとも優先するべきは作物の品種改良なのだろうが、カカオ豆の加工があまりにも楽しくて夢中でやってしまった。

「確か甘味になるって言っていたわよね？　美味しいの？」

「食べてみる？」

匙を差し出してみると、レギナとティーゼはこくりと頷きながら受け取った。

ボウルの中に詰まった茶色い液体を匙ですくうと、レギナとティーゼは口の中へ運んだ。

「「美味しい！」」

驚きの声をあげる二人の反応に俺とメルシアはクスリと笑ってしまった。

完成品を食べた時の俺たちの反応とまるで同じだった。

「甘いけど甘くない……甘味はたくさん食べたことがあるけど、こんな味は初めて！」

「なんともいえないほろ苦さが深い味わいを与え、甘さを際立たせています。なんと素晴らしい甘味なのでしょう……」

レギナは大きく目を見開き、ティーゼは噛みしめるようにしながら陶酔した息を吐いていた。

俺たちだけでなく、レギナとティーゼも美味しいと思える味だったらしい。

「これどうやって作ったの？」

レギナの問いかけに俺は待ってましたとばかりに口を開いた。

「まずはカカオ豆を取り出したら錬金術で発酵させるんだ。次に発酵させた豆を乾燥させ、乾燥させたものを加熱。じっくりと焙煎したら皮を剥いて、滑らかになるまで豆をすり潰す。ねっとりとしてきたら砂糖を加えて、さらに混ぜ続けることで今の状態にできたんだ。ここまで加工するのに重要なのが――」

「ストップ！　もう十分よ！」

具体的な加工過程を語ろうとすると、何故かレギナとティーゼが切り上げてくる。

さっき語ったことは全体の過程をかいつまんで語っただけだ。

どれぐらいの発酵度合いが適切か、どの程度の水分量まで乾燥させるのが適切なのか、どの程度の温度で何分ほど焙煎してやればいいのか、それらの塩梅を探っていくのが非常に大変だった。

錬金術という加工法がなければ、間違いなく半年から年単位での時間がかかったに違いない。

「ええ……？」

「お二人がここまで加工するのに苦労したのはよく分かりましたから」

ティーゼが俺を宥めるように言う。

本当に面白く、苦労したポイントはこれから詳細に語るところだったのに。残念だ。

メルシアも詳細な研究データの束を仕舞って残念そうにしている。

「大樹では砂糖をふんだんに使ったお菓子がよく出てくるけど、あたしはこっちの方が断然好きだわ。これだけ美味しい食べ物なら集落の立派な特産品にもなりそうじゃない？」

「確かに！　この美味しさであれば、外部の方も受け入れてくれるかもしれません！　イサギさん、ぜひこのカカオも集落で栽培できるようにできないでしょうか？」

「そうですね。せっかくここまで研究したことですし、集落で生産できるように改良を施してみます」

「ありがとうございます」

ナツメヤシ、小麦、ジャガイモ、ブドウに加え、カカオが俺たちの栽培目標に追加されたのだった。

41話　錬金術師は手がかりを見つける

「ティーゼさん、こちらがカカオ豆の加工法になります」

「ありがとうございます」

メルシアがティーゼにカカオ豆の加工法を記した書類を手渡した。

もちろん、加工法は錬金術を使用しないやり方である。

集落で作ることができなければ、特産品にすることができない。

食生活を向上させるためにも、彩鳥族自身の手でしっかりと作れるようになる必要があると思った。

「すみません。やはり、錬金術を使用しないとこれくらいの時間がかかってしまいます」

乾燥、焙煎といった工程は、魔法や魔道具を駆使すれば短縮することは可能だが、それでも錬金術には敵わない。発酵に至っては錬金術がなければ絶対に短縮することができないものだからね。

「気になさらないでください。錬金術を使わなくても、加工できる方法を伝授していただけただけでもありがたいのですから」

書類から顔を上げると、ティーゼはにっこりと笑みを浮かべた。

なんていい人なんだろう。

「もし、この加工したカカオ豆が特産品となり、大きな利益を上げることができましたら利益の一部をイサギさんに納めさせてください」

「ええ？　別にそんなのいらないですよ？」

「ダメよ、イサギ！　貰えるものは貰っておかないと！」

なんて答えた瞬間、レギナに詰め寄られた。

「イサギさんが加工法を教えてくれなければ、私たちは食べることも作ることもできません。報酬を受け取るのはイサギさんの正当な権利です」

レギナやティーゼの言葉に同意するかのようにメルシアも頷く。

確かに何もかも無料で伝えたりしていれば、巡り巡って俺以外の錬金術師が困ってしまうかもしれない。手助けすることと、仕事として報酬を貰うことは別だ。

「分かりました。では、特産品となった時は受け取らせていただきます」

「イサギさんに恩返しできるように頑張ります」

今はまだ加工法が分かっただけで大量生産できるかも分からないし、特産品になるかも不明だが、俺たちが対等でいるためにも必要な約束だと思った。

「にしても、いつまでもカカオ豆を加工したものって言うのは面倒ね」

「今後のために何か呼びやすい名前があると助かります」

レギナ、ティーゼの視線がこちらに集まる。

これはもしかして俺に名前を付けろということだろうか？

「……メルシアがつけて」

「私ですか⁉」

まさか任されるとは思っていなかったのだろう。メルシアがビクリと耳を震わせて驚いた顔になる。

「イサギ様が考えるべきでは？」

「食材に名前をつけるのは苦手だから……」

アイテムや魔道具ならともかく、こういった食材などの名前を決めるのは苦手だ。

これから彩鳥族の特産品になるかもしれないと思うと、ヘタな名前は付けられないし。

「……お願いします、メルシアさん」

ティーゼから真摯な視線を向けられると、メルシアが考え込む。

数分ほどすると名称を思いついたのか、メルシアはゆっくりと口を開いた。

「では、カカレートはいかがでしょう？　カカオを加工し、最後にペーストすることからこの名前に致しました」

さすがはメルシアだ。俺みたいに直感でつけるんじゃなく、きちんと加工とも紐づけている。

俺には考えることのできないネーミングセンスだ。

「カカレート！　いいね！」

「語呂もいいし、何より分かりやすいわ！」

「では、今後はカカレートと呼ばせていただきます」

メルシアの考案したカカレートという名前は、全員に受け入れられることになり正式な名称として決定した。

「それでは私は集落の者とカカオを採取し、実際にカカレートを作ってみようと思います」

「実際に作業に入って分からないことがあれば、私に相談してください」

「ありがとうございます！　それでは！」

メルシアの言葉に頷くと、ティーゼは笑顔で空へ飛んでいった。

ティーゼが空から声をかけると、それに呼応するように何人もの彩鳥族が空へ舞い上がった。

ティーゼをはじめとする彩鳥族の一団が砂漠へと向かっていく。

「あたしは今日も素材を採取すればいい？」

「いや、素材はもう十分かな。レギナには開拓を手伝ってもらうか、水道周辺に棲息する魔物の間引きでもお願いできたらと思うんだけど……」

「魔物を倒してくるわ！」

二つの提案をすると、レギナは迷うことなく後者を選んで走り出した。

単純な作業よりも外で暴れる方がいいらしい。

「さて、俺たちは本格的な品種改良に入ろうか」

「はい」

あっという間に北の山へ消えていくレギナを見送ると、俺とメルシアは工房に戻った。

●

作業場にやってくると、マジックバッグから取り出した小麦、ブドウ、ジャガイモを並べる。

この三つが集落で育てやすいといえる基本食材だ。

カカオとナツメヤシは既にラオス砂漠の環境に適応しているので、こちらに関しては成長力や繁殖力、美味しさといった改良を加えることになるので別対応となる。

まずは彩鳥族の食生活を支える三つの食材からだ。

「データはお任せください」

メルシアもペンと紙を手にしておりデータを取る準備は万端だ。

「じゃあ、始めるよ！」

ソフトツール、ウチワサボテン、炸裂ニードル、ナツメヤシ、カカオ、砂漠苺などの砂漠に自生する植物を参考に改良をしてみる。

これらの植物は長年ラオス砂漠に生息しており、過酷なこの環境に適応できている植物だと言えるだろう。

それらの因子を元にして、食材に組み込んでいけばラオス砂漠に完全適応した小麦、ブドウ、ジャガイモなどができるという推測だ。

三つの食材に錬金術を発動。

水分の蒸発を抑えるために葉を小さく、乾燥した空気に耐えられるように皮を硬く、水分を多く蓄えられるように茎を太くし、より多くの水分を吸い上げられるように根を深くしてみる。

すると、テーブルの上にあった三つの食材はボンッという小さな破裂音を鳴らして塵となった。

「やっぱり、いきなり大きな改良を加えると作物が保たないや」

「自壊してしまいましたね」

最初から上手くいくとは思っていないし、予想通りの結果なのでガッカリすることはない。

目の前で起こった現象を冷静に観察し、メルシアにデータを取ってもらう。

既存の作物にこれだけ多くの因子を組み込んでいるのだ。まったく違う因子を大量にぶち込まれて適合するはずがない。

いきなりまったく別の因子を組み込んで、それと同じに大変身とはいかないのだ。

データを取り終わると、新しい小麦、ブドウ、ジャガイモをテーブルに並べた。

「次は因子を少し減らしてみるよ」

加える因子をメルシアに伝え、先ほどよりも数を減らして因子を組み込んでみる。

すると、食材たちがひとりでに蠢いたかと思うと、突如炭化したかのように真っ黒になり崩れ落ちてしまった。

またしても強い因子に耐えられなかったようだ。

これだけ強い自壊が見られるとなると、加える因子が強すぎる可能性が高い。

「次は因子を一つに絞って加えてみるよ」

「分かりました」

それぞれの食材に一つずつの因子を加えていく。

その中から耐えることができる食材が一つでもあれば、試しに土に植えて様子を見ようと思ったのだが……。

「……これでも自壊するのか」

加える因子の数を一つにしたというのにすべての食材が自壊してしまった。

「うーん、これは思っていた以上に難儀しそうだね」

「過酷な環境に適応している因子だけあって、因子そのものの強さが尋常ではないのでしょう」

メルシアの言う通り、因子そのものが強いのだろう。こんな結果は初めてだ。

「これは因子の強さを弱めた方がよさそうだね」

「はい。一つずつ試していきましょう」

既存のままでは自壊するのであれば、適合できるように弱めながら調整するしかない。

今回の品種改良も地道な作業になりそうだ。

42話　錬金術師は試行錯誤する

「うーん、また失敗か……」

小麦、ジャガイモ、ナツメヤシが目の前で崩れ落ちるのを目にして俺はポツリと呟いた。

あれから数時間ほど砂漠素材の因子を弱めつつ加えていっているのだが、中々適合が成功しない。

「どうして成功しないんだ？」

「イサギ様が既に改良したものに、さらなる砂漠植物の因子を組み込むことは難しいのではないでしょうか？」

「確かにそれはそうかもしれないね」

ただでさえ、ここにある作物は俺が入念に品種改良をしている。

たとえるなら、バケツの九割が水で埋まっているというのに、そこに新しい水を注ごうとしているようなもの。砂漠植物の強烈な因子を加えれば、瓦解するのは当然だろう。

「であれば、一度イサギ様が手を加えていないまっさらな食材をベースとして、砂漠素材の因子を加えていくというのはどうでしょう？」

確かに。これだけ環境が違うのであれば、品種改良した作物に拘る必要はない。

ゼロベースの食材に改良を加える方が、作物にも因子を受け入れる余裕があるはずだ。

まずはここで栽培できるというのが重要なんだ。成長速度や繁殖力については、栽培できるものができてから徐々に加えて調整していけばいい。

農園の作物ほどの成長速度や繁殖力まで獲得できるかは不明だが、ここで求められているのは人として最低限の営みだ。一般的な周期での収穫になったとしても栽培さえできれば万々歳なのだから。

「ありがとう、メルシアのお陰で初心に戻れたよ」

「恐縮です」

こんな簡単なことにどうして気付かなかったんだろう。

色々な品種改良をこなし、できることが増えたから足元が疎かになっていた気がする。

俺はマジックバッグから品種改良をしていない小麦、ジャガイモ、ブドウを取り出した。

錬金術を発動し、それらに一つずつ因子を加えた。

「うん、自壊しないや」

「成功ですね」

強い因子ではあるが、ゼロベースなら受け入れる余裕はあるようだ。

「こちらはリードさんたちが開拓してくださったプラミノスハウスで栽培してみますね」

「うん、頼んだよ」

サンプリングとは別に成功した食材を、メルシアが抱えて外に持っていく。

実際に畑で栽培できるのかが重要だ。実験を始めるなら少しでも早い方がいい。

「ここから少しずつ試していこう」

作業の効率は悪くなってしまうが、メルシアがいなくなっても品種改良は行える。

それぞれの食材にもっとも適合できる因子を見つけ、因子の強さ、掛け合わせなどをしらみつぶしに調べていくんだ。失敗と成功を生み出していって、地味に前に進めばいい。

今回の品種改良も地道で長い戦いになりそうだ。

●

一週間後。彩鳥族たちが開拓してくれたプラミノスハウスには品種改良を加えた小麦、ジャガイモ、ブドウの苗が植えられていた。

今日は品種改良を加えた食材の成長具合を見定めにきたのである。

成長促進をつけなくても一週間もの時間があれば、おおよそ判断ができる。

プラミノスハウスに入ると、それぞれの食材をチェックしていく。

「……枯れているね」

一つ目の食材はソフトツールの因子を調整して組み込んだのだが、すべて全滅だった。

灼熱の暑さと極寒の寒さに耐えることができなかったのか、見事に枯れてしまっていた。

「こちらの苗だけはかろうじて生きてはいますが、枯れるのも時間の問題ですね」

唯一残っていた苗は、葉が茶色く変色して萎れ、茎はやせ細ってしまっていた。

これだけの寒暖差に少ない水分では生きていけなかったのだろう。

ソフトツールの因子を強めて、もう一度植えて様子を見てはみるが望みは薄そうだ。

枯れ果ててしまった苗を一纏めにすると、プラミノスハウスの外で燃やす。

枯れ果てた苗を放置していると、土にどんな影響を与えるか分からないからね。

どのような結果があったとしても必要のないものは処分しておいた方がいい。

苗の処理が終わると、次のプラミノスハウスへ。

こちらのプラミノスハウスで育てている食材は砂漠苺の因子を加えたものだ。

「おっ、育ってる！」

ハウスの中には先ほどとは違って、青々と生い茂った苗が少しだけ残っていた。

「これだけ育つなら、砂漠苺の因子を主体にして調整するのが正解かもしれませんね」

「いや、これは失敗だ」

「失敗ですか？　苗はどれも元気に育っていますが」

「表面をよく見てみて」

俺がそのように言うと、メルシアがそっと苗に顔を近づける。

「砂漠苺と同じような刺が生えています……まさか、これにも同じ毒が⁉」

「うん、そうみたい。どうやら砂漠苺の因子が強く出過ぎちゃったみたいだ」

錬金術師の眼力で苗の構成を読み取ったことで、これらが途轍もない失敗作であることに気付いた。

砂漠苺の特性を引き継ぎ、乾燥した空気や乾きに強い因子を獲得できたのはよかったが、デメリットである神経毒まで獲得してしまったようだ。

いくら苗が育とうが毒を持っていては食べられないので意味がない。

錬金術師がいれば収穫する時に毒を抽出すればいいのだが、さすがにそれは手間がかかり過ぎるので却下だ。

「……惜しいですね」

「とはいえ、しっかりと育っていることは確かさ。調整次第では毒を抑えられるかもしれないし、他の因子とかけ合わせれば中和されるかもしれない。必要な因子の一つとして抑えておこう」

「そうですね」

メルシアがしっかりと紙に成長結果を記していく中、俺はサンプル用としていくつかの苗を採取。残りの苗は研究用として続けて栽培することに決定した。

そんな風に俺たちは炸裂ニードル、ナツメヤシ、カカオといった砂漠植物の因子を加えた苗を確認していく。

しかし、どの因子も食材には適合できなかったみたいで、ほとんどが枯れてしまっていた。

僅かに残っている苗もあったが、ほとんどが枯れる寸前で砂漠の気候に適応できているとは思えなかった。

「まさかここまで適合しないとは……」

「想定外ですね」

「今までのデータから同一性のある砂漠植物の因子を主体に改良をしたが、そもそもそれが失敗だったのかな?」

「しかし、動物や魔物の因子はとても限定的です。食材の因子として適合させるには、いくつもの因子を組み込んで調整する必要があるので困難になります。砂漠植物の因子を使うという方向性は間違っていないと思われます」

動物と植物は構成する組織がまるで違う。性質の違うものを性質の違うものに移すには、かなりのストレスになるわけで大きな調整が必要になるのだ。

　この厳しい環境に合わせるだけで四苦八苦しているというのに、そこに性質の違う因子を組み込もうとすれば大きな負荷となるのは間違いない。

　失敗続きで弱気になってしまったが、やっぱり砂漠植物の因子を主体にするのは間違いではないだろう。

「それを証明するためにも、次のサボテン系の因子は上手くいっているといいな」

　などと願望を呟きながらも最後となるプラミノスハウスへと入った。

「うわっ、ちゃんと苗が成長している！」

　ハウスの中には改良を加えた苗がしっかりと育っていた。

　驚きつつも俺とメルシアは駆け寄って苗を確認。

「見たところ異常はありませんがいかがでしょう？」

「砂漠苺のようなマイナス因子も出ている様子はないね」

　錬金術師の眼力で構成を読み取ってみたが、大きな棘が出ていたり、茎の内部に神経毒が含まれている様子はまったくなかった。

　代わりにやや葉っぱが小さくなっていたり、茎が硬化していて太くなっていたりするが、これらは砂漠を生き抜くために獲得したサボテンの因子によるものなので問題ないだろう。

　栽培する際に邪魔になったりもしないし、食べるのにも影響はない。

「全体的に見ても枯れたものや、枯れかけのものはほぼないですね」

「ああ、他の因子に比べて安定感が抜群だよ」

サボテン、ウチワサボテン、赤サボテンと様々な種類のサボテンの因子を使用しているが、どれも安定している。

どうやら今回の食材にはサボテン系の因子がピッタリなようだ。

「よし、サボテン系の因子を主体に改良をしよう」

しっかりとデータを採取すると、俺とメルシアは工房に戻り、サボテン系の因子を主体として品種改良を進めることにした。

43話　錬金術師は砂漠で品種改良を成功させる

ティーゼの家で朝食を食べ終わると、俺たちは揃ってプラミノスハウスに向かうことにした。

「何事もなければ、ついに収穫ができるのですよね？」

「はい。その通りです」

二週間の間に俺は育てる作物の品種改良を仕上げて、プラミノスハウスで育てていた。

砂漠の乾燥した空気、流砂、寒暖差、水分の少なさなどの厳しい障害に耐えうるように改良を施し、成長率、繁殖力、病害、虫害などの耐性を引き上げたものを作り上げたのである。

もちろん、その中にはティーゼから頼まれていたカカオやナツメヤシも含まれている。

そして、今日が改良品の収穫日となっていた。

「ティーゼったら緊張し過ぎよ」

ティーゼは起きてからずっとソワソワとしていた。

今朝からずっと落ち着きがなくリビングを歩き回っていたし、食事の時もどこか心あらずといった様子だ。こうして歩いている今も視線を巡らせたり、羽根の繕いをしたりと非常に落ち着きがない。レギナにからかわれるのも仕方がないと言えるだろう。

「もし、作物が無事に実っていれば、うちの集落で初めて作物が収穫できることになるのですよ？こんな一大事に落ち着けというのが無理な話です」

「ティーゼさんのお気持ちは分かります。私も故郷でイサギ様の作物を育てる時はドキドキしました」

「ですよね？」

などとメルシアが同意するように言うが、彼女の場合は澄ました顔をしていたような？

とても緊張していたようには見えなかったが、メルシアも一応は緊張していたらしい。

驚きの事実を耳にしながら進んでいくと、ほどなく実験農地であるプラミノスハウスが見えてくる。

プラミノスハウスの周囲にはリードやインゴをはじめとする多くの彩鳥族たちが待機していた。

本当にこの地で収穫ができるのかこの目で確かめにやってきたのだろう。

宴の時と同じく大勢の人が集まっているけど、宴の時とは対照的にプラミノスハウスの周囲はとても静かだった。

「なんだかあたしまで緊張してきたんだけど」

「俺も」

プラミノスハウスには昨日も通っていたので、作物のおおよその様子は分かっている。

だけど、万が一を考えると怖かった。昨日までは元気に育っていたものが、翌日ぱったりと枯れてしまうなんてことは品種改良を施していった上でよく起こったことだ。

今回の作物もそうならないとは限らない。

それでも逃げるわけにはいかない。

彩鳥族の――ラオス砂漠の未来をより明るいものにするために確かめざるを得ない。

ジャガイモを育てているプラミノスハウスの扉に手をかけて振り返ると、ティーゼ、メルシア、レギナがしっかりと頷いた。

三人の覚悟が決まったことを確かめると、俺は勢いよく扉を開けて中に入った。

ハウスの中に入ると、そこにはしっかりと育った作物たちがお出迎えをしてくれた。

ひとまず、作物が急に枯れたりしていないことを目にしてホッとする。

まずはジャガイモ畑だ。

近づいて確認してみると、地表には青々とした葉っぱが出ており、茎もしっかりと伸びている。

こんもりとした土を掘り返してみると、土の中からしっかりとした大きさのジャガイモが露出していた。

ジャガイモは問題なし。

次に隣のエリアを確認してみると、黄金色の小麦畑が広がっていた。

穂にはたくさんの粒が付いており、重さによって穂先が垂れている。

病気に犯されている様子もないし、虫害による被害もない。健康そのもの。

こちらの小麦も問題なしだ。

そのような感じでブドウ、カカオ、ナツメヤシと品種改良を加えた作物を次々と確認していく。

「……イサギさん、作物はどうですか？」

一通りの確認が終わったところで、おずおずとティーゼが声をかけてくる。

農業初心者である彼女には無事に成育ができているのかの判断がつかない。

それ故の問いかけだろう。

「すべて問題ないです。収穫できます」

結果を伝えると、ティーゼは笑顔になってすぐにプラミノスハウスの外に出ていった。

「収穫できます！」

「「おおおおおおおおおおおおおおおおおおっ！」」

透き通るようなティーゼの声が響き渡ったかと思いきや、外からプラミノスハウスを震わせるほどの雄叫びがあがった。

喜びのあまり彩鳥族たちが空を飛び回る姿が見える。

初めて集落で農作物ができたことを集落全体で祝っているようだ。

「やったわね！」

レギナが両手を上げてハイタッチを求めてきたので、俺も合わせるように両手を伸ばした。

バチンッと派手な音が鳴る。めちゃくちゃ痛いです、レギナ様。

「おめでとうございます、イサギ様」

「ありがとう。メルシアのアドバイスのお陰だよ」

メルシアが過去のデータと参照しながら的確なアドバイスをしてくれなければ、俺はずっと迷走していたかもしれない。そう思うと冷静に指摘やアドバイスをしてくれた彼女には感謝しかない。

「イサギ様のお力になれて嬉しいです」

改めて感謝を伝えると、メルシアは頬を仄かに染めながら頷いた。

「ねえ、今から赤牛族の集落に向かいましょう！」

「赤牛族の集落？　どうして……？」

「キーガスとかいう族長にぎゃふんと言わせるのよ！　忘れたの？　あたしたちがやろうとしたこ

とを侮辱されたことを！」

俺が小首を傾げると、レギナが信じられないとばかりに言ってくる。

「そういえば、そんなこともあったね」

「えー、忘れてたの？」

「それよりも品種改良を成功させることに必死だったから」

その時はキーガスたちを見返してやろうという思いもあったが、作業に没頭するにつれてすっかりと頭から抜けてしまっていた。

「さすがはイサギ様、器が大きいです」

「というより、そんなことを考えるほどの余裕がなかったとも言えるけどね」

器が大きければ帝国の仕打ちに怒ることもなかっただろうから、きっと俺の器はそれほど大きくはないと思う。

「ぎゃふんと言わせるかどうかは置いておいて、赤牛族にも農業はやらせてあげたいからね。今から彼らの集落に向かおうか」

「面倒ですが、実際に栽培されたものを見ないと認めてくれないでしょうし」

収穫した作物を見せても、マジックバッグを所持している以上、外部から持ち込んだものだと思われる可能性がある。赤牛族も農業に引き込むのであれば、プラミノスハウスで育てられた作物を見せつけるのが一番効果的だ。

「キーガスたちを集落に呼ぶのですか？」

彩鳥族と喜びを分かち合っていたティーゼが不服そうな顔をしながら戻ってくる。

キーガスたちとはこれまで小競り合いを繰り返していただけに心象がよくないのだろう。

「彩鳥族だけでなく赤牛族も救うっていうのがライオネル様の命令であり、俺たちの目的だからね」

彩鳥族だけに手を差し伸べれば、赤牛族だけが次第に困窮していくのは目に見えている。

赤牛族が困窮する中、傍で暮らしている彩鳥族だけが食料を生産し、豊かに暮らしていると知れば、その後に起こり得る結末は分かりきっている。

それはこれまでの砂漠の生活と何ら変わらない。

「……分かりました。彼らを集落に招くのは甚だ遺憾ですが、イサギさんやライオネル様のためにも協力いたしましょう」

「ありがとうございます」

ティーゼもそんな結末が分かっていたのか、感情としては嫌だろうが協力を約束してくれた。

マジックバッグからバスケットを取り出すと、俺とレギナとメルシアが乗り込んだ。

「リード、インゴ、あなたたちも付いてきてくれますか？」

「分かりました！」

ティーゼが声をかけると、リードとインゴもやってきた。

帰りはキーガスをはじめとする赤牛族数人くらいは運ぶことになるんだ。

さすがにティーゼ一人では運び切れないためだろう。

リード、インゴは脚のかぎ爪でガッチリとバスケットを持ち上げると、そのまま空まで羽ばたいた。

バスケットに乗っている俺たちもそれに伴い高度を上げていく。

最初はちょっとした揺れに驚いたが、この移動法にも大分慣れたのでビビることもない。

「では、赤牛族の集落に向かいます！」

「お願いします」

ティーゼの案内の下、俺たちは赤牛族の集落に向かうことにした。

44話　錬金術師のいない帝国5

イサギたちが彩鳥族の集落で作物の収穫に成功している頃。

帝国では侵略のための準備が着々と始められていた。

帝国お抱えの商人が国内からかき集めてきた物資が次々と帝城の中庭へと運び込まれる。

「ガリウス、マジックバッグの数は揃ったか？」

「問題なくご用意いたしました」

「おお、これだけのマジックバッグがあれば今回の侵略も楽であろう！」

ガリウスが用意したマジックバッグの山を見て、ウェイスは満足げに微笑んだ。

マジックバッグ一つで中隊規模の物資が保管できる上に、兵站業務の一切が不要となる。統治者からすると非常にコスパのいい道具だ。

「お前たち、物資をマジックバッグに詰め込め！」

「「はっ！」」

ウェイスの命を聞き、帝国兵士が支給されたマジックバッグを手にする。

「ありったけの食料を詰め込め！」

「こんだけ大量の物資を詰め込めるんだからマジックバッグ様々だ！」

「何せ他国に侵略するってのにピクニック程度の手荷物でいいんだから最高だぜ！」

笑い声を上げながらマジックバッグに物資を詰めていく帝国兵士の様子をガリウスはホッとした

思いで見つめていた。

　少し前までは命令した数の半分も作ることができなかった。

　しかし、ガリウスが喝を入れると、宮廷錬金術師たちは心を入れ替えたのか目を見張る生産速度でマジックバッグを作り上げてみせたではないか。

　なんだ結局はできるじゃないか。

　要はノルマがしんどい故に嘘をついていただけなのだろう。

　怠け者たちを働かせるために今後も自分が管理をしておかないとな。

「ああ？　なんか入らねえぞ？」

　などとガリウスが心の中で思っている矢先、兵士から怪訝そうな声があがった。

「嘘つけ。まだいつもの半分も入れてねえだろうが」

「いや、でも入れようとするとつっかえるんだよな」

「入れる角度が悪いんだろう。無理矢理入れちまえ」

　マジックバッグを手にしている兵士の代わりに、別の兵士が無理矢理に物資を詰め込んでいく。

　そんな光景を見て、ガリウスは嫌な予感というものを感じた。

　マジックバッグがつっかえる。それは即ち容量の限界を迎えている証だ。

　しかし、兵士が指摘したように収納した物資は小隊規模程度のもの。少なく見積もっても五倍以上は入るはずだ。

　こんなすぐに溢れるなどあり得ない。気のせいだ。

　ガリウスが嫌な汗を流しながら見守る中、兵士は無事に物資をマジックバッグに詰めることに成功した。

「ほれ、入った」

「なんだ角度の問題か」

顔を見合わせて笑い合う兵士だったが、次の瞬間マジックバッグが光を放って破裂した。

破裂したマジックバッグからは詰め込んだ物資が飛び出し周囲に散乱。

物資を詰め込んでいた兵士たちは破裂した衝撃で頭を打ったのか気絶していた。

「なんだ!? 今の音は!?」

「ウェイス様、お下がりを！」

突如発生した炸裂音にウェイスが驚きの声をあげ、護衛の騎士たちが囲むようにして周りを固めた。

しばらくして何も起こらないことを確認すると、ウェイスは物資を運び込んだ商人を睨みつけた。

「商人！」

外から運び込んだ物資を収納している最中に炸裂したのだ。

誰が一番怪しいかと言われると、外から物資をかき集めてきた商人に他ならない。

ウェイスは帝国の第一皇子だ。命を狙われる理由はいくらでもあった。

主の意図を汲み取った騎士たちが物資の責任者である商人に槍を突き付ける。

「ち、違います！ 私は物資の中に危険物など持ち込んでおりません！ 恐れながら申し上げますと、原因はマジックバッグにあるのではないかと推察いたします！」

勘違いで処刑などされては堪ったものではない。帝国お抱えの商人は必死に弁明をした。

「マジックバッグだと……？」

「物を収納しようとした時につっかえるのはマジックバッグが収納限界を迎えている証です。そこに無理矢理物資を詰めようとすれば破裂するのは当然のことかと」

　原因が物資ではなく、マジックバッグにあるとなると当然責任は商人ではなく、それを用意したガリウスへと向かうことになる。

「ガリウス！」

「申し訳ございません。どうやらご用意したマジックバッグの中に不良品が一つ混ざっていたようで……」

「なあ、こっちのマジックバッグも物資が入らなくなったんだが……」

「俺のもだ。無理矢理入れようとしたら、さっきの奴等みたいになるってことだよな？」

　必死に釈明をしようとするガリウスだったが、不良品は一つではなかったらしく、次々と兵士から収納限界の報告が上がってくる。

　ガリウスからすれば理解できない出来事であった。

「そんなバカな!?　す、すぐに部下に確認を入れてまいります！」

　頭が真っ白になるような出来事であったが、ガリウスはすぐに落ち着きを取り戻して自分が取るべき行動を決めた。

「もうよい！　私が貴族たちに声をかけてマジックバッグを集める！」

　しかし、ウェイスはガリウスに見向きもせず、すぐに新しい方針を打ち出した。

「も、申し訳ありません」

ガリウスは深く頭を下げるとそのまま中庭から下がり、宮廷錬金術師たちのいる作業室に向かう。

「おい、どうなっている⁉　お前たちの作ったマジックバッグは不良品ばかりではないか！」

扉を開けて怒鳴り込んできたガリウスに錬金術師たちは動じる様子はない。

予想できた出来事にやっぱりかぁといった表情を浮かべるだけであった。

「錬金術師長！　どうなっている？」

「指示された通りにマジックバッグをご用意しただけですが？」

「なんだあの容量は！　小隊規模の物資しか入っていないではないか！」

「私たちは期日までに二百個のマジックバッグを用意しろと言われ、実現可能な範囲で作っただけです」

「貴様……っ！」

錬金術師長の態度にカッとなって胸倉をつかむガリウスだが、相手はまったく動じた様子がない。

「イサギがいなくなってから魔道具の修繕や生活魔道具の作成ノルマが増えて面倒で仕方ないんですよね。私たちが得意としているのはこんなんじゃなくて人殺しの魔道具なんですよ」

怒りを覚えていたガリウスだが、錬金術師長の主張ももっともだと思った。

ここにいる宮廷錬金術師たちは軍用魔道具の作成を得意としている者たちばかりだ。そんな者たちにそれ以外の魔道具の成果を期待しても仕方がない。

苦手なものに従事させるよりも、得意なものに従事させる方がいい結果が出るだろう。

結果としてそれでイサギを殺せるのであれば、それでいい。

目の前の錬金術師長はムカつくやつだが、軍用魔道具を作らせて横に出る者はいない。

獣王国を侵略する上で必要な者だ。

瞬時に気持ちを切り替えたガリウスは、錬金術師長の胸倉から手を離した。

「そうか。そうだったな。無理を言って悪かった。お前たちは存分に軍用魔道具を作るといい」

「ええ。そうさせてもらいます」

ウェイスから評価が下がろうが別に構わない。

イサギの作った大農園を強奪し、奴を殺すことができればそれで十分なのだから。

二巻END

あとがき

本書をお手にとっていただき、ありがとうございます。錬金王です。

『解雇された宮廷錬金術師は辺境で大農園を作り上げる』の二巻はいかがだったでしょうか？

一巻が重版し、売り上げが好調だったお陰でこうして早くも二巻を発売することができました。

お買い上げいただいた読者の皆様、ありがとうございます。

本作の二巻は一巻の分厚さから反省しましてもう少しテンポよく、読みやすい文量にしようと心に決めておりました。

しかし、実際に本文を書いてみれば、プロットが膨らんでしまい、最終的には二十一万文字を超える文量となってしまいました。

作家人生の中でここまで一冊のボリュームが膨らんだのは初めてです。

文庫なら二冊分です。

書いていてなんでこんなに終わらないんだろうと思っていましたが、二冊分書いているとなればいつものスケジュールで終わらないのも当然ですよね。

ここまで文字数が膨れ上がってしまうといくら大判でも一冊に収まりません。

分割です。

再構成をし、なんとか一冊で収められる文量になったのがこの二巻でございます。

それでも多いです。十六万文字とかあると思います。

反省しています。

三巻を執筆するチャンスがあれば、次こそは常識的な範囲内に文字数を収めたいと思います。

ページが少なくなってきましたので謝辞に入らせていただきます。

編集部の皆さま、今回はスケジュールを超過した上に多大な文量の原稿を提出してしまいすみませんでした。次こそは皆さまに負担のない文量にしたいと思います。

キャラデザ、表紙、口絵、挿絵を彩ってくださったゆーにっと先生、一巻に引き続き素敵なイラストをありがとうございます。

ゆーにっと先生のイラストを励みにして頑張らせていただいております。

三巻もあれば是非ともお願いします。

コミカライズが決定しておりました本作品の連載がスタートしました。

電子雑誌【ｃｏｍｉｃグラスト41号】より連載されております。

作画を担当してくださっているのはＹＵＴＴＯＵ先生です。

かっこいいイサギや可愛らしいメルシアが漫画にて楽しめますので、興味のある方は是非とも覗いてくださると嬉しいです。

他にも素敵なグラストノベルスの作品が掲載されていますのでオススメです。

では、また書籍の三巻、コミック、あるいは他作品などでお会いできるのを楽しみにしております。

錬金王

解雇された宮廷錬金術師は辺境で大農園を作り上げる2
～祖国を追い出されたけど、最強領地でスローライフを謳歌する～

2023年3月24日　初版第1刷発行

著　者　錬金王

発行人　菊地修一

編集協力　若狭泉

編　集　増田紗菜

発行所　スターツ出版株式会社

〒104-0031　東京都中央区京橋1-3-1　八重洲口大栄ビル7F
☎出版マーケティンググループ　03-6202-0386
（ご注文等に関するお問い合わせ）

https://starts-pub.jp/

印刷所　大日本印刷株式会社

ISBN　978-4-8137-9219-2　C0093　Printed in Japan

[錬金王先生へのファンレター宛先]
〒104-0031　東京都中央区京橋1-3-1　八重洲口大栄ビル7F
スターツ出版（株）　書籍編集部気付　錬金王先生